Schwarze Hoffnung

Dieses Buch ist nur dem Frieden gewidmet

SIMON RASCHERT

SCHWARZE HOFFNUNG

Bibliografische Information der Deutschen Nationalbibliothek
Die Deutsche Nationalbibliothek verzeichnet diese Publikation in der Deutschen
Nationalbibliografie; detaillierte bibliografische Daten sind im Internet über
http://dnb.d-nb.de abrufbar.

Verlag: BoD · Books on Demand GmbH,
Überseering 33, 22297 Hamburg, bod@bod.de
Druck: Libri Plureos GmbH, Friedensallee 273, 22763 Hamburg

ISBN: 978-3-7693-6740-9

INHALT

VORWORT

Die Geschichte ist aus verschiedenen Geschichten entstanden. Ich habe für dieses Buch mit unzähligen Soldaten und Veteranen gesprochen, die mir ihre Geschichte erzählt haben. Es sind Geschichten aus den unzähligen verschiedenen Kriegen, die es auf dieser Welt gegeben hat. Es sind Geschichten aus dem Zweiten Weltkrieg, aus Afghanistan, aus dem Jugoslawienkrieg und Nahostkonflikt. Ich habe mir ihre Geschichten angehört, mir Zeit genommen, sie zu einer großen zusammenhängenden Geschichte zu verweben. Eines hatten alle Geschichten gemeinsam, sie sind schrecklich, aber trotzdem können sie heute immer noch lachen, weil sie ihre Hoffnung nicht verloren haben. Sie haben alle Freunde, Kameraden und Familien verloren, aber selbst überlebt. Das gibt Hoffnung.

PROLOG

Ich stehe auf einer perfekt gemähten Rasenfläche mit einer wunderbaren Aussicht, die Vögel zwitschern über mir und der Duft von dem frisch gemähten Rasen steigt mir in die Nase. Die Sonne steht am wunderschönen blau-türkisfarbenen Himmel. Frischer Wind kühlt den ansonsten sehr warmen Tag. Theoretisch also der perfekte Tag.

»Vielen Dank, dass Sie mit uns zusammen Abschied nehmen wollen von denen, die wir heute hier begraben müssen. Es ist eine schreckliche Zeit, eine Zeit, die uns viel genommen, aber wenig gegeben hat. Sie hat Schrecken, Hass, Leid und den Tod gebracht. Sie nahm uns Ehemänner, Väter, Kinder, Freunde und Kollegen. Ließ Frauen, Kinder, Freunde und Bekannte zurück, die nun ohne sie weiterleben müssen. Auch wenn sie keinen Platz mehr am Tisch haben, haben sie ihren Platz in unseren Herzen. Wir warten immer noch jeden Abend darauf, dass unsere Männer, Väter oder Kinder wieder nach Hause kommen – vergebens. Sie kommen nicht mehr. Der Schmerz spiegelt sich in den Gesichtern, in den Augen und in jeder Pore unseres Körpers wider. Auch wenn wir heute Abschied nehmen, werden wir sie immer in unseren Herzen tragen. Lasst uns gemeinsam beten«, predigt der Pfarrer vor einer kleinen Menge an Leuten, die sich auf der Rasenfläche versammelt haben. Die Leute stehen vor dutzenden weißen Kreuzen mit Jahreszahlen und einer Nummer. Kein Name, kein Geburtsdatum, nur ein Todesjahr und die Nummer des Soldaten.

Ich halte die Stille nicht mehr aus, es ist zu still. Ich habe monatelang keine Stille erlebt, jetzt, wo sie da ist, ist sie unerträglich. Mir kommen die Tränen, und ich kann mich nicht mehr zurückhalten: »Warum? Warum? Warum das alles? Was hat das alles gebracht? Wozu haben wir all diesen Horror erlebt? Wem hat es was gebracht? Und wer ist schuld? Wer hat dieses Leid über uns gebracht? Und wozu? Wozu zum Teufel?« Ich zittere am ganzen Körper, die Tränen haben sich zu einem Fluss verwandelt und laufen mir über die Wangen. Sie tropfen auf meine Uniform, die mit Dutzenden Auszeichnungen verziert ist. Auszeichnungen, um die ich nie gebeten habe, die ich nie wollte, aber trotzdem bekam. Für einen Krieg, den keiner wollte, einen Krieg, der so viel Leid in die Welt brachte. So viel Tod! Warum? Wozu? Weshalb? Keine Ahnung!

WIE ALLES BEGINNT

Monate zuvor:

Pieep, pieep, pieep.

Ich drücke auf *snooze*. Fuck, Scheißwecker, denke ich mir und drehe mich im Bett auf die andere Seite. Schließe meine Augen und will noch nicht aufstehen.

Ein paar Minuten vergehen in Stille, als der Wecker wieder anfängt zu nerven. Es ist mittlerweile das dritte Mal, dass ich auf *snooze* drücke, was bedeutet, dass es nicht wieder still ist, sondern dieses Mal das integrierte Radio anfängt, die Nachrichten von heute Morgen auszuspucken.

Die nervige Stimme fängt natürlich mit Politik an. Hier 'n Politiker hat Probleme mit dem und die mit anderen.

Weiter geht es mit Katastrophen, hier 'n Waldbrand und dort sind Städte überschwemmt.

Während ich mich langsam aus dem Bett quäle, wird das Wetter für den heutigen Tag vorgetragen, mit den Worten: »Der Sommer ist nun endgültig vorbei und der Regen hält Einzug. Heute werden Sie kaum Sonne sehen können und nehmen Sie sich einen Regenschirm mit.«

Danach spielt Musik, der Hit des Monats, der in Dauerschleife läuft.

Ich schleppe mich durch meine kleine Wohnung ins Badezimmer, unter die Dusche, während das nächste Lied weiterdudelt. Nach der Dusche esse ich noch nen trockenen Toast, mal wieder ohne Aufstrich, ich habe schon erneut vergessen einkaufen zu gehen. Ich schaue genervt auf die Uhr und stelle fest, dass ich schon wieder viel zu viel Zeit vergeudet habe und ich bereits vor zehn Minuten hätte losfahren müssen. Also schnell alle Sachen zusammenkramen und Jacke an. Ich springe halbwegs die Treppe hinunter, ohne darauf zu achten, wie laut ich bin. Unten angekommen, schnell in den Innenhof und das Fahrrad holen, und ab die Post. Dachte ich. Nichts mit Fahrrad holen und ab damit, nein, das kann doch nicht wahr sein, nicht schon wieder, geht mir durch meinen Kopf, als ich mein Fahrrad sehe. »Verflucht nicht, schon wieder!«, schreie ich leise vor mich hin. Das ist schon das zweite Mal diesen Monat. Na gut, dann habe ich immerhin eine plausible Erklärung für meinen Chef. Denke ich mir und gehe zu Fuß los. Statt zehn Minuten mit dem Fahrrad durch die Stadt zu düsen, gehe ich langsam und gemütlich zur Arbeit, auf ein paar Minuten mehr oder weniger kommt es jetzt wohl auch nicht mehr an.

Am Eingang der Fabrik wartet wie erwartet mein Vorarbeiter mit verschränkten Armen und knallrotem Kopf. Als ich langsam und gemächlich auf ihn zugehe, merke ich, je näher ich komme, umso weiter sollte ich mich entfernen, wenn er seine innere Bombe loslässt. Und so kommt es, wie es kommen muss. Als ich ihm ein fröhliches »Guten Morgen, Herr Hirschfeld« zuwerfe, explodiert er komplett und wäre sein Kopf TNT, würde just in dieser Sekunde die ganze Stadt in Schutt und Asche liegen. Er schreit so laut, dass selbst die lauteste Maschine im Werk übertönt wird. »Guten Morgen? Haben Sie mal auf die Uhr geschaut? Sie sind über eine halbe Stunde zu spät! Schon wieder! Das ist das zweite Mal in diesem Monat! Wenn das so weiter-geht, weiß ich nicht, ob Sie in diesen Betrieb passen!«, schreit er. Er muss erst einmal wieder zu Atem kommen und genau diese Pause nutze ich, um mich auch kurz zu Wort zu melden: »Tut mir ja leid, aber mein Fahrrad ist schon wieder kaputt«, sage ich kurz, aber deutlich und fügte noch hastig hinzu: »Wird bestimmt niemals wieder passieren.« »Das will ich ja dann mal hoffen, dass es nicht mehr vorkommt, Herr Silberglanz. Sie sollten sich vielleicht mal ein neues Fahrrad besorgen«, mahnt er. Ich kann mir daraufhin einen dummen Satz nicht verkneifen und witzele sarkastisch beim schnellen Verbeischlüpfen: »Das würde ich ja gerne, dafür müsste ich aber mal besser bezahlt werden.« Und noch bevor er wieder seinen erneuten Wutanfall an mir auslassen kann, stempele ich ein und flitze in den Betrieb.

An meinem Arbeitsplatz angekommen, sehe ich schon mit einem breiten Grinsen meinen Kollegen, der zugleich mein bester Freund ist. »Hey, mal wieder zu spät?«, wirft er mir einen lässigen Spruch zu. Wir begrüßen uns mit einem perfekten High-five, der echt lange gebraucht hat, um ihn so perfekt hinzubekommen, jedes Mal aufs Neue. Noch während wir uns den High-five geben, kontere ich mit: »Warte mal, wie oft bist du schon diesen Monat zu spät gewesen?«, und wir lachen. »Was müssen wir heute überhaupt machen?«, frage ich ihn. »Oder hast du schon alles fertig?« »Puh, heute ist echt viel, müssen mal schauen, wie wir das alles heute fertig bekommen. Und du Idiot kommst auch noch zu spät. Musstest du dir wieder eine

Standpauke von Herrn Hirschfeld anhören?« Ohne ein Wort zu sagen, wissen wir beide, dass ich da durchmuss. Und ohne noch mehr Zeit zu vergeuden, legen wir mit unserer recht monotonen Arbeit los. Immer und immer wieder dieser Scheiß! Große Teile rein, kleine Teile raus, spannend.

Und während sich die Sekunden wie Minuten und die Minuten wie Stunden anfühlen, denke ich nur noch an Feierabend. Während ich bei diesem monotonen Arbeiten in so einen meditativen Zustand gelange, weil mein Gehirn nichts zu tun hat, mache ich mir Pläne, was ich an einem schönen Regentag alles nicht machen kann, und meine Laune wird noch beschissener.

Ein lautes BWAAAAA reißt mich aus den Gedanken. Alex klopft mir auf die Schulter und ruft: »Pause! Los, komm mit, oder hast du keinen Bock auf Pause und willst lieber weiterarbeiten?«, aber das lasse ich mir nicht zweimal sagen und schmeiße das Stück Holz, das ich in der Hand halte und ordentlich auf die Palette packen will, einfach darauf. Egal, hab Pause. Mache ich später ordentlich.

»Und?«. fragt Alex mich: »Gehen wir zum Bäcker? Du hast bestimmt wieder kein Essen mit!« Ich verdrehe die Augen, weil es natürlich stimmt, wie fast jeden Morgen. »Lass los, mal schauen, was ich mir heute leisten kann«, und denke an mein leeres Portemonnaie. Alex scherzt: »Schon wieder pleite?« »Ne, mein Geld macht Urlaub!«, erwidere ich und rolle meine Augen. Kurz vorm Ausgang stößt noch Mark zu uns: »Wo gehts hin, ihr beiden Süßen?« »Zum Bäcker um die Ecke, kommst du mit, oder bleibst du hier?«, antworte ich ihm.

Alle beisammen, jetzt kann der Tag nur noch besser werden.

Wir drei gehen gemeinsam die Straße entlang und reden über das, was wir heute am Tag noch machen wollen. »Mark, du gehst bestimmt heute ins Gym, oder hat es dir deine Freundin verboten?«, scherze ich. »Nur weil du Single bist? Such dir auch mal was zum Ficken. Müssen mit dir mal in den Puff fahren, Liam, stimmt's, Alex?« Wir lachen. Bis zum Bäcker ist es nicht weit und so sind wir in gerade mal zwei Minuten angekommen.

»Guten Morgen, was darf es sein, meine besten Kunden?«, fragt uns die Verkäuferin, die uns fast täglich bedient, mit einem großen Lächeln im Gesicht. »Also, Susann, für mich gibt es ... mal sehen ... zwei Käsebrötchen mit Salami und Gurke«, bestellt Alex. »Sehr gerne, und du, Mark, wie immer? Ein Eiweißbrot mit Käse und Tomate, dazu ein gekochtes Ei?«, stellt sie fest. »Natürlich, Susann, du bist die Beste«, erwidert Mark. Ich zähle während der Zeit mein Geld im Portemonnaie zusammen. »Was darf es denn bei dir sein, Liam?«, fragt sie mit einem großen Lächeln. »'n Wasser?«, lächle ich zurück, »vielleicht ja noch 'n trockenes Brötchen. Für mehr reicht es heute leider nicht mehr aus«, seufze ich. »Ach macht doch nichts, die Scheibe Käse und das Ei geht heute mal auf mich. Seid doch jeden Tag da. Jeden Tag eine gute Tat, wie ich es immer zu pflegen versuche«, lächelt sie mich an. »Vielen Dank, Susann, du bist wirklich die Beste. Was würden wir nur ohne dich tun.«

Wir verlassen die Bäckerei mit unseren Sachen und setzen uns auf eine nahegelegene Bank am Straßenrand und essen unser Frühstück.

»Schon lustig«, nuschele ich vor mich hin. »Was denn?«, fragt Alex. »Dafür, dass es heute im Radio hieß, dass es den ganzen Tag Regen geben soll, scheint die Sonne doch ganz schön«, merke ich an, worauf Mark kommentiert: »Wettervoraussagen, pff. Wir können zum Mond fliegen, entwickeln die kompliziertesten Sachen und so 'n Zeug können wir, aber das Wetter voraussagen können wir nicht.« »Oder Buntdrucker schwarz-weiß drucken lassen, wenn Rot leer ist«, lacht Alex. »Stimmt, ist irgendwie komisch.«

Ein paar Minuten vergehen, und kurz bevor wir wieder losgehen, bimmeln alle unsere Handys gleichzeitig. »Digger, was ist das denn?«, staunt Mark fasziniert ins Handy. »Was ist das denn für 'n Fake? Aber bei mir steht es auch«, bringe ich entsetzt aus mir heraus. »Bei mir auch!«, fügt Alex hinzu.

»Das ... kann nicht echt sein, oder?« Ich schaue entgeistert in die Runde. »Nein, irgendwelche Idioten erlauben sich gerade einen echt miesen Prank, hoffentlich«, winkt Mark verunsichert ab.

»Lass mal zurück zur Firma, die Pause ist gleich ohnehin vorbei«, sage ich mit Bauchschmerzen. Auf dem kurzen Weg zurück hängt eine bedrückende Stimmung über uns, die Ungewissheit über das, was da stand, was wir alle gelesen haben, aber nicht glauben, zumindest nicht glauben wollen. So etwas heutzutage ist unvorstellbar. Nicht hier, nicht bei uns, oder?

Ich mache einen kleinen Witz über die Sache, um die Situation etwas zu lockern, um die Stimmung zu heben, aber wenn ich schon nicht vom Witz überzeugt bin, wie dann auch meine beiden Freunde. Schweigend gehen wir zurück, keiner sagt mehr was. Alle in Gedanken versunken.

Wir kommen bei der Fabrik an und sehen, dass alle draußen stehen. Ungewöhnlich, normalerweise stehen doch nur die Raucher draußen. Ob sie auch diese komische Nachricht bekommen haben? Wir gehen auf ein paar Kollegen zu und fragen: »Habt ihr auch diese komische Nachricht bekommen?« »Ja, alle haben

13

sie bekommen.« »Alle?«, mir fällt die Kinnlade runter. »Also ist die Nachricht kein Fake?« »Anscheinend nicht,« antwortet mir der Kollege. Fuck, das ist … Ich weiß nicht, mein Kopf stellt das Arbeiten ein, mein Kopf ist leer, meine Gedanken drehen sich nur noch um die Nachricht. »Was … was passiert denn jetzt? Also ich meine, was machen wir jetzt?« Ich schmeiße die Frage um mich, weiß aber auch, dass keiner von denen, die hier sind, mir eine Antwort geben kann, weil alle die gleiche Frage haben wie ich.

»Hey, dreh mal das Radio lauter, das müssen alle hier hören. Der Präsident spricht«, schallt es über den Hof.

»Guten Morgen, Bürger und Bürgerinnen. Das … das hier ist keine normale Rede, und ich weiß nicht, wie ich es sagen soll. Aber heute Morgen gegen halb zehn hat unser Nachbarland uns den Krieg erklärt, indem sie bewaffnete Soldaten über die Grenze geschickt und die ersten Dörfer erobert haben. Damit besteht für das ganze Land nun der Kriegszustand und alle Männer im wehrpflichtigen Alter müssen sich bitte heute noch in der nächstgelegenen Kaserne melden, zur Musterung. Wer dieser Bitte nicht nachkommt, muss mit Konsequenzen rechnen. Da dieses Verhalten als Desertion gilt. Sie können sich vor Ort immer noch gegen den Dienst an der Waffe weigern und stattdessen in der Rüstungsindustrie arbeiten.«

Was zum Teufel? Kann mich bitte irgendjemand wecken? Das ist der schlechteste Scherz des Jahres. »Und, und jetzt?«, frage ich erneut. »Na was denn, wir fahren zur Kaserne. Lassen uns durchchecken und dann verteidigen wir unser Land!«, erwidert Alex auf die Frage. »Na dann, los, ich bin mit dem Auto hier,« sagt Mark und wir folgen ihm zu seinem Auto.

DIE MUSTERUNG

Wir sitzen im Auto und fahren die Straßen entlang zur Kaserne. »Wie lange brauchen wir?«, fragt Alex, worauf Mark antwortet: »Laut Maps circa neunzig Minuten. Aber ich denke, wir brauchen etwas länger, weil ja alle dorthin wollen.« Ich schweige, ich bin in meinen Gedanken versunken, ich versuche das, was gerade alles passiert, einzuordnen. Während Mark und Alex sich vorne im Auto unterhalten, frage ich mich, wieso sind die beiden eigentlich so heiß zur Kaserne zu fahren? Also, sie reden über das alles, als hätten sie richtig Lust aufs Kämpfen. Aber wenn das so ist, warum habe ich denn dann keine Lust drauf, oder interpretiere ich was falsch von ihrem Gespräch?

Ich schaue aus dem Fenster, wir haben die Stadt hinter uns gelassen und fahren nun an Feldern und Äckern vorbei. Während ich so aus dem Fenster schaue, frage ich nebenbei, aber auch extrem leise die beiden: »Freut ihr euch?« »Was? Was hast du gesagt?«, fragt Alex zurück. »Ich meine, ihr hört euch an, als wärt ihr froh zur Kaserne zu fahren und euch zum Dienst zu melden. Als freutet ihr euch über diesen Krieg. Mir macht es Angst.« Kurze Stille. Alex überlegt kurz und überrascht mich mit seiner Antwort: »Angst, ja, die habe ich auch. Aber ich möchte mich nicht irgendwo verkriechen in irgendeinem Loch. Nein. Ich will unser schönes Land vor dem Bösen retten. Und wenn es heißt, ich muss dafür in den Krieg ziehen, dann ist es eben so.« Mark fügt noch hinzu: »Ehrlich, ich bin froh, dass wir jetzt erst einmal ausgebildet werden und nicht sofort an die Front müssen. Wie oft hat uns die Geschichte gezeigt, wie viele ausgebildete Soldaten an der Front gekämpft haben. Ich meine nur, wenn wir die Ausbildung hinter uns haben, dann können wir jeden verdammten Krieg gewinnen.« Sein letzter Satz klingt fast schon heroisch. Als würde er wirklich glauben, wenn wir ein paar Wochen oder auch Monate Grundausbildung hatten, dass wir dann die besten Soldaten der Welt sind. Na ja, vielleicht redet er sich das ein, um sich selbst Mut zu machen. Nach dieser Unterhaltung weiß ich nicht, ob es mir jetzt besser geht oder schlechter. Sie haben doch im Radio gesagt, dass man bei der Musterung immer noch sagen kann, dass man nicht kämpfen will, sondern auch in der Rüstungsindustrie arbeiten kann. Vielleicht sollte ich lieber arbeiten? Ich will aber nicht als Feigling gelten. Fuck!

»Dreh mal das Radio auf, vielleicht läuft ja gute Musik im Radio«, rufe ich vom Rücksitz, mit einer aufgesetzten euphorischen Stimme, um meine Angst zu überdecken. »Ach im Radio läuft doch nie gute Musik, ich mache lieber meine eigene Playlist an, aber gute Idee. Endlich mal Stimmung in die Sache hier zu bringen.« Alex verbindet sein Handy mit dem Autoradio und schon erklingt der beste Partymix laut aus den Boxen. Wir singen die Fahrt fast alle Lieder mit und zwischendurch quatschen wir über die geilen Partys, wo diese Playlist lief.

So kommen wir dem Ziel immer näher und selbst im Stau vor dem Kasernenparkplatz sind wir in bester Feierlaune. Einige Leute schauen verdutzt ins Auto und schütteln heftig ihren Kopf. Als dürften wir keine gute Laune haben, nur weil Krieg ist. Aber was solls, sollen sie doch ihren Kopf schütteln und schlechte Laune haben. Ich mache Party, um mich von dieser Angst nicht auffressen zu lassen. Das wird schon viel zu schnell passieren.

Wir parken das Auto und gehen zu Fuß zum Eingang der Kaserne. An der Schrankenanlage werden wir von einem Soldaten empfangen, mit einem schroffen Ton: »Guten Tag, Ausweispapiere und den Grund, weswegen sie kommen.« »Ähm ... wir kommen wegen der Musterung, sind wir hier richtig?«, frage ich eingeschüchtert. »Jawohl, sie sind hier richtig! Sie müssen der Straße folgen und das dritte Gebäude links. Dann den Schildern folgen. Verstanden?«, befiehlt er uns. Mit einem unsicheren »Ja« antworte ich ihm und wir gehen durch die Schrankenanlage hindurch und über die Militäranlage zu dem dritten Haus auf der linken Seite. »Alter, war das krass. Sind die alle so?«, fragt Mark. Alex erwidert: »Ich denke, ja, das ist doch militärisches Reden.« »Das nennt man ,Befehle geben'«, klugscheiße ich von der Seite. »Das ist normal beim Militär, daran sollten wir uns besser gewöhnen.«

Am dritten Haus angekommen, hängt an der Tür ein Schild mit der Aufschrift »ANMELDUNG MUSTERUNG«, mit einem Pfeil der nach oben zeigt. Ich will gerade die Tür öffnen, als einige Panzer neben uns vorbeifahren, in Richtung Ausfahrt. Wir drehen uns um und unsere Augen öffnen sich weit, Alex ruft begeistert: »Krasse Dinger, glaubt ihr, wir dürfen auch mal mit Panzern fahren?« »Und schießen?«, fragt Mark begeistert hinterher. »Gegen diese Panzer hat doch kein Feind eine Antwort. Wir bauen schon die geilsten Panzer. Damit gewinnen wir im Handumdrehen«, rufe ich ebenfalls begeistert. »Los, schnell rein, sonst ist der Krieg noch ohne uns vorbei«, sage ich mit einer Leidenschaft, die mich selbst erschreckt.

Wir gehen durch die Tür und stehen in einem kahlen, grauen und langen Flur, wo alle paar Meter links und rechts Türen sind, ein paar sind geöffnet und einige zu. Ganz hinten an der anderen Seite des Flures hängt ein weißer Zettel, wo es weitergeht. Wir gehen zügig durch den langen, grauen und kahlen Flur auf den Zettel zu. Zwischendurch hören wir Stimmen, die aus den Zimmern zu kommen scheinen. Kurz vor dem Ende des Flures springt aus dem Nichts eine Tür auf und ein Soldat steht vor uns. »Platz da!«, verlangt er. Noch bevor wir reagieren können, prescht der Soldat durch uns durch und schiebt uns an die Wand. »Hey, pass doch auf!«, ruft Mark ihm hinterher, bekommt aber nur eine patzige Antwort vom Soldaten: »Beschwert euch doch bei eurer Mutter!« Der Soldat stößt die Tür auf und ist verschwunden. »Nett hier«, brumme ich vor mich hin und schüttle meinen Kopf. Nach dem Vorfall gehen wir einfach weiter bis zum Ende, wo das Schild hängt, und folgen diesem. Dieses Mal ist auf dem Schild wieder zu lesen »ANMELDUNG MUSTERUNG« und ein Pfeil, der nach oben rechts zeigt.

»Häää? Wieso zeigt er nach oben rechts? Hier ist gar keine Treppe«, stellt Alex verwundert fest. Wir schauen uns um. Wir stehen vor einer grauen Wand. Hat uns wer verarscht oder was ist los? Ich gehe ein paar Meter wieder zurück durch den langen, grauen und kahlen Flur, bis ich vor der Tür stehe, wo uns der Soldat entgegengekommen ist. »Hey, hier müssen wir lang. Auf dem Schild neben der Tür steht ‚Treppenhaus‘.« Alex und Mark kommen zu mir und gemeinsam stiefeln wir die Stufen hoch ins erste Obergeschoss. Am Ende der Treppe ist wieder eine Tür mit dem Zettel »ANMELDUNG MUSTERUNG« und ein Pfeil nach oben. Wir treten durch die Tür und stehen in einem langen, grauen und kahlen Flur. Gegenüber der Tür hängt wieder ein Schild mit dem Pfeil und der Aufschrift. Wir folgen dem Schild bis zu einem Büro. »Hättet ihr gedacht, dass hier mehr Leute sind?«, fragt Alex von hinten. »Schon merkwürdig, bei so vielen Leuten, die wir auf dem Weg zur Kaserne getroffen haben, hätte ich gedacht, dass hier welche auf den Fluren warten«, antwortet Mark. »Mhh, keine Ahnung«, füge ich schulterzuckend hinzu, während ich die Tür zum Büro aufstoße. Noch bevor ich in den Raum trete und etwas sehe, werde ich lautstark angebrüllt: »Raus! Habe ich Ihnen befohlen, reinzukommen?« »Ähm ... tut mir leid, ich dachte ... ähm«, stottere ich vor mich hin und blicke in die wütenden Augen eines Soldaten. Der Soldat brüllt erneut: »Raus aus meinem Büro. Wenn Sie hereinkommen möchten, klopfen Sie gefälligst. Haben Sie verstanden?« Von mir kommt nur ein kleinlautes »Ja, habe ich« und ich schließe eingeschüchtert die Tür. »Was war das denn schon wieder? Sind hier nur so komische Leute?«, frage ich, leicht unter Schock stehend. Alex und Mark lachen leise vor sich hin. »Nicht lustig!« »Doch, das war zu lustig, dein Blick«, erwidert Alex mir auf mein »Nicht lustig«. Wir atmen einmal tief durch und klopfen dieses Mal erst einmal an. Wir warten kurz, bis uns von drinnen ein «Bitte reinkommen« erreicht, und wir treten ein. »Was wollt ihr?«, fragt der Soldat gelangweilt. »Wir wollen zur Musterungs-Anmeldung, sind wir hier richtig? Also, wenn nicht, sind Ihre Schilder falsch angebracht«, sage ich unsicher. »Nein, hier sind sie richtig. Ihr drei beabsichtigt, euch anzumelden?«, fragt uns der Soldat. Wir drei antworten fast gleichzeitig mit einem stolzem »Ja!« »Na gut, habt ihr eure Personalausweise und Führerscheine, falls vorhanden, mit?« Wir antworten wieder stolz mit einem »Ja!« »Na gut, dann setzt euch hin, und ich nehme eure Daten auf«, sagt er weiterhin in einem gelangweilten Ton. Wir setzen uns auf die Stühle, die vor seinem großen massiven Tisch stehen, und reichen ihm unsere Personalausweise und Führerscheine. Es herrscht eine nervöse Stille, die nur gelegentlich durch das Murmeln des Soldaten unterbrochen wird. Als uns der Soldat wieder anschaut, fragte er uns: »Ihr seid gesund?« »Ja«, antworten wir ihm erneut fast zeitgleich. »Na gut, ich habe eure Daten im System aufgenommen, eure Führungszeugnisdaten angeschaut und denke, ihr dürft eine Runde weiter zum Arzt.« »Danke«, antwortet Alex. »Und wie kommen wir dahin?«, frage ich ihn. »Ganz einfach. Ihr geht aus dem Gebäude raus, haltet euch links und das dritte Haus links, da ist eine Kreuzung, dort rechts und bis zur nächsten Kreuzung, da dann wieder links. Ihr geht dann immer geradeaus, bis ihr auf eine große weiße Halle trefft, mit einem unverfehlbaren roten Kreuz dran. Verstanden?« »Jap!«, antwortet Mark. »Gut, wenn ihr gefragt werdet, wer euch geschickt hat, sagt ihr, ihr würdet vom Kommandanten Nebel geschickt.«

»Verstanden«, sage ich. Wir stehen auf und wollen gerade den Raum verlassen, als der Kommandant noch plötzlich hinter uns »Stopp, wartet«, ruft. »Ja?«, wir drehen uns fragend um. »Könnt ihr den Nächsten reinschicken? Ich will ihn auch einmal zur Sau machen, das macht Spaß«, fragt er uns mit einem kleinen Lächeln im Gesicht. »Ähm, okay!?«, antwortet Alex ihm, wir öffnen die Tür und verlassen den Raum.

Auf dem Flur schließen wir die Tür hinter uns und blicken uns um, ob jemand auf dem Flur wartet. Tatsächlich wartet jemand dort, wir schicken ihn rein. Noch bevor wir das Treppenhaus erreichen, hören wir aus dem Büro, in dem wir gerade gesessen haben, ein uns bekanntes Brüllen. Wir grinsen uns an und machen uns auf den Weg zum Arzt. Erst die Treppen runter, den langen, kahlen und grauen Flur entlang und durch die Tür auf die Straße. Die Straße links entlang bis zur Kreuzung und dort rechts. Wir gehen zügig die Straßen entlang und bevor wir um die nächste Ecke biegen, hören wir ein maschinenähnliches Geräusch, welches auf uns zukommt. Aber es hört sich nicht wie ein Panzer an, also nicht, dass ich schon viele Panzer gehört habe, aber nein, es ist kein Panzer. Das Geräusch ist so gleichmäßig und stumpf. Noch bevor ich das Geräusch identifizieren kann, kommt es um die Ecke. Das Geräusch kommt von einer großen marschierenden Truppe, die an uns dreien vorbeigeht und die Erde beben lässt.

Ich schaue der Truppe mit großen Augen hinterher. Ich hätte nie gedacht, dass eine Menschenmenge, die gleichzeitig marschiert, so krass angsteinflößend sein kann, geschweige denn, dass sie die Erde zum Beben bringen kann. »Komm weiter, Liam, der Krieg wartet nicht auf dich«, ruft Alex mir zu, der zusammen mit Mark schon weitergegangen ist. Ich flitze schnell hinter den beiden her und habe sie innerhalb einiger Schritte eingeholt. Wir gehen weiter in Richtung des weißen Gebäudes, das nun gut erkennbar am Ende der Straße liegt.

An dem großen weißen Gebäude angekommen, stoßen wir auf eine lange Schlange von Leuten, die darauf warten, dranzukommen. »Oh Mann, hier sind also die ganzen Leute, die wir vor der Kaserne gesehen haben«, bemerkt Mark. »Sollen wir uns mal vordrängeln?«, flüstert Alex uns beiden zu. »Warum?«, flüstere ich ebenfalls, um nicht aufzufallen. »Na ja, warum sollte der Kommandant sagen, dass er uns explizit schickt, wenn hier ohnehin alle in einer langen Reihe stehen? Das macht doch nur Sinn, wenn wir, na ja, vielleicht speziell sind? Oder so«, erklärt uns Alex flüsternd. Sinn ergibt es schon, was er sagt, aber warum sind wir denn speziell? »Wie kommen wir denn an den Leuten vorbei? Sollen wir alle Wartenden fragen, ob sie uns vorbeilassen?«, hake ich leise nach. »Lass das mal bitte meine Sorge sein. Seid ihr dabei oder raus?«, flüstert Alex, mehr als Aufforderung als fragend. »Okay, dann zeig mal, was du vorhast«, fordere ich von ihm.

Alex räuspert sich kurz und fängt mit einer tiefen und fordernden Stimme an: »Achtung, bitte lassen Sie uns mal durch, wir haben einen wichtigen Auftrag zu erledigen.« So kommen wir ungehindert an den wartenden Leuten vorbei, ohne dass sie sich beschweren, gelegentlich schauen ein paar skeptisch, denken sich bestimmt, typisch Militär. Vorn an der Anmeldung angekommen, werden wir mit einem strafenden Blick und mit einem Mal wieder sehr schroffen Ton von einem Soldaten gefragt: »Was wird das hier, wenn es fertig ist?« »Wir sollten uns hier melden, hat man uns gesagt«, erwidert Alex mit fester Stimme. »Und warum stellt ihr euch nicht hinten an, wie alle anderen?«, bekommt Alex als Antwort. »Weil der Herr Kommandant Nebel es uns befohlen hat«, erwidert er erneut mit fester Stimme. Ich habe das Gefühl, dass es Alex jetzt schon hier gefällt, beim Militär. Die Stimme des Soldaten wirkt plötzlich nicht mehr so streng schroff, sondern eher freundlicher schroff: »Wenn Kommandant Nebel es befohlen hat, dann wird es wohl seine Richtigkeit haben. Namen und Ausweise!« Wir geben ihm unsere Ausweise, er schaut kurz im Computer nach, reicht uns ein paar Zettel und jedem einen Kugelschreiber, wo Werbung vom Militär draufgedruckt ist, in die Hand und befiehlt im strengen schroffen Ton vom Anfang: »Ausfüllen und mit zum Doktor nehmen, wenn ihr aufgerufen werdet. Dort bekommt ihr neue Befehle! Wegtreten!« Wir tun, wie uns geheißen, und gehen neben den Soldaten vorbei in die Halle und setzen uns auf freie Stühle.

Nach ungefähr einer Viertelstunde wird Alex aufgerufen und ist in der Kabine mit der Nummer 5 verschwunden. Drei Minuten später wird Mark in die Kabine Nummer 7 gerufen und verschwindet in dieser. Ich muss noch etwas länger warten und so fange ich an, mich zu fragen, ob ich ankämpfen will oder nicht. Ich bin früher schon auf dem Pausenhof jeder Prügelei oder sonstigen Verletzungen aus dem Weg gegangen. Ich war eher der ruhige Junge, der auf der Bank in der dunklen Ecke auf dem Pausenhof saß. Ich wollte nie Stress, aber hatte bis zu meiner Ausbildung eigentlich nie richtige Freunde, ich nenne sie lieber Schulbekanntschaften, aber noch bevor ich einen Beschluss fassen kann, ob ich in diesem Krieg kämpfen will oder auch nicht, werde ich aus meinen Gedanken gerissen. Mein Name wird aufgerufen und ich muss in die Kabine Nummer 2. Ich gehe durch die grüne Tür in einen weißen, sterilen Raum mit einer Liege, einem Stuhl und einem Tisch. Ich setze mich verunsichert auf den Stuhl und schaue mich in dem kleinen Raum um. Beim genaueren Umschauen fällt mir eine weitere Tür auf, auf der gegenüberliegenden Seite. Da kommt vermutlich der Arzt raus, ich habe nämlich noch keinen Arzt heute gesehen. Ich möchte wieder darüber nachdenken, ob ich jetzt kämpfen will oder nicht, als die Tür schwungvoll aufgestoßen wird und ein Arzt mit einer Arzthelferin eintritt. Der Arzt hat einen weißen Kittel an, mit einem weißen Hemd, weißer Hose, weißen Schuhen und einem weißen Gürtel. Die Arzthelferin hat das Gleiche, nur in Grün, zudem noch ein weißes Tablett in der Hand. Der Arzt begrüßt mich freundlich: »Guten Tag, junger Herr, wie geht es Ihnen?« Noch bevor ich antworten kann, redet er einfach weiter. »Na alles gut, bitte seien Sie nicht nervös. Wir stellen nur ein paar einfache Fragen, nehmen ein paar Tröpfchen Blut und dann geht es hoffentlich weiter zum Sport-Check-up. Bitte geben Sie mir als Erstes Ihren Personalausweis.«

So oft wie heute habe ich meinen Perso noch nie zeigen müssen, glaube ich. Ich reiche ihm meinen Personalausweis, er reicht ihn weiter an seine Assistentin. »So, dann wollen wir mal beginnen. Name?« »Liam Silberglanz«, antworte ich und es entsteht eine Stimmung wie bei einem Verhör, er fragt, ich antworte, die Assistentin schreibt auf ihr Tablet.

»Wie alt?«

»Siebzehn.«

»Augenfarbe?«

»Blau.«

»Haarfarbe?«

»Blond.«

»Hautton?«

»Hell.«

»Körpergröße?«

»Circa 1,75.«

»Körpergewicht?«

»Circa siebzig Kilo.«

»Bestehen Krankheiten?«

»Nicht dass ich wüsste.«

»Blutgruppe?«

»Keine Ahnung.«

»Okay, das finden wir noch heraus.«

»Haben sie alles, Schwester?« Sie nickt. «Okay, bringen Sie mir bitte das Spritzenbesteck und dann nehmen wir kurz etwas Blut ab.« Die Assistentin verlässt kurz den Raum und kommt einen Augenblick später mit dem Spritzenbesteck wieder. »Schon mal Blut abgenommen bekommen?«, fragt der Arzt mich, ich antworte stolz: »Selbstverständlich. Seit einem Jahr sogar Blutspender.« »Na dann weißt du, wie es läuft«, erwidert er mit einem kleinen Lächeln. Ich krempele meinen Ärmel hoch, pumpe das Blut in meinem Arm, indem ich die linke Hand mehrfach zu einer Faust balle und wieder öffne. Ein kurzer Stich in meine Ellenbeuge, die Nadel ist im Arm. Das Blut strömt in die Kapsel, die an die Nadel geschraubt ist. Ich fülle erst die erste, dann die zweite und am Schluss die fünfte. Die Assistentin nimmt die vollen Kapseln, klebt Aufkleber darauf und bringt sie weg. Nachdem die Nadel aus meiner Ellenbeuge entfernt wurde, bedankt sich der Arzt: »Danke für dein Blut, bitte geh zum Sport-Check-up. Dafür musst du aus der Tür herausgehen und links bis zum

Ende gehen. Dann folgst du den Schildern und meldest dich dort an. Und hier bitte sehr Ihr Personalausweis.«

Ich verlasse den weißen Raum durch die grüne Tür mit der Nummer 2. Gehe links herum bis zum Ende des Ganges und folge den Schildern mit der Aufschrift »SPORT-CHECK-UP« und den Pfeilen, entlang an etlichen der Kabinen mit den grünen Türen. Auf der Höhe von Kabine 82 ist Schluss. Das war die letzte Kabine, dahinter beginnen lange Stuhlreihen, wo auch ein paar wenige Leute drauf sitzen. Ich gehe an den leeren Stühlen vorbei. Bei den wartenden Personen angekommen, frage ich höflich: »Muss ich mich erst anmelden oder wartet ihr darauf, euch anzumelden?« Mürrisch antwortet mir ein Mann, der circa vierzig ist, ohne von seinem Handy aufzublicken: »Musst dich erst anmelden.« Dementsprechend gehe ich an den wartenden Leuten vorbei zur Anmeldung. An der Anmeldung werde ich schon wieder von einem schlecht gelaunten Soldaten begrüßt: »Guten Tag, Ausweis und Name.« Ich gebe ihm meinen Personalausweis und nenne ihm meinen Namen. Er gibt meinen Namen in den Computer ein, schaut mich einmal kurz mit einer hochgezogenen Augenbraue an, blickt zurück auf den Computerbildschirm und drückt mir einen Zettel mit einer Zahl in die Hand. »Hier bitte sehr, wenn die Zahl aufgerufen wird, sind Sie an der Reihe, ist eigentlich selbstverständlich.« Ich gehe zurück zu den wartenden Leuten, noch bevor ich mich hinsetzen kann, ruft mich der Soldat zurück: »Sie müssen hier entlang, dort sind sie falsch.« »Ähm, okay, wohin genau?«, frage ich ihn. »Hier entlang, und dort hinten hinter der Ecke sind auch noch Plätze«, zeigt er mir. Ich gehe neben ihm vorbei bis zur Ecke. Ich blicke um die Ecke und entdecke Alex und Mark, die in ein Gespräch vertieft sind. Leise versuche ich mich an die beiden ranzuschleichen, um sie zu erschrecken. Leider bemerken sie mich zu früh, und wir fangen an zu lachen. Kommt vermutlich nicht gerade gut rüber, in einer Musterungssituation zu lachen, besonders nicht, wenn der Krieg ausgebrochen ist. Aber egal.

Wir können uns nur kurz austauschen über die Sachen, die beim Arzt passiert sind, denn nur nach kurzer Zeit werden wir drei und noch zwei weitere, die in unserem Alter sind, aufgerufen.

Wir folgen einem, mal wieder einem Soldaten in einen weiteren Raum. In dem Raum stehen Hütchen, Klimmzugstangen, Matten und Tische mit Bänken. Es sieht aus wie in einer Schulsporthalle. Der Soldat dreht sich zu uns um und erklärt: »Willkommen beim Sport-Check-up, ich erkläre euch die Regeln. Als Erstes testen wir eure Schnelligkeit und Mobilität, indem ihr sechs mal hundert Meter sprinten müsst, zwischen zwei Hütchen. Danach folgt eine Kraftübung an den Klimmzugstangen. Dort müsst ihr euch so festhalten, dass euer Kinn über die Stange zeigt. Und zuletzt teste ich eure Ausdauer im 800-Meter-Dauerlauf.« »Woher wissen wir, dass wir es geschafft haben?«, hake ich nach. »Das sage ich euch, wenn ihr es nicht schafft. Ihr habt für jede Übung drei Versuche. Du bist als Erster«, erwidert er und zeigt auf mich. »Du bist doch Liam?« Ich schaue ihn verdutzt an und frage mich, woher er meinen Namen weiß: »Ja, das bin ich.« »Ich habe eure Personalausweise, falls ihr euch fragt, woher ich das weiß«, antwortet er, als könnte er Gedanken lesen, und mir fällt jetzt erst auf, dass ich meinen Personalausweis bei der Anmeldung zum Sport-Check-up nicht wiederbekommen habe. Ich gehe zum ersten Hütchen und mache mich bereit zum Lossprinten. »Auf die Plätze, fertig, los!«, ruft der Soldat, ich sprinte los. Ich erreiche das gegenüberliegende Hütchen, sprinte zurück, wieder hin und zurück, bis ich sechsmal hundert Meter gesprintet bin. Letzter Sprint und fertig, ich laufe hinter dem letzten Hütchen aus und schaue zum Soldaten. Er stoppt die Stoppuhr. Notiert die Zeit auf einem Klemmbrett, was mir bisher nicht aufgefallen ist. Ich jogge zum Soldaten hin und frage ihn: »Habe ich es geschafft?« Er antwortet trocken: »Habe ich gesagt, du musst es noch einmal machen?« Ich antworte ihm, leicht außer Atem gekommen: »Ähm ... Nein?« »Also bestanden«, beantwortet er mir die Frage.

Nach mir kommt einer der beiden anderen, die mit uns aufgerufen wurden, an die Reihe. Sein Name ist Ben. Auch er läuft ziemlich schnell die sechs Bahnen und schafft die Übung. Alex und Mark kommen ebenfalls einwandfrei durch die Übung. Am Schluss muss Viktor ran, der Zweite der beiden. Der erste Versuch von Viktor ist schnell, aber er muss die Übung wiederholen, da er ein Hütchen nicht richtig angelaufen ist. Beim zweiten Versuch klappt es auch bei ihm.

Die zweite Übung, die Kraftübung, ist etwas schwerer, für mich auf jeden Fall. Ich beginne wieder als Erster und halte mich mit dem Kinn über der Stange, eine gefühlte Ewigkeit. Ich lasse mich danach einfach auf den weichen Mattenboden, der unter der Klimmzugstange ausgelegt ist, fallen. Ben und Alex schaffen es auch nur mit großen Mühen, sich eine Weile über der Stange zu halten. Bei Mark und Viktor, bei denen sieht es aus, als könnten sie sich den ganzen Tag so festhalten, es sieht bei den beiden komplett easy aus. Es schaffen alle die Übung und wir kommen zum Ausdauerlauf.

Wir bekommen eine kurze Trinkpause, bevor wir uns dem Ausdauerlauf widmen müssen. Mark fragt mich: »Hey Liam, hast du einen Tipp, wie man am besten läuft? Du weißt doch, ich bin eher ein Mucki-Typ und kein Ausdauertyp.« Ich überlege kurz und sage Mark dann: »Nicht zu schnell loslaufen, lieber etwas langsamer und gleichmäßig laufen, versuche deine perfekte Balance zu finden zwischen schnell und ‚Ich verbrauche nicht viel Energie‘.« Eigentlich will ich Mark noch einen Tipp geben, aber der Soldat unterbricht mich: »Na, ihr könnt schon wieder fleißig reden, dann könnt ihr auch laufen. Ihr lauft gleichzeitig los.« Wir gehen zur Start-/Ziellinie und machen uns bereit loszulaufen. Ich erwartete ein »Auf die Plätze, fertig, los«, aber stattdessen erklingt eine Glocke. Wir laufen los. Ich kenne mein Tempo relativ gut, durch das regelmäßige Joggen, das ich in meiner Freizeit treibe, und muss nicht erst mein Tempo finden, wie Mark oder Viktor. Die ersten Runden laufen wir fast alle auf einem Haufen. In der vierten Runde setzt Ben sich zusammen mit mir ein gutes Stück ab und wir erlaufen uns zusammen einen immer größeren Vorsprung. In der letzten Runde sind wir beide immer noch gleich, da ich immer noch etwas Energie überhabe, setze ich zum Schlusssprint an. Ben, der hat es kommen sehen und setzt fast gleichzeitig ebenfalls zum Schlusssprint an. Ein enges Kopf-an-Kopf-Rennen entwickelt sich zwischen Ben und mir, mit einem haarsträubenden Zieleinlauf. Ich komme einen Schritt früher ins Ziel. Hinter der Ziellinie laufen wir noch eine gute halbe Runde aus. Wir reichen uns die Hand und lächeln verschwitzt. »Gut gelaufen«, sage ich zu Ben, schwer atmend. »Ebenfalls gut gelaufen. Glückwunsch zu deinem ersten und letzten Sieg gegen mich«, entgegnet er mir, ebenfalls außer Atem.

Wir gehen zurück zur Ziellinie, wo Alex einläuft. Wir gehen Alex entgegen und geben uns ein High-five. Alex ist ebenfalls komplett verschwitzt und außer Atem und bekommt kein Wort raus. Wir drei stellen uns an die Seite der Bahn und feuern, so gut es geht, Mark und Viktor an. Die beiden schleppen sich mit ihrer letzten Kraft über die Ziellinie, lassen sich kurz dahinter stumpf auf den Boden sacken und sind vollkommen erledigt. Ich schaue den Soldaten an, er schreibt die Zeiten von Mark und Viktor auf. Ich lasse mich, neben Mark und Viktor, die den ganzen Boden mit ihrem Schweiß überschwemmen, auf meinen Arsch plumpsen. Alex und Ben machen es mir nach. Wir warten auf das, was der Soldat als Nächstes verkündet, während er immer wieder mit dem Stift leicht auf sein Klemmbrett klopft. Es fühlt sich so ähnlich an wie damals in der Schule, wenn alle Kinder darauf warten, dass der Lehrer im Sportunterricht den Tagesplan erklärt. Ich frage flüsterleise in die Runde: »Glaubt ihr, wir kommen alle in den gleichen Trupp? Ich finde, wir geben ein super Team ab.« Ben antwortet flüsterleise: »Ich hoffe, ihr seid mega.« Wir lächeln uns an. Alex will ebenfalls was dazu flüstern, wird aber schon vorher vom

Soldaten unterbrochen. »So, so. Ihr könnt schon wieder reden. Dann hättet ihr auch schneller laufen können«, merkt er mit einem kleinen Grinsen im Gesicht an. »Und trotzdem habt ihr alle alle Prüfungen bestanden. Auch wenn es bei manchen von euch sehr knapp gewesen ist. Wenn ihr euch genug ausgeruht habt. Dann könnt ihr jetzt, Betonung liegt auf jetzt, wieder zum Kommandanten Nebel gehen.« Gemeinsam helfen wir Mark und Viktor aufzustehen und gehen an der Anmeldung zum Sport-Check-up vorbei, vorbei an den wartenden Leuten, vorbei an den grünen Türen mit den Zahlen des Medizin-Check-ups, vorbei bei der Anmeldung und an der langen Schlange entlang die Straße hinunter, vorbei an den Kasernengebäuden, biegen an den Kreuzungen ab, auch wenn wir gelegentlich unsicher sind, ob es die richtige ist oder doch erst die nächste.

Schlussendlich kommen wir am Gebäude an, in dem der Kommandant sein Büro hat. Wir gehen durch die Tür, wo immer noch der Zettel hängt »ANMELDUNG MUSTERUNG« und der Pfeil, der nach oben zeigt. Wir gehen durch die Tür. Gehen den grauen, kahlen und langen Flur entlang bis zur Tür, wo sich das Treppenhaus befindet. Gehen die Treppen hoch ins erste OG und betreten dort wieder den langen, grauen und kahlen Flur. Klopfen an die Tür von Kommandant Nebel. Wir horchen an der Tür, aber keine Antwort. Ich klopfe erneut, dieses Mal etwas doller. Wieder keine Antwort. »Komisch!«, stellt Ben verwundert fest. »Sind wir hier an der richtigen Tür?« Alex antwortet: »Jap, sind wir, außer jemand hat das Schild falsch aufgehängt.« Ich drücke vorsichtig die Klinke der Tür hinunter, aber die Tür öffnet sich nicht. »Was ist das denn für ein Scheiß«, meckert Viktor. »Na toll, das Erste, was du nach dem Ausdauerlauf herausbringst, ist Gemecker?«, witzele ich, wofür ich einen mahnenden Blick von Viktor bekomme. »Lass uns auf die Stühle setzen, vielleicht holt er nur etwas zum Trinken«, schlägt Alex vor. Wir setzen uns auf die paar Stühle, die auf dem Flur stehen, und warten. »Was meint ihr? Wir werden den Krieg gewinnen, oder?«, fragt Ben. »Sicher!«, antwortet Viktor selbstbewusst. »Es wird sicherlich anstrengend, aber wir werden siegen«, ergänzt Alex. »Weiß eigentlich jemand, warum wir im Krieg sind?«, hake ich nach. »Weil sie uns angegriffen haben!«, schmeißt Mark mir an den Kopf. »Natürlich, weil sie uns angegriffen haben. Aber warum greifen sie uns an, das ist mir ein Rätsel?«, erkläre ich meine Frage präziser. »Keine Ahnung, irgendwer hat irgendjemanden anscheinend beleidigt oder so. Keine Ahnung, Politik ist nicht meins«, erklärt uns Alex in die Runde und hofft, dass wer aus der Runde es besser erklären kann. Aber keiner hat eine Ahnung davon. Ein typisches Bild heutzutage. Keiner hat mehr Interesse an der

Politik. Politiker sind doch eigentlich Vertreter des Volkes, nur dass sie nicht am Volk interessiert sind und das Volk nicht mehr an der Politik.

»Ah, okay, danke«, erwidere ich auf die Antwort, die eigentlich keine ist, obwohl ich weiterhin nicht verstanden habe, warum man uns angreift.

Die Tür vom Treppenhaus wird aufgestoßen und der Kommandant Nebel betritt den Flur. »Ihr seid schon hier? Habe mir gerade einen Kaffee geholt«, er wirkt entspannt und richtig fröhlich. Er schließt sein Büro auf und lässt uns eintreten, bevor er hinter sich die Tür wieder schließt. Wir bleiben vor seinem Schreibtisch stehen, während er sich hinter seinem Schreibtisch auf seinen Stuhl setzt. »Erzählt mal, wie war der Sport- und Medizin-Check-up?«, fragt er uns freundlich. »Ähm gut«, antworte ich ihm leicht überfordert, da ich mit der plötzlichen Freundlichkeit nicht ganz klarkomme. Kommandant Nebel klappt nebenbei seinen Laptop auf, um unsere Ergebnisse zu kontrollieren. Während er die Berichte der Check-ups liest, nickt er zufrieden, brummt was in sich hinein oder schaut einen von uns überrascht, begeistert oder interessiert an. Am Schluss klappt er den Laptop zu, schaut uns mit einer ernsteren Miene an und fragt: »Wisst ihr, warum ihr immer so schnell drangekommen seid?«, Wir schauen uns in der Runde an und zucken fast gleichzeitig mit den Schultern. »Okay, ich erkläre euch das. Ihr seid so schnell drangekommen, weil entgegen vielen anderen Einberufenen seid ihr im perfekten Alter und ihr seid fit. Daher legen wir auf eure Ergebnisse und eure Verpflichtungen besonders viel Wert. Ihr seid sozusagen perfektes Militärmaterial. Also, bevor ich euch jetzt eure Ergebnisse vorlese, will einer von euch verweigern?« Ich schaue die anderen an. Ich habe mir den Kopf zerbrochen, will ich, will ich nicht? Letzte Chance. Ich will nicht kämpfen, will aber auch nicht als Feigling neben meinen Freunden dastehen. »Ich will auf jeden Fall den Wichsern in den Arsch treten«, sage ich so überzeugend, wie ich es nur kann, ohne überzeugt von mir zu sein, und hoffe, dass es niemandem auffällt, dass ich eigentlich nicht kämpfen will. Alex, Mark, Viktor und Ben stimmen mit ein und im recht kleinen Büro ist eine Euphorie des Krieges zu spüren, eine Vorfreude auf eine Sache, wo der Tod regiert. »Ich merke, ihr seid heiß«, merkt Kommandant Nebel an, kramt aus dem Bürotisch fünf Stapel Papier raus und legt sie uns hin. »Hier, euer Vertrag, bitte einmal ausfüllen und unterschreiben. Wenn das getan ist, könnt ihr nach Hause, eure Sachen packen und morgen um 10 Uhr in der Früh wieder hier sein.« Ich fülle die Zettel aus, ich will meine Unterschrift unten daraufsetzen. Ich zögere, ist es das, was ich machen will, will ich ab morgen, 10 Uhr in den Krieg? Ich schaue hoch, schaue auf das, was die anderen machen. Alex,

Mark, Viktor und Ben unterschreiben ihren Zettel, ich schaue zum Kommandanten, er erwartet freudig unsere unterschriebenen Verträge mit einem leichten Lächeln. Mir kommt sein leichtes Lächeln, das er die ganze Zeit schon hat, jetzt nicht mehr freundlich vor, sondern eher wie das Lächeln des Teufels. Ein Lächeln, das den Tod bringt. Ich werde von Alex angestoßen: »Komm schon, Liam, was zögerst du? Der Feind wartet nicht auf dich!« Ich unterschreibe!

Wir verlassen das Büro, gehen den langen, grauen und kahlen Flur entlang zum Treppenhaus. Die Treppe nach unten und erneut den langen, grauen und kahlen Flur Richtung Ausgang. Durch die Tür nach draußen und rechts Richtung Schrankenanlage, um das Kasernengelände zu verlassen. Vorbei an den Soldaten an der Schrankenanlage in Richtung Parkplatz. Auf dem Parkplatz trennen sich die Wege von uns. Wir verabschieden uns mit einem High-five von Ben und Viktor, bis morgen früh. Steigen in Marks Auto ein und fahren nach Hause, um die Sachen einzupacken, die wir benötigen. Die Fahrt kommt mir so vor, als würde ich gerade aus einem absoluten Albtraum aufwachen, der gerade erst begonnen hat und der mich die nächsten Nächte nicht in Ruhe lassen wird. Von mir aus kann die Fahrt ewig dauern, Hauptsache, wir fahren weg. Weg von diesem Ort, dem Ort, an dem Albträume gebaut werden. Werden sie da überhaupt gebaut? Oder werde ich nur auf die echten Albträume vorbereitet. Ich werde es schnell genug selbst erfahren.

Mark bringt zuerst Alex zur Firma, da Alex sein Auto dort stehen hat, mit dem er nach Hause fährt. »Alex, denk daran, acht Uhr morgen hole ich dich zuhause ab«, ruft Mark Alex hinterher, als er aus dem Auto aussteigt. »Joa, verstanden, bis morgen!«, antwortet Alex und schließt die Autotür hinter sich und verschwindet auf dem Firmenparkplatz zwischen den ganzen Autos. Wir fahren zu mir. »Liam, alles okay? Du bist den ganzen Tag schon so leise?«, fragt Mark mich von vorn. »Keine Ahnung, der Tag ist, der Tag war ... Kompliziert? Komisch? Keinen Plan. Heute Morgen war die Welt, war meine Welt noch in Ordnung, noch heil. Sie war normal«, schütte ich ihm meine Gefühle aus. »Fühle ich, Bruder, fühle ich«, bekomme ich als Antwort. »Aber Abwechslung oder etwas Spannendes ist doch auch cool.« »Ja, aber doch nicht so was, doch kein Krieg! Ein Feuer, einen Raketenstart, 'n WM-Finale, so etwas meine ich mit Abwechslung oder Spannendem. Aber doch kein Fucking-Krieg!«, rege ich mich auf dem Rücksitz auf. Danach ist Stille im Auto,

Mark erwidert nichts. Hat er es eingesehen? Oder hat er einfach keinen Bock, mit mir zu diskutieren?

Wir kommen bei mir vor dem Haus an. Ich öffne die Tür und drehe mich zu Mark um. Er schaut mich mit einem traurigen Blick an und ich merke, mit dem, was ich vorhin auf dem Weg gesagt habe, habe ich genau das Gleiche gesagt, was auch ihm auf der Seele brennt, nur hatte er es nicht ausgesprochen, oder er hat sich einfach nicht getraut. Ich nicke ihn verständnisvoll an und frage in einem sanften Ton: »Halb acht bei mir?«, er nickt leicht, dreht sich nach vorn. Ich schließe die Tür und Mark fährt los. Ein paar Sekunden bleibe ich noch wie angewurzelt stehen. Ich schüttele mich, schließe die Haustür auf, schleppe mich die Stufen hoch zu meiner Mietwohnung.

DER ERSTE TAG BEIM MILITÄR

Am nächsten Morgen kurz vor halb acht verlasse ich meine kleine, aber doch ästhetische Mietwohnung und stelle mich unten an die Straße. Ein frischer und kühler Morgenwind fegt mir um die Nase und ich schaue auf die aufgehende Sonne, die sich über die Häuser erhebt und deren erste Lichtstrahlen die Straßen erhellen. Kurz nach halb kommt Mark angefahren. Ich packe meine Tasche mit meinen Sachen in den Kofferraum und blicke zum letzten Mal auf die Fenster meiner Mietwohnung, als würde ich sie zum letzten Mal sehen können. Ich will gerade in das Auto einsteigen, da fällt mir ein, dass ich den Schlüssel in den Briefkasten meiner Nachbarin werfen muss, damit sie den Schlüssel meinen Eltern geben kann, sodass sie in meine Wohnung können. Schnell laufe ich zum Briefkasten, schmeiße den Schlüssel hinein und laufe zurück zum Auto. Setze mich auf den Beifahrersitz und begrüße Mark mit einer freudigen Begrüßung. Das Gespräch von gestern ist vergessen und wir beide freuen uns auf das, was kommt.

Auf dem Weg zu Alex halten wir noch schnell beim Bäcker. Susann begrüßt uns zum allerersten Mal, seit wir bei ihr die Brötchen kaufen, nicht mit einer übertriebenen Freundlichkeit, sondern mit einem angespannten, nervösen und ängstlichen »Hallo, wie geht es euch? Müsst ihr heute gar nicht arbeiten?« »Nein, wir haben heute unseren ersten Tag beim Militär!«, antwortet Mark stolz. »Ah, okay, freut mich. Was darf ich euch heute denn geben?«, fragt sie mit einem aufgesetzten Lächeln. »Sechs normale Brötchen mit Käse und Wurst«, bestellt Mark. Susann packt alles in eine Tüte und Mark bezahlt. Beim Verlassen des Ladens dreht sich Mark um und verkündet prahlend: »Bis Weihnachten sind wir wieder deine besten Kunden.«

Weiter Richtung Alex. »Glaubst du wirklich, bis Weihnachten ist der Krieg vorbei?«, frage ich Mark, bekomme aber nur ein »Warum denn nicht?« als Antwort. Mark dreht seine Musik lauter, die die ganze Zeit leise im Hintergrund lief. Es ist die gleiche Playlist wie gestern. Gestern konnte ich mitsingen, heute ist mir nicht danach. Heute will ich nichts lieber, als aus dem Auto zu springen und mich einfach wieder ins Bett legen und hoffen, dass dieser ganze Albtraum aufhört. Seit gestern lebe ich in diesem Albtraum und hoffe, dass mich einfach jemand boxt, weil ich glaube, dass selbst ein einfaches Kneifen mich nicht mehr wecken würde. Bei Alex angekommen hupt Mark zweimal, so weiß Alex, dass Mark da ist und er kommen muss. Wenige Sekunden später ist Alex auch schon aus dem Haus gekommen und schmeißt seine Klamotten ebenfalls in den Kofferraum und setzt sich auf die Rückbank. Wir begrüßen uns fröhlich und machen uns nun, mit Partymucke und Vorfreude auf die Ausbildung zum Soldaten, auf den Weg.

Wir verlassen die Stadt und fahren entlang der Felder und Äcker. Im Rückspiegel ziehen über der Stadt dunkle und fette Regenwolken auf, es fühlt sich an, als würde die Stadt mit Tränen Abschied von uns nehmen wollen. Lieber richte ich meinen Kopf nach vorn, blicke durch die Windschutzscheibe in die mit Spannung erwartete Zukunft. Gröle die Party-Hits, die mit ohrenbetäubendem Lärm aus den Autoboxen ertönen, mit. Immer die Augen geradeaus, nicht zurückblicken und hoffen, dass meine Entscheidung richtig ist.

Wir kommen gut durch den Verkehr. Liegen gut in der Zeit. Kommen zwanzig Minuten früher an als geplant. Mark parkt sein Auto auf der gleichen Fläche wie gestern, nur deutlich näher an der Kaserne. Wir steigen aus dem Auto aus und nehmen unsere Rucksäcke aus dem Kofferraum. Schlendern Richtung Schrankenanlage. »Morgen, was ist Ihr Anliegen?«, werden wir von einem der Soldaten an der Schrankenanlage schroff gefragt. »Ähm, guten Morgen, wir sollen uns hier um 10 Uhr einfinden. Heute ist unser erster Tag. Wir sind neue Rekruten«, antworte ich ihm nervös. Der Soldat schaut auf seine Uhr: »Haben wir es schon 10 Uhr?«, fragt er erneut schroff. »Ähm, nein, noch nicht«, antworte ich noch nervöser. »Na ja, ich will heute nicht so streng sein«, sagt er in einem plötzlich freundlichen Ton und öffnet ein Tor neben der Schranke und lässt uns eintreten. Der Soldat zeigt auf eine Ecke, wo einige Bierzeltbänke stehen, und ergänzt sich: »Dort könnt ihr euch hinsetzen und warten, bis ihr neue Befehle erhaltet.« Wir setzen uns auf die Bänke. Ich nehme meinen Rucksack von den Schultern und stelle ihn vor mir auf den Boden. Einmal durchatmen, einmal umschauen, einmal die Augen schließen und wieder öffnen. Das ist jetzt wohl für eine Zeit, wie lang sie auch sein mag, mein neues Zuhause, ein rechteckiges, mit hohen Mauern umzäuntes Gelände.

Gestern Morgen stand mir die Welt noch offen. Heute ist meine Welt mit Mauern umzäunt. Wie das Leben einer Wildkatze, die in einen Zoo verschleppt wurde.

Ich ziehe mein Handy aus der Hosentasche und schreibe meinen Eltern eine kurze

Nachricht, »Bin jetzt in der Kaserne. Weiß nicht, wann ich dir wieder schreiben kann. In Liebe, Liam.«

Es vergehen ein paar Minuten, indem einige Militärfahrzeuge die Schrankenanlage passieren, ein paar LKWs verlassen die Kaserne mit Waffen und Soldaten, vermutlich fahren sie an die Front. Kurz vor 10 Uhr kommen auf einen Schlag gleich mehrere Personen zu uns, zu den aufgestellten Bierzeltbänken. Unter den Personen kann ich Viktor und Ben erkennen. Ich rufe sie zu uns. »Hey, Viktor, Ben. Hier drüben!«, sie schauen sich leicht verwirrt um, bis sie uns erkennen. Ben und Viktor setzen sich neben uns auf die Bank und wir begrüßen uns mit einem Handschlag. Um 10 Uhr ist die Gruppe auf gerade mal fünfzehn Leute angewachsen. »Ich hätte schwören können, wir würden deutlich mehr heute Morgen sein«, stellt Alex laut in die Runde hinein fest. »Stimmt, hätte ich auch gedacht«, erwidert einer der anderen und stellt sich gleich vor: »Hey, ich bin Maxim.« »Freut mich, ich bin Alex und die beiden sind Mark und Liam. Und hier sitzen Ben und Viktor«, stellt Alex sich und uns der Truppe vor. »Ah, krass, seid ihr alle befreundet? Ich bin Finn«, fragt Finn uns erstaunt. »Na ja, Ja. Viktor und Ben kennen wir erst seit gestern. Und diese beiden Vollpfosten, mit denen habe ich meine Ausbildung gemacht und wir arbeiten in der gleichen Firma«, erklärt Mark mit einem kleinen Lachen. Noch bevor sich weitere Leute vorstellen können, kommt Kommandant Nebel um die Ecke und befiehlt: »Ruhe!« Alle Gespräche verstummen sofort. Man hätte nun eine Stecknadel auf einen weichen Teppich fallen hören können. »Guten Morgen! Mein Name ist Kommandant Nebel und ich bin euer Ausbilder! Wie ich sehe, sind wir NICHT vollständig! Eine Person fehlt!« Ich schaue in die Gruppe. Keiner antwortet, weiterhin ist diese Stille zu hören. »Okay, sollte er gleich kommen, machen alle aus dieser Gruppe, ohne etwas zu sagen, fünf Liegestütze pro Minute, die er zu spät ist!« Alle nicken schweigsam, keiner traut sich etwas zu sagen. »Okay, zu Anfang dieser Ausbildung ist alles noch recht entspannt. Wir werden euch schrittweise in den Militärdienst einbringen. Die erste Woche ist viel Sport und Theorie angesagt. Ihr werdet die Waffen langsam kennenlernen, bevor ihr in der zweiten Woche die ersten Schießübungen machen dürft. Aber jetzt fangen wir mit einer kleinen Kennenlernrunde an. Jeder nennt seinen Namen und sein Alter. »Damit ihr euch besser kennenlernen könnt.«

Finn fängt an, sich vorzustellen: »Hi, ich bin Finn und 21 Jahre alt«, und alle anderen stellen sich ebenfalls kurz vor. Während wir uns der Gruppe vorstellen, hakt

Kommandant Nebel auf einem Klemmbrett die Namen ab. Maxim, 20, Luca, 20, Jonas, 22, Leon, 19, Paul, 19, Tim, 18, Nico, 18, David, 20, Elias, 22, Alex, 19, und Mark, 18, sind in der Gruppe.

»Wo wir das geklärt haben, begeben wir uns zu euren Stuben. Ihr werdet jeweils zu zweit eine Stube teilen. Wer mit wem auf eine Stube kommt, wurde mit einem Zufallsprinzip ausgelost«, die Truppe folgt dem Kommandanten. Wir gehen die Straßen entlang, an den ganzen Kasernengebäuden vorbei bis zum Gebäude mit der Nummer 32. Die Zahl ist groß mit weißer Farbe über der Eingangstür geschrieben und unübersehbar. Wir gehen hinein und stehen in einem langen, kahlen und grauen Flur. Alle zwei, drei Meter sind olivgrüne Türen mit knallgelben Türgriffen und einer weißen Zahl. Links sind die ungeraden Zahlen von eins bis neunzehn und auf der rechten Seite sind die Zahlen zwei bis zwanzig. »Das ist euer Gebäude. Hier ist nur euer Trupp untergebracht. Normalerweise bestehen die Trupps aus vierzig Mann. Ihr seid fünfzehn. Vielleicht noch sechzehn«, er macht eine kurze Sprechpause. »Kommen wir nun zur Stubenverteilung. Stube 1: Maxim und Luca. Stube 2: Liam und Finn, Stube 3: Jonas und Ben, Stube 4: Viktor und Leon, Stube 5: Paul und Tim, Stube 6: Alex und Nico, Stube 7: David und Elias, Stube 8: Mark und Joshua. Bitte bezieht eure Zimmer. Anleitungen, wie der Schrank, Bett und eure Stube auszusehen haben, liegen auf dem Schreibtisch. Wenn ihr fertig seid mit Auspacken und Bettenbeziehen, meldet ihr euch bei mir, hier im Flur. Dann inspiziere ich die Stube. Wenn alle fertig sind, bekommt ihr eure weitere Ausrüstung in den Schulungsräumen.« Kurz zögern wir, machen uns dann doch auf in unsere Stube. Ich drücke die gelbe Klinke der Tür von Stube Nummer 2 runter und betrete die Stube zögerlich. Meinen Blick lasse ich durch den kleinen Raum gleiten. Ein rechteckiges Zimmer mit einer blassgelben Tapete. Gegenüber der Tür ist ein Fenster mit gelben Vorhängen und zwei gegeneinanderstehenden Schreibtischen. Links und rechts steht jeweils ein Bett, mit dem Kopfteil in Richtung Fenster. Hinter den Betten an der Tür stehen zwei große Schränke.

»Hey, kannst du mal ganz ins Zimmer gehen?«, fragt Finn freundlich, aber bestimmend von hinten, auf dem Flur stehend. »Sorry, wollte nicht im Weg stehen.« Ich gehe weiter ins Zimmer hinein, damit Finn auch reinkommen kann. »Da, die Anleitung für die Stube«, bemerkt Finn und nimmt sie in die Hand und fängt an vorzulesen: »Guten Tag, neue Rekruten. Zuerst einmal herzlich willkommen beim Militär. In dieser Anleitung steht alles drin, wie Sie Ihre Stube zu führen haben.

Erster Punkt: der Schrank. Der Schrank ist in zwei Abteile geteilt. Der kleinere Bereich ist für die Zivilkleidung und der größere ist für Klamotten von uns.« Finn zeigt mir die Bilder, die unter dem Text abgebildet sind. Auf den Bildern ist genau zu erkennen, wie und wo welches Kleidungsstück einsortiert werden muss.

Finn liest weiter: »Zweiter Punkt: das Bett. Das Bettlaken muss gerade und ohne Falten auf dem Bett liegen, die Bettdecke und das Kopfkissen müssen genau so, wie auf den Bildern gezeigt, auf dem Bett zusammengefaltet liegen. Keinerlei Falten dürfen vorhanden sein.« Erneut schauen wir die Bilder an, die unter dem Text abgebildet sind.

»Dritter Punkt: die Stube. Die Stube muss jeden Tag aufgeräumt, staubfrei und ordentlich aussehen. Essen, Rauchen und Geschirr sind auf den Stuben verboten.«

»Wow, das sind einige Vorgaben, die einzuhalten sind«, stöhne ich. Finn legt den Zettel aus der Hand und beginnt damit, seine Tasche in den Schrank einzuräumen, und ich mache es ihm nach. Ich muss ein paarmal auf die Bilder schauen, wo was genau hingehört, wie was zusammengelegt werden muss. Der Schrank ist fertig eingeräumt, jetzt muss nur noch das Bett bezogen werden. Ich öffne die anderen beiden Schrankdrittel und ziehe die einzige Bettwäsche, die im Schrank liegt, raus. Bett beziehen, zum Glück ein Einfaches für mich. Das Bett ist innerhalb weniger Minuten fertig, das Kopfkissen und die Decke sind genau wie auf dem Bild ausgerichtet und zusammengefaltet, und keine einzige Falte ist auf dem Bett zu sehen. Bei Finn sieht das Bettbeziehen nicht so einfach aus wie bei mir, er quält sich damit. »Komm, lass dir helfen«, biete ich ihm meine Hilfe an und helfe dabei, sein Bett ordentlich zu beziehen. »Fertig!«, sage ich erleichtert: »Sollen wir Kommandant Nebel Bescheid geben oder willst du noch etwas vorher kontrollieren?« Finn winkt ab und wir verlassen unsere Stube und gehen auf den Kommandanten Nebel zu. »Wir sind fertig!«, gibt Finn dem Kommandanten zu verstehen. Er schaut uns misstrauisch an, sagt kein Wort und geht in unsere Stube. Wir folgen ihm jetzt leicht nervös, und ich hoffe einfach, dass wir alles richtig gemacht haben. Er öffnet zuerst den Schrank von Finn, geht jedes Fach energisch durch und sucht jede mögliche Falte. Fast fünf Minuten benötigt er, um die sechs Fächer zu durchsuchen. Kommandant Nebel schließt die Tür vom Schrank, dreht sich, öffnet meine Schranktür. Gleiches Spiel wie bei Finn. Jetzt sind die Betten dran. Mein Bett wird zuerst unter die Lupe genommen. Jeder Zentimeter wird begutachtet, jede mögliche Stelle am Bett wird aufs genauste betrachtet. Mehrere Minuten vergehen. Ohne ein Wort zu sagen, geht er zu Finns Bett. Gleiche Begutachtung, gleiches Herangehen. Nach kurzer Zeit dreht er sich zu uns um, richtet sich auf und sagt: »Gute Leistung, Rekruten, so muss eine gute Stube aussehen. Ihr könnt draußen vor dem Gebäude sammeln, bis alle anderen ebenfalls fertig begutachtet wurden.« »Jawohl!«, antworte ich gehorsam und stolz. Finn und ich verlassen unsere Stube und setzen uns vor unserem Gebäude auf eine Bank.

Wir möchten gerade durch die Tür rausgehen, da fliegt die Tür auf und ein Junge in unserem Alter steht vor uns im Flur. »Entschuldigung, dass ich zu spät bin, mein Auto ist kaputt, ich musste mit dem Fahrrad hierherfahren«, hechelt uns der Junge zu. »Das musst du uns nicht sagen, sag das mal lieber dem Kommandanten, der dort vorn steht«, entgegnet Finn ihm leicht genervt und zeigt dabei auf Kommandant Nebel. Beim Vorbeigehen flüstert Finn dem Jungen leise ins Ohr: »Bete darum, dass er nicht zu streng ist!« Wir gehen durch die Tür und setzen uns auf die Bank.

Eine gute Stunde vergeht, in der sich eine Stube nach der anderen zu uns gesellt. In der Zeit, in der wir auf die letzten Stuben warten, wird der Himmel immer mehr von dunklen, schwarzen Wolken überzogen, die die Sonne immer weiter verdrängen. Die letzten werden fertig, und Kommandant Nebel kommt hinter ihnen aus dem Gebäude heraus, zusammen mit dem Jungen, den wir auf dem Weg nach draußen getroffen haben. »Nachdem ihr alle eure Stuben ordnungsgemäß bezogen habt, möchte ich euch mit Joshua bekannt machen.« Joshua winkt kurz, kommt aber nicht zu Wort. »Joshua ist 73 Minuten zu spät erschienen. Was bedeutet, ihr müsst 73 mal fünf Liegestütze ausführen. Die ersten acht mal fünf sofort hier.«

Na toll, ein Idiot kommt zu spät und wir müssen Tausende von Liegestützen machen.

Eins, zwo, drei, vier … und so weiter. Wir führen die Liegestütze alle gleichzeitig aus. Die Ersten fangen bei zwanzig an zu zittern und zu jammern. Weiter, bis zum letzten. »39, 40 und ab«, sind die erlösenden Zahlen, die Kommandant Nebel vorzählt. Erschöpft lasse ich mich auf den angenehm warmen Boden sinken und lege meinen Kopf auf den Asphalt.

Ich schließe kurz die Augen, werde nur Sekunden später mit einem Stiefeltritt gegen meine Schuhsohle unsanft angestoßen. »Schlafen können Sie, wenn der Feind tot ist, nicht jetzt. Stehen Sie gefälligst auf, Rekrut«, befiehlt mir Kommandant Nebel und steigt über mich hinweg. Er gibt der Truppe ein Handzeichen, um ihm zu folgen. Wir gehen in zügigem Tempo über das Gelände zu einem größeren Gebäude mit der Nummer 104 und dem Schriftzug »Unterrichtsgebäude Nummer 4«.

Wir gehen durch die große Doppeltür in das Gebäude hinein. Der Flur sieht genauso aus wie in jedem anderen Gebäude auf dem Gelände, wo ich bisher drin gewesen bin. Der Flur ist nur doppelt so breit wie in den anderen. Wir gehen in den dritten Raum auf der linken Seite.

Auf jedem Tisch im Raum liegt eine Tasche. An jeder Tasche ist ein Zettel in einer Plastikhülle mit einem Namen drauf. Also bekommt jeder eine Tasche mit Klamotten gestellt. »Bitte setzt euch auf den Platz mit der Tasche, die euren Namen trägt«, bittet Kommandant Nebel. »Das ist euer Unterrichtsraum. Wenn nichts anderes gesagt wird, treffen wir uns hier jeden Morgen um Punkt null siebenhundert. Nicht später!« Er dreht sich zur Tafel hinter sich, klappt sie auf und im Inneren hängen Dutzende Bilder. »Ich will euch jetzt noch einmal herzlich willkommen heißen bei uns. Ich bin euer Ausbilder, Kommandant Nebel. Ich werde euch durch die Ausbildung bis zum Schlachtfeld führen«, Er wartet kurz ab, ob sich eine Reaktion ergibt, redet danach weiter: »Ich werde euch die Grundlagen beibringen, vom einfachen Marschieren bis zum Kämpfen und all dem Zeug, was euch hilft, zu überleben.« Stille. »Bitte kontrolliert alles, was in der Tasche ist, ob alles da ist oder etwas beschädigt ist. Die Listen liegen in der Tasche.« Ich öffne wie alle anderen die Tasche. Ziehe die Liste raus, lege sie neben mir auf den Tisch und fange an, alles nacheinander herauszuziehen, um Beschädigungen zu erkennen. Ich hake alles von der Liste ab, was ich aus der Tasche nehme und was in Ordnung scheint.

Fünf T-Shirts, fünf Langarm-Shirts, fünf Pullover, fünf Hosen, eine dünne Jacke, eine dicke Jacke und, und, und. Umso mehr ich aus der Tasche nehme, umso mehr frage ich mich, ob die Tasche einen Boden besitzt oder ob ich gleich einen Panzer aus der Tasche ziehen werde. Endlich das letzte Teil, ein paar dicke Militärstiefel. Mein Tisch quillt über mit Wäsche, Wäsche, die in der Tasche war, und ich frage mich, wie zum Teufel ich das überhaupt in den Schrank bekommen soll oder überhaupt in die Tasche zurück. Ich versuche alles wieder in die Tasche zurückzupacken, schaffe es nicht, zumindest nicht so ordentlich, wie ich es herausgenommen habe. Am Ende sieht es aus, als wenn man einen Schlafsack in seinen viel zu kleinen Beutel zurückstopft. Ich habe gerade meine Tasche geschlossen, da fällt mein Blick auf meine Stiefel. »Fuck«, fluche ich leise vor mich hin. Muss ich die Stiefel wohl in die Hand nehmen.

Nachdem alle ihre Klamotten kontrolliert und wieder eingepackt haben, dürfen wir alles auf unsere Stube bringen und in den Schrank ordentlich einsortieren. Auf den Bildern ist so viel Platz zwischen den Klamotten, das bekomme ich niemals so gut hin, denke ich, während ich die Klamotten einräume, wieder herausnehme und wieder von vorn beginne. »Ah, wie soll das alles hier reinpassen!«, fluche ich vor mich hin. »Was ist los?«, fragt mich Finn von hinten: »Benötigst du Hilfe?« »Ich bekomme die ganze Wäsche nicht im Schrank unter«, antworte ich genervt. »Ach so, soll ich nun helfen oder nicht?«, fragt er erneut. Erst jetzt bemerke ich, dass Finn bereits fertig ist und entspannt mit seinem Handy auf seinem Bett sitzt. »Ja gerne, zeig mal bitte deinen Trick«, bitte ich ihn um Hilfe. Finn steht vom Bett auf, schmeißt sein Handy aufs Kissen und nimmt mir das T-Shirt, das ich in der Hand halte, aus der Hand. »Schau zu und lerne«, beginnt er zu erklären. Er legt das T-Shirt auf den Tisch und legt es ganz fest zusammen. Das wiederholt er bei den zusammengelegten Kleidungsstücken. Zwischendurch versuche ich mich ebenfalls an dieser Methode, wobei Finn hinter mir steht und mir hilft. Wir räumen gemeinsam meine Klamotten in den Schrank und ich bin erleichtert, dass ich diesen Scheiß fürs Erste hinter mir habe. »Ich finde es schön, dass wir uns so gut helfen können und uns so gut verstehen. Dafür, dass es erst der erste Tag ist«, bedanke ich mich bei ihm. »Finde ich auch, wir können uns zu einem guten Team entwickeln«, lobt er unseren ersten Tag. »Wollen wir uns das Kasernengelände anschauen? Ich will mich etwas besser zurechtfinden. Das ist jetzt sozusagen unsere Hood«, fragt mich Finn freundlich und schnappt sich seine Jacke aus seinem Schrank. »Ja, klingt gut.« Ich schnappe mir ebenfalls meine dünne Jacke und folge ihm aus dem Gebäude heraus. Wir sind gerade mal drei Häuser weit gekommen, da spüre ich die ersten kleinen Tropfen in meinem Nacken. Sekunden später ist es schon am Schütten. Wir laufen so schnell wie möglich zurück in unser Gebäude. Wir kommen komplett durchnässt im Gebäude an. Triefend gehen wir auf unsere Stube und hinterlassen eine Spur aus Wasser auf dem Boden. Wir trocknen uns mit den Handtüchern, die wir gerade erst in den Schrank gestapelt haben, ab und ziehen uns trockene Klamotten an. Zum ersten Mal bin ich nicht mehr in Zivilkleidung. Ich sitze auf meinem Bett, in einem dunkelgrünen Sportanzug, und überlege, was ich nun machen möchte. Ich entscheide mich dafür, mich im Gebäude umzuschauen. Bisher kenne ich nur meine Stube und den langen, grauen und kahlen Flur. Ich betrete den Flur, gehe den Flur weiter ins Gebäude hinein, bleibe kurz vor der Tür von Stube 6 und 8 stehen, klopfe an, aber niemand antwortet mir. Ich gehe alleine weiter an den Waschräumen vorbei, links die Toiletten und rechts die Duschen. Am Ende des Flures ist eine Tür. Die Tür hat weder eine Nummer noch eine Aufschrift. Ich drücke vorsichtig die Klinke runter. Zu meiner Überraschung öffnet sich die Tür und ich stehe in einem großen dunklen Raum. Ich schalte den Lichtschalter ein, den ich links neben der Tür entdecke, und die Neonröhren flackern auf. Ich staune nicht schlecht, als ich sehen kann, was in diesem Raum alles drinsteht. Im Raum stehen verteilt ein Kicker, ein Billardtisch, ein paar Tische mit Stühlen, eine Dartscheibe hängt an der Wand, eine Tischtennisplatte steht zusammengeklappt in der Ecke und in der hinteren Ecke steht ein Riesensofa mit dutzenden Sesseln vor einer großen Leinwand und über dem Sofa hängt ein Beamer, der an einen PC angeschlossen ist. »Kraass!«, staune ich vor mich hin. Damit habe ich nicht gerechnet, ich schlendere durch den Raum und öffne ein paar der Schränke, die entlang der Wände stehen, und staune erneut. In den Schränken sind Gemeinschaftsspiele, Schläger und Bälle für Tischtennis und Sonstiges, was man für die Spielmöglichkeiten benötigt, die im Raum verteilt sind.

Ich laufe zurück auf meine Stube, platze hinein und erschrecke Finn aus Versehen und teile ihm mit, was ich gerade entdeckt habe. Er eilt hinter mir her und wir laufen in den Raum hinein. Nachdem sich sein Staunen gelegt hat, sagt er: »Los, wir müssen den anderen diesen Raum auch zeigen. Du klopfst an der linken Seite und ich an der rechten. Na los, das müssen alle sehen.« Wir klopfen wie bekloppt an allen Türen und eine nach der anderen öffnet sich, wir zeigen ihnen, was ich gefunden habe, nach nur wenigen Minuten stehen alle aus unserem Trupp im Raum. Nach dem kurzen Staunen beginnt das Leben den Raum zu füllen und einige fangen an zu kickern, andere spielen Billard, ich werfe mit anderen ein paar Darts und die Tischtennisplatte wird aufgebaut. So vergeht der erste Nachmittag beim Militär. Es ist nicht mehr beängstigend hier, es fühlt sich mehr nach einem Feriencamp an, nach einem geilen Sommer, wie früher als Kind.

Es wird dunkler draußen, der Regen wird sanfter und plötzlich steht Kommandant Nebel in der Tür. »Guten Abend! Wie ich sehe, habt ihr euren Aufenthaltsraum entdeckt. Ich wollte euch nur Bescheid geben, das Abendessen ist fertig. Wir gehen gemeinsam zur Kantine.« Wir lassen alles stehen und liegen und folgen Kommandant Nebel über das Gelände zur Kantine. »Frühstück gibt es immer zwischen 8 Uhr und 9 Uhr. Mittag immer zwischen 12 und 13:30 Uhr und Abendessen zwischen 18 und 19 Uhr. Weder davor noch danach gibt es dort etwas zu essen. Äpfel, Bananen und saisonales Obst oder Gemüse gibt es dort die ganze Zeit sowie Wasser«, erklärt uns Kommandant Nebel auf dem Weg zur Kantine.

Dort angekommen, riecht es vorzüglich. Ich kann nicht sagen, wonach es riecht, aber es riecht lecker. An der Ausgabe angekommen, nehme ich mir einen Teller, Messer, Gabel und ein Tablett und schaue durch die halbhohe Glasscheibe auf das

Abendessen. Heute gibt es Käsespätzle und dazu einen gemischten Salat. Mit dem Essen auf dem Tablett setze ich mich an den Tisch, der unserem Trupp zugeordnet ist. Ich setze mich neben Alex und Mark. Wir essen schweigend. Nach dem Essen und dem Abgeben des Tabletts gehe ich zusammen mit Mark und Alex zurück zu unserer Unterkunft. »Hey, wie gefällt es euch?«, frage ich beiläufig und bekomme die Antwort von Alex: »Eigentlich ganz gut, nur Nick ist komisch.« »Nick?«, frage ich verwirrt. »Der Typ, mit dem ich mir die Stube teile«, erklärt Alex. »Ach, du meinst Nico. Was ist mit ihm?«, hake ich nach. Alex lästert über ihn ab: »Der Typ ist dumm, der kann gar nichts. Ich musste ihm bei allem helfen. Beim Bettbeziehen, Kleidung ordentlich in den Schrank sortieren und gefühlt beim Essen. Der hat sich auf dem Flur verlaufen.« Mark fängt an zu lachen: »Krass! Also ich verstehe mich super mit Joshua. Obwohl er zu spät gekommen ist. Er war fast schneller fertig mit Bettbeziehen und Wäsche in den Schrank zu sortieren als ich.« »Also ich verstehe mich auch super mit Finn. Wir sind jetzt schon ein super Team«, berichte ich. Am Gebäude angekommen, gehen wir hinein. Eigentlich möchte ich mich etwas ausruhen, aber Mark und Alex überreden mich dazu, noch eine kleine Runde Dart zu spielen. Aus der einen Runde werden zwei, dann drei und so weiter. Kurz vor 22 Uhr kommt plötzlich aus den Lautsprechern eine Durchsage: »Achtung, alle versammeln sich unverzüglich auf dem Flur.« Ich lege verwirrt die Dartpfeile aus meiner Hand und gehe zusammen mit den anderen auf den Flur. Auf dem Flur steht Kommandant Nebel. Er steht mit erwartungsvoller Miene am Ausgang. »In einer Reihe aufstellen!«, wir stellen uns in einer Reihe auf. »Links drehen!«, wir drehen uns alle nach links. »Durchzählen!«, wir zählen durch. Das Durchzählen dauert länger, als ich erwarte, da wir immer wieder von vorne beginnen müssen. Mal sind wir zu langsam, zu schnell oder zu leise und immer wieder von vorn. Es vergehen fast zehn Minuten, bis wir fertig werden. »Ihr schuldet mir noch eine große Menge an Liegestützen. Also, ich erwarte jetzt fünfzig Stück!«, wir legen los, wie heute Nachmittag. Alle gemeinsam runter und wieder hoch. Nach dem dreißigsten Liegestütz dürfen wir kurz fünfzehn Sekunden durchatmen. Danach noch zwanzig. Die letzte. Endlich fertig. »So, gut gemacht. Dreißig Sekunden Pause und danach noch eine Minute Unterarmstützen.« Ich hoffe, das war es dann auch für heute. »Auf gehts. In Position, und … Los.« Fuck, come on, fast geschafft. Es geht mir durch den Kopf, als mich kurz vorm Ende die Kraft verlässt. Da kommen die erlösenden Worte vom Kommandanten: »Und ab! Das wars für heute. Ab 22 Uhr ist hier immer Nachtruhe. Also alle auf die Stube«, wir gehen alle auf die Stuben.

»Das war der erste Tag hier«, nuschele ich vor mich hin, als ich die Stube betrete. Ich schnappe mir meine Duschsachen und gehe zu den Waschräumen, um mich zu duschen. Unter der Dusche entspanne ich mich endlich. Endlich Ruhe, nur ich und das Wasser, das mir auf den Kopf plätschert. Nach dem Duschen flitze ich in mein Bett und schlafe sofort ein.

DIE GRUNDAUSBILDUNG

Ich schrecke aus dem Schlaf auf. »Was war das?«, frage ich leise mich selbst. Mein Blick wandert auf mein Handy. 6:04 Uhr, in einer guten Stunde, müssen wir im Unterricht sitzen. Ich quäle mich aus meinem Bett und mein Blick erfasst Finn, der immer noch tief und fest schläft. Habe ich mir den Knall nur eingebildet oder geträumt? Ich versuche, mich so leise wie möglich anzuziehen und Finn schlafen zu lassen. Ich öffne den Kleiderschrank, nehme mir die Militärhose und ein frisches T-Shirt raus, schließe den Schrank leise. Just in dieser Sekunde donnert es wieder gegen unsere Tür, dieses Mal habe ich es mir nicht eingebildet und ich reiße sogleich die Tür auf und blicke auf den Flur. Auf dem Flur ist niemand. Seltsam! Gruselig! Ich schließe die Tür, drehe mich um und erschrecke mich erneut. Direkt hinter mir steht Finn. Er ist aufgestanden und wollte ebenfalls nachsehen. »Alter, erschrecke mich doch nicht so. Kannst du nächstes Mal dich bitte nicht so heimlich an mich heranschleichen?«, fahre ich ihn an. »Tut mir leid, ich wollte aber unbedingt sehen, was auf dem Flur abgeht, wenn du dich nur in Unterhose bekleidet auf den Flur begibst. Muss dann ja was Spannendes sein«, grinst er. Erst jetzt bemerke ich, dass ich nur in Unterhose auf dem Flur stehe. Mit einem knallroten Kopf eile ich zurück auf die Stube, ziehe mir meine Klamotten an und verschwinde aus dem Gebäude. Ich drehe eine kleine Runde über das Gelände. Der frische Spätsommergeruch mit seinem kühlen Morgenwind weht an mir vorbei. Schlendernd mache ich mir Gedanken. Was will ich? Ich möchte gleichzeitig hier sein, gleichzeitig aber nicht. Ich bin fasziniert von dem ganzen Zeug, gleichzeitig macht es mir große Angst. Bin ich bereit hierfür? Ich schaue auf mein Handy: 6:57 Uhr. »Mist, ich komme zu spät«, fluche ich vor mich hin und laufe in Richtung Unterrichtsgebäude.

6:59 Uhr. Vollkommen außer Atem und schwitzend, komme ich noch rechtzeitig im Raum an und kann mich im letzten Augenblick noch auf meinen Stuhl setzen, bevor Kommandant Nebel den Raum betritt. »Guten Morgen!«, begrüßt er uns in einem befehlenden Ton. Wir antworten im Chor, wie damals in der Schule: »Guten Morgen, Herr Kommandant Nebel.« »Was wird das?«, fragt Kommandant Nebel: »So klappt das hier nicht. Wir sind nicht mehr in der Schule. Hier wird aufgestanden, salutiert und mit einem kräftigen ‚guten Morgen' begrüßt und nicht so nem laschigen Singsang«, er schaut in die Runde und wartet kurz: »Was ist jetzt? Wollt ihr mich jetzt mal anständig begrüßen?« Wir stehen alle ruckartig auf, salutieren und begrüßen ihn mit einem kräftigen: »Guten Morgen!« Er lächelt leicht: »Besser, aber es geht beim nächsten Mal besser. Zehn Liegestütze zum Wachwerden, bevor wir mit dem Unterricht anfangen.« Jeder sucht sich schnell einen Platz im Raum, um die Liegestütze auszuführen.

Fertig! Ich setze mich wieder auf meinen Platz. Vorn an der Tafel ist ein Video abspielbar. Als wir alle sitzen, startet Kommandant Nebel das Video. Im Video wird uns eine kleine Einführung gegeben, welche Waffen wir in den nächsten Tagen und Wochen kennenlernen. Anhand unseres Umgangs mit den Waffen wird geschaut, welche zu uns passen und dass wir alle gut, sicher und zielgenau schießen können. Heute lernen wir die Grundlagen zum Schießen. Die richtige Technik, wie ich stehen muss, wie ich die Waffe halte und wie ich mich richtig gegen den Lärm schütze. Zwischen den Datenblättern und Lückentexten gehen wir um 10 Uhr zum Frühstück. Zum Frühstück gibt es frische Brötchen mit Wurst, Käse, Honig und Marmelade. Eine kleine, aber doch recht ordentliche Auswahl. Nach einem ausgiebigen Frühstück geht es zurück an die Datenblätter und Lückentexte, wie damals in der Schule, wie in der Grundschule. So vergeht der ganze Morgen, so ein langweiliger, aber informativer Vormittag. Zum Mittag gibt es erneut Brötchen, dieses Mal schnappe ich mir dazu noch einen Apfel und eine Banane. Am Nachmittag steht Sport an. Die Sportstunden verbringen wir mit einem Hindernisparcours. Die erste Hürde ist eine fünfzehn Meter lange Krabbelaufgabe. Wir krabbeln die Strecke unter Stacheldraht hindurch. Danach laufen wir springend über Reifen. Zwischen normalen Autoreifen liegen auch riesige Traktorreifen. Weitere Hindernisse sind eine Holzwand, wo wir mithilfe von Seilen hochklettern müssen, eine Station, wo wir uns an Seilen auf die andere Seite hangeln müssen, und am Ende müssen wir über ein hölzernes Dreieck klettern. Ich konnte den Hindernisparcours als einer der Ersten beenden und setze mich verschwitzt neben dem Hindernisparcours auf die grüne Rasenfläche. Kurz durchatmen, danach feuere ich meine Kameraden an, die es bisher nicht geschafft haben, den Hindernisparcours zu beenden. Die anderen, die schon fertig sind, steigen nach und nach mit ein und feuern ebenfalls an, bis der Letzte das erlösende Ende des Hindernisparcours erreicht. Nach einer kurzen Trinkpause gehen wir zurück an den Start des Hindernisparcours, wo Kommandant Nebel schon auf uns wartet. Mit einem bedrückenden Gesicht schaut er auf seine Stoppuhr: »Was soll ich sagen? Ihr müsst schneller werden, zumindest einige müssen schneller werden. Diesen Hindernisparcours werdet ihr häufiger sehen und ich erwarte eine ständige Verbesserung dieser Truppe. Heute war es noch recht einfach. Wir werden die nächsten Wochen diesen Hindernisparcours schwerer gestalten. Aber trotzdem muss ich euch loben. Es ist nicht selbstverständlich, dass die Kameraden, die früher fertig sind, die Nachzügler bis zum Schluss anfeuern. Das zeigt, ihr seid eine Bereicherung für unser Land und unser Land kann stolz auf diesen Trupp sein.« Er zeigt uns ein freundliches, aber bestimmtes Lächeln. Das war der Unterrichtstag, ich gehe zusammen mit Mark, Alex und einigen anderen zurück in unsere Unterkunft. »Hey, wollen wir eine Runde Pingpong spielen?«, fragt Alex uns beim Betreten des Gebäudes. »Gerne, vorher gehe ich aber erst einmal duschen«, antworte ich ihm. Mark und Alex gehen voraus in den Aufenthaltsraum, um schon ein paar Runden zu spielen. Ich gehe auf meine Stube und schnappe mir meine Duschsachen und einen Jogginganzug. Ich springe zügig unter die entspannende Dusche und lasse das Wasser auf meinen Kopf prasseln und schließe die Augen, um kurz komplett entspannen zu können. Wie ich so unter der Dusche stehe, lasse ich den Tag noch einmal Revue passieren. Heute Morgen dachte ich, ich passe hier nicht hin. Aber heute, heute hatte ich extrem viel Spaß. Es hat mir gefallen. Es ist ein komisches Erlebnis. Ich werde aus meinen Gedanken gerissen, einige Duschkabinen neben mir höre ich neben den normalen Duschgeräuschen ein Stöhnen. »Hey, mach das, wenn du allein bist, du Idiot!«, rufe ich lachend aus meiner Kabine zur anderen rüber. Bekomme als Antwort ein erschrockenes »Sorry!«. Ich drehe das Wasser ab, trockne mich ab, ziehe mich an und bringe das Handtuch, Duschgel und die benutzten Klamotten auf die Stube. Jetzt schnell in den Aufenthaltsraum und ein paar Runden Pingpong. Nach einigen Runden Pingpong gehen wir kurz abendessen, heute gibt es Kartoffeln mit Spinat und Fischstäbchen. Und als Nachtisch einen kleinen Vanillepudding. Nach dem Essen setze ich mich mit Ben und Viktor zusammen auf das Sofa und wir wollen paradoxerweise einen Kriegsfilm schauen, den Viktor bei einem Streaming-Portal gefunden hat. Der Film startet und plötzlich sitzen alle bei uns auf den Sofas und Sesseln. Wir quetschen uns alle auf die Möbel und es fühlt sich an wie ein großer Familienabend.

Der Film ist zu Ende und die meisten gehen auf die Stuben oder machen sich bettfertig. Auf der Stube bin ich erst einmal allein, weil Finn noch duschen ist. Ich schaue mir auf meinem Handy noch einige Videos auf Social Media an und merke, wie mir die Augen langsam zufallen. Ich lege mein Handy weg und schlafe ein. So vergeht die erste Woche der Grundausbildung. Morgens Theorieunterricht, nachmittags Sport und abends Spiele oder Filme mit den anderen Jungs.

Die ersten Tage liegen hinter mir, und heute haben wir einen freien Tag ohne Unterricht oder Sporteinheiten. Heute weckt mich kein Wecker oder jemand, der brutal an die Tür donnert. Heute werde ich gemütlich gegen 10 Uhr wach und kann liegen bleiben. Kein hektisches Aufstehen, kein hektisches Anziehen. Einfach im Bett liegen und ein wenig am Handy über Social Media scrollen. Beim Scrollen bemerke ich erst, wie wenig ich die letzten Tage am Handy gewesen sein muss. Es fühlt sich komisch an, wieder ungestört so lange auf Social Media zu sein, als hätte man es mir weggenommen, um zu zeigen, dass ich es gar nicht brauche. Ich bin viel glücklicher ohne diesen ganzen Glamour von den Leuten, denen es angeblich so unglaublich gut geht. Ohne die Fake News verbreitenden Lügenkonstrukte von angeblichen Experten. Es geht mir viel besser ohne dies alles. Nach ein bisschen weiterem sinnlosem Gescrolle gehe ich aus der App raus und mache etwas, was ich vor einigen Tagen für absolut unvorstellbar hielt. Ich lösche diese Apps. In dem Moment, in dem ich die letzte App vom Handy lösche, ist da ein Gefühl, das ich vorher noch nie gespürt habe. Ein Gefühl von Erleichterung, von imaginären Fesseln, die abfallen, aber auch Angst. Angst, was zu verpassen. Seltsam, ich habe auf Social Media nie etwas Wichtiges mitbekommen, und trotzdem fühle ich mich informativ ausgezogen.

Ich stehe auf. Ziehe mir Sportklamotten an, stecke mir Kopfhörer in die Ohren und verlasse die Stube. Ich stehe auf dem leeren Flur und schaue auf die Glastür, die nach draußen führt, und es regnet. Egal, ich muss laufen, ich muss die neuen Gefühle einsortieren. Ich gehe raus und beginne mit leichtem Joggen. Der Regen peitscht mir ins Gesicht, aber ich laufe mit erhobenem Kopf weiter. Ich laufe am Medizinzentrum, am Sportzentrum, am Schwimmbad und am Theoriegebäude vorbei. Ich laufe und laufe weiter und weiter, ich umrunde die Kaserne einmal. Dann noch einmal. Stopp!
Ich bleibe plötzlich stehen. Nicht weil ich nicht mehr kann, nein, ich bleibe einfach nur stehen. Warum, keine Ahnung. Ich gehe klitschnass zurück zum Quartier 32, wie wir unser Gebäude nennen. Am Gebäude mit der 32 angekommen, öffne ich die Tür und betrete tropfend den Flur und meine Stube. Auf der Stube ziehe ich mir bequeme Militärkleidung an. Keine förmliche Uniform, eher Sportklamotten. Ich habe heute ja frei. Erst als ich fast fertig umgezogen bin, merke ich, dass Finn

nicht mehr im Bett liegt. Na ja, bin auch eine lange Zeit gelaufen, er ist bestimmt frühstücken oder im Aufenthaltsraum. Apropos: Frühstücken muss ich noch.

Ich schaue auf mein Handy, wie spät es ist. Fuck, es ist schon 11.30 Uhr. »Mist, jetzt gibt es kein Frühstück mehr«, fluche ich leise vor mich hin. Aber es gibt immer noch Äpfel oder Bananen. Schnell meine Regenklamotten anziehen und zügig zur Kantine flitzen und etwas Obst holen.

An der Kantine angekommen, kann ich von außen durch ein gekipptes Fenster laut diskutierende Stimmen hören. Jetzt packt mich meine Neugier und ich bleibe draußen im Regen unweit vom gekippten Fenster stehen. Ich höre die Männer nur abgebrochen, der erste meint: »Wenn es so weitergeht, müssen wir viel früher los.« Die zweite Stimme erwidert: »Das wäre katastrophal, die Leute sind bisher nicht mal an die Waffen herangeführt worden. Wir müssen den Schwerpunkt nicht mehr auf die sportlichen Aspekte legen, wir müssen die Leute jetzt schneller an die Waffen gewöhnen.« Die dritte Stimme, die mir vertraut vorkommt, fügt hinzu: »Aber was bringt uns das Training mit der Waffe, wenn Soldaten nicht fit sind? Sie werden dann einfach über den Haufen geschossen. Die sind doch nicht nur Kanonenfutter oder seht ihr das anders?« Eine kurze Stille unterbricht die Diskussion. Die zweite Stimme antwortet: »Natürlich nicht, aber wir dürfen den Krieg auch nicht verlieren. Was ist denn mit den Reservisten? Sind sie denn schon an der Front? Die haben doch eine gute Ausbildung bekommen.« Die erste Stimme antwortet: »Natürlich sind sie gut ausgebildet, aber die meisten sind mittlerweile auch schon wieder über fünfzig, mit Bierbauch, und deren Fitness lässt auch zu wünschen übrig.« »Aber sie könnten bereits schießen. Zudem sollen sie auch nicht angreifen, sondern nur die Stellung halten, bis die jungen Soldaten fertig ausgebildet sind«, entgegnet die dritte Stimme. Die erste Stimme fragt sarkastisch zurück: »Sollen wir ihnen zusammen mit der Waffe einen Campingstuhl geben? Oder wie stellst du dir das vor?« Erneute Stille. »Lasst uns das hier nicht weiterbesprechen, lass uns mal in mein Büro gehen, hier wird gleich das Mittagessen vorbereitet und ich möchte vermeiden, dass diese Diskussion nach draußen getragen wird.« Stühle werden verrückt und ich weiche schnell vom Fenster zurück auf den Weg und tue so, als komme ich gerade erst an der Kantine an. Ich öffne die Tür und mir kommen die drei Personen entgegen. Der Erste ist Kommandant Nebel, den ich mit einem freundlichen »Guten Tag, Kommandant Nebel« begrüße. Die anderen beiden habe ich vorher noch nie gesehen, beide sind circa Mitte fünfzig, mit grauen Haaren. Ihre Uniformen sind mit Dutzenden von Abzeichen behängt und ihr Rang sagt aus, dass sie höher gestellt sind

44

als Kommandant Nebel. Ich begrüße die beiden mit dem militärischen Gruß und weiche ihnen aus dem Weg. Als die drei sich entfernen, schlüpfe ich in die Kantine und schnappe mir schnell zwei Äpfel und eine Banane und eile zurück zu unserem Quartier 32. Am Quartier angekommen, eile ich durch den Flur, klopfe an jede Stube und halte erst an, als ich mitten im Aufenthaltsraum schnaubend angekommen bin. Mich schauen alle verblüfft an und Luca fragt verwirrt: »Was ist? Ist etwas passiert« »Ja, also nein, aber doch«, antworte ich schwer atmend. Es ist den anderen anzusehen, dass diese Antwort nur noch mehr Verwirrung und Fragen aufgebracht hat. »Also, passiert ist so weit noch nichts, aber ich habe vorhin Kommandant Nebel mit zwei hochrangigen Kommandanten belauscht. Sie haben darüber gesprochen, dass sie uns vielleicht schneller an die Front schicken wollen. Dass wir als Kanonenfutter dienen könnten oder so ähnlich«, erkläre ich ihnen kurz und knapp. Ein Raunen geht durch den Raum und alle fragen mich kreuz und quer, Fragen, die ich nicht beantworten kann. »Sorry, ich kann nichts Weiteres sagen, mehr habe ich nicht mitbekommen, aber bitte erzählt es nicht weiter, das darf nicht weitergegeben werden.« Zustimmend nicken sie mir zu und ein paar wenige tun so, als würden sie ihren Mund abschließen. Erleichtert atme ich durch und weiß, das, was ich gerade gesagt habe, wird diesen Raum nicht verlassen. Dafür ist die gute Stimmung weg. Der Tag, der recht fröhlich begonnen hat für die meisten, hat nun einen faden Beigeschmack bekommen, und das merkt man uns an.

Der restliche Tag verstreicht, ich sitze am Fenster und schaue in den grauen Himmel. Die Regentropfen prasseln gegen die Scheibe. Meine Gedanken sind leer, ich denke an nichts, es herrscht ein Vakuum in mir. Abends gehe ich mit den anderen zum Abendessen und danach in die Dusche und ins Bett. Zum ersten Mal seit einer Woche schlafe ich mit einem unruhigen Gewissen ein.

DIE ERSTEN SCHÜSSE

Der Handywecker klingelt am nächsten Morgen, und ich rolle mich auf die Seite, um meinen Handywecker auszuschalten. Ich suche mit meiner Hand auf dem Beistelltisch, ohne meine Augen zu öffnen. Ich taste den ganzen Beistelltisch ab, aber spüre es nirgends, schlagartig öffne ich meine Augen und sehe es auch nicht. Panik kommt in mir hoch. Wo ist mein verdammtes Handy? Es muss doch irgendwo hier sein. Ich suche auf dem Boden, nirgends ist es zu sehen. Ich stehe aus meinem Bett auf, schüttle die Decke und das Kopfkissen aus und suche das Bett ab, auch hier ist es nicht auffindbar. Okay, einmal kurz durchatmen und nachdenken. Ich höre es, es muss vor mir sein, aber es liegt nicht vor mir auf dem Bett. Also liegt es auf dem Boden. Ich lege mich auf den Boden und schaue unter dem Bett nach. Da ist es endlich, es ist unters Bett gerutscht. Ich schalte den Wecker aus und setze mich mit einem Seufzen auf die Bettkante. »Endlich Ruhe!«, mault Finn aus seinem Bett heraus, der immer mit mir aufsteht. »Sorry?«, antworte ich halb entschuldigend, halb fragend. »Der Wecker ist auch für dich«, füge ich hinzu. »Jaja, hättest trotzdem auf *snooze* drücken können«, mault Finn weiterhin. Ich winke Finn ab und nehme mir meine Klamotten und mache mich fertig.

Ich treffe mich mit vielen vor dem Unterrichtsgebäude, und wir gehen gemeinsam hinein. Im Unterrichtsraum steht vorn an der Tafel ein massiver fahrbarer Metallschrank, der mit einem großen Schloss verschlossen ist. Wir sind verwundert und fangen an zu flüstern, was im Schrank verschlossen gehalten wird. »Waffen?« »Ne, Waffen sind doch bestimmt in einem sicheren Safe?« »Was sonst?« »Vielleicht ist es einfach nur ein Fernseher, um uns etwas zu zeigen?« Alle rätseln flüsternd durcheinander. Kommandant Nebel betritt den Raum und sofort ist es still. Jegliches Flüstern hört mit einem Schlag auf. »Guten Morgen!«, begrüßt uns Kommandant Nebel. »Guten Morgen!«, grüßen wir wie gelernt zurück. »Ihr fragt euch bestimmt, was sich in diesem Metallschrank befindet?«, fragt Kommandant Nebel und bekommt ein kräftiges »Jawohl, Sir!«, als Antwort. »Na gut, dann will ich es euch mal zeigen.« Kommandant Nebel zieht einen Schlüssel aus seiner Hosentasche und öffnet damit das große Schloss, das den Schrank verschlossen hält. Mit einem

Schwung öffnet er die massiven Türen des Schrankes und zum Vorschein kommen Waffen. »Hier im Schrank befinden sich für jeden von euch eine Pistole und ein Gewehr. Sobald ihr eure Waffe und euer Gewehr erhalten habt, sind diese euer, zumindest solange ihr beim Militär seid. Ihr tragt ebenfalls die Verantwortung für eure Waffen. Verstanden?« Wir werden aufgerufen und holen unsere Waffen ab. Als ich meine Pistole und mein Gewehr in der Hand halte, muss ich noch unterschreiben, dass ich beides erhalten habe und dafür die Verantwortung trage. Ich setze mich zusammen mit meinen Waffen zurück an meinen Tisch und schaue stolz und mit einem Lächeln auf die Waffen. Was ist los mit mir? Warum freue ich mich, eine Waffe in den Händen zu halten? Ich bin gegen Gewalt, aber trotzdem freue ich mich, endlich damit zu schießen.

Nachdem alle ihre Waffen erhalten haben, beginnen wir mit Waffenkunde. Uns wird beigebracht, was die Waffe besonders macht und wie wir sie zu pflegen haben. Worauf geachtet werden muss, um nicht aus Versehen jemanden zu erschießen. Wir werden angeleitet, wie die Waffe auseinandergebaut wird und wie wir sie wieder zusammengebaut bekommen. In den Pausen werden die Waffen zurück in den Schrank gestellt. Für jedes Waffenpaar gibt es ein Fach im Schrank, worüber unsere Namen mit einem Aufkleber geklebt wurden, um Verwechslungen vorzubeugen. Am Nachmittag gehen wir mit unseren Waffen zum Schießstand, um das Schießen zu trainieren. Theoretisch haben wir die richtige Handhabung gelernt. Nun müssen wir zeigen, wie gut wir das Theoretische ins Praktische umsetzen können. Am Schießstand bekommt jeder von uns ein Magazin für die Pistole und Ohrenstöpsel gegen den Schießlärm. Nacheinander schießen wir auf Zielscheiben, die zehn Meter entfernt aufgestellt wurden. Nach den ersten Versuchen, was teilweise gar nicht ganz schlecht aussieht, wird die Zielscheibe auf fünfzig Meter nach hinten gestellt. Und dieses Mal ist es deutlich schwerer, aber ich kann immerhin zwei Kugeln treffen. Wir verbringen den ganzen Nachmittag am Schießstand, weit über unsere normale Unterrichtszeit hinaus. Kommandant Nebel verkündet das Ende des Unterrichts und schickt uns zum Abendessen. Wir haben so lange geschossen, dass es jetzt schon Abendessen gibt. Wir packen unsere Waffen zurück in den Metallschrank und Kommandant Nebel verschließt ihn mit dem großen Schloss. Das Abendessen besteht aus Kartoffeln, Spinat und Fisch. Zum Nachtisch gibt es leckeres Schokoladenmousse. Nach dem Abendessen gehe ich in die Dusche und mache mich auf ins Bett.

Mit ohrenbetäubendem Lärm werde ich aus dem Schlaf gerissen. Eine Sirene heult durch die Lautsprecher und es wird an die Tür gedonnert. Eine Stimme ruft zwischen dem Sirenengeheule lautstark: »Aufstehen und fertig machen, in einer Minute fertig angezogen auf dem Flur antreten!« Ich springe aus meinem Bett, schnappe mir meine Uniform, stoße beim Anziehen mit Finn zusammen, da wir beide kein Licht angeschaltet haben, und stehe innerhalb einer Minute fix und fertig draußen auf dem Flur. Ich schaue auf die Uhr, die über der Eingangstür hängt. Es ist kurz nach eins! Sekunden später stehen alle auf dem Flur. »Heute um Mitternacht sind in der Gegend Kriegsgefangene aus einem Gefängnis geflohen! Eure Aufgabe ist es, die Gegend abzusuchen und sie wieder einzufangen! Sollte es zu Problemen kommen, ist der Gebrauch von Schusswaffen erlaubt! Ich erwarte, dass ihr den Befehl fehlerfrei und schnell erledigen könnt! Eure Waffen liegen bereit und der Truck, der euch zum Operationsgebiet bringt, steht vor der Tür! Aufsitzen!«, befiehlt uns Kommandant Nebel. Wir laufen raus, schnappen unsere Waffen, die hinter dem Truck im Metallschrank verstaut sind, springen hinten auf die Ladefläche des Trucks, die mit Sitzbänken ausgestattet ist. Der Letzte, der die Ladefläche betritt, ist Kommandant Nebel. Er klopft mit der Hand gegen die Rückwand des Fahrerhauses und der Truck fährt los. Wir fahren vom Kasernengelände hinunter und fahren über Felder in Richtung eines großen Steinbruches. Auf der Fahrt zeigt uns Kommandant Nebel auf einer Karte, die er an die Rückwand der Fahrerkabine gehängt hat, unser Einsatzgebiet, welches wir durchsuchen müssen. Danach reicht er uns nacheinander Ketten mit einer Metallmarke. Auf der Metallmarke steht unsere Dienstnummer, unser Name, unser Geburtstag und unsere Blutgruppe. »Diese Hundemarken dürft ihr niemals verlieren, solltet ihr mal fallen, was ich nicht hoffe, dienen diese Marken als Erkennungszeichen, um euch zu identifizieren«, erklärt uns kurz und knapp Kommandant Nebel.

Nach einer guten halben Stunde hält der Truck an und wir bekommen das Kommando auszusteigen. Wir stellen uns in einer Reihe auf und werden von Kommandant Nebel in Vierertrupps aufgeteilt. Ich komme zusammen mit Finn, Alex und Nico in einen Trupp und wir marschieren sofort Richtung Steinbruch los. Mit dem Gewehr im Anschlag, der Pistole im Holster und Magazinen, die ausreichen würden, um alle Gefangenen zu erschießen, machen wir uns im Steinbruch auf die Suche.

Wir vier gehen mit zügigen Schritten hinunter in den Steinbruch, vorbei an Lkws und Baggern. Der serpentinenartige Weg führt immer tiefer in den Steinbruch hinein, sodass wir nach kurzer Zeit unsere Taschenlampen einschalten müssen, da das Straßenlaternenlicht nicht weit genug hinunterscheint. Es herrscht Stille, die nur durch unser Auftreten auf dem Schotter durchbrochen wird. Mit der Taschenlampe beleuchte ich die unterste Plattform des Steinbruchs. Mitten auf der untersten Plattform stehen vier gigantische Schaufelradbagger. Die sind so groß, dass ich sie mit meinem Taschenlampenstrahl nicht ganz einfügen kann. Ich bleibe staunend stehen, aber werde sofort von Alex weitergeschoben und fokussiere mich wieder auf unsere Aufgabe. Nach weiteren Minuten kommen wir endlich auf der untersten Plattform an und bleiben für einen kurzen Moment stehen. »Wollen wir uns aufteilen oder zusammenbleiben?«, fragt Alex. »Ich würde sagen, wir bleiben zusammen«, schlägt Nico vor. »Ich habe eine bessere Idee«, sage ich und erkläre weiter: »Wir teilen uns in zwei Gruppen, bleiben aber im Sichtfeld des anderen Trupps. So können wir schneller, aber trotzdem sicher die Gegend absuchen.« Die anderen stimmen mir zu und wir teilen so auf, dass wir mit unserem Zimmerkameraden zusammenbleiben. Finn und ich gehen in die rechte Richtung, Alex und Nico in die linke Richtung. »Pssst!«, haucht Finn plötzlich: »Sei mal kurz leise.« Stille! »Hörst du das?«, fragt Finn. »Nein, ich höre nichts«, flüstere ich ihm verdutzt zu. »Da war was.« Stille! »Leuchte mal dahin«, Finn zeigt auf einen kleinen Steinhügel. »Da ist nichts«, sage ich ihm. Finn ignoriert mich und geht in Richtung des Hügels. Mit einem großen Schritt hole ich ihn ein und wir schleichen uns mit den Gewehren im Anschlag zum Hügel. Die Taschenlampe fest an die Waffe gedrückt, besteige ich die untersten Steinreihen, da löst sich plötzlich ein Stein von oben und kommt auf mich zu. Ich springe reflexartig zur Seite und sehe, wie zwei schwarze Gestalten von uns wegrennen. Finn schreit: »Stehen bleiben! Stopp, bleibt stehen!« Schüsse knallen durch die Nacht und einer der beiden bleibt im Staub liegen. Mit zittrigen Händen nehme ich das Gewehr runter und kann mich nicht rühren. Ich stehe wie angewurzelt und ich kann nicht glauben, was passiert ist. »Ich … Ich habe … habe ich ihn erschossen?«, stottere ich vor mich hin. Keine Antwort. Finn steht ebenfalls unter Schock neben mir, während Alex und Nico von der Seite kommen. »Was ist passiert?«, fragt Nico aufgeregt. »Ich habe einen erschossen«, antworte ich, unter Schock stehend. Gemeinsam gehen wir zu der am Boden liegenden Person hin. »Fuck, ich habe einen Menschen erschossen! Fuck!«, rufe ich, entsetzt über mich selbst. »So ist Krieg«, versucht mich Finn zu beruhigen und nimmt mich in den

Arm. »Er hatte nicht mal eine Waffe, er war unbewaffnet«, mir kommen langsam die Tränen. »Alles ist gut, hier ist noch ein zweiter flüchtiger Sträfling, lasst uns ihn einfangen und wieder ins Gefängnis bringen«, sagt Finn und lässt mich wieder los. »Dieses Mal bleiben wir zusammen«, fügt Nico hinzu. Zu viert gehen wir mit schnellen Schritten in die Richtung, in die der zweite Sträfling gelaufen ist. Nach nur hundert Metern entdecken wir ihn, wie er sich versucht unter einem Schaufel-radbagger zu verstecken. Mit einem kurzen Sprint von Nico und Finn packen sie ihn an den Armen und lassen ihm keine Chance mehr, sich zu wehren. Der Gefangene spuckt und schimpft um sich in einer uns unbekannten Sprache. Nachdem Alex ihn mehrmals angeschrien hat, dass er seine Fresse halten soll, schlägt Alex ihn, bis er das Bewusstsein verliert. Alex funkt über das Funkgerät Kommandant Nebel an und berichtet, dass wir zwei Gefangene erwischt haben. Kommandant Nebel be-fiehlt uns, die Stellung zu halten, er würde uns einen Truck vorbeischicken, der die Gefangenen und uns abholt.

Die Minuten, die wir auf den Truck warten, vergehen in unendlicher Stille. Stille herrscht auch in mir. Ich hasse diese Stille, ich habe so verdammt viele Fragen an mich selbst, die ich mir unbedingt beantworten muss. Die Stille in meinem Körper ist zu laut. Die Stille übertönt alles in mir. Sie verschlingt alle aufkommenden Wörter, Sätze und Fragen.

Plötzlich durchbricht etwas die unangenehme Stille. Der Truck fährt langsam über den serpentinenartigen Weg hinunter zu uns in den Steinbruch. »Endlich!«, stöhnt Alex müde und genervt. »Endlich kommen wir aus dem gottverdammten Steinbruch heraus«, stöhnt Alex weiter. Wir raffen uns von den großen Steinen auf und klopfen unsere Uniform sauber. Der Truck bleibt vor uns stehen, wir schieben die Flüchtlinge von hinten auf die Ladefläche und klettern hinterher. Der Truck ist nicht leer, sondern Kommandant Nebel sitzt immer noch im Truck. »Na dann zeigt mal die beiden Gefangenen, die ihr habt«, fordert er uns mit einem Lächeln auf. Erschöpft zeigen Alex und Nico den Gefangenen, dem sie mit einigen Schlägen das Gesicht zerkloppt haben. »Der hat sich anscheinend wehren wollen«, bemerkt Kommandant Nebel belustigt. »Was ist mit dem Zweiten? Was ist mit ihm?«, fragt Kommandant Nebel. »Der ist tot«, sagt Finn bedrückt. »Wie tot? Habt ihr ihn erschossen?«, fragt Kommandant Nebel überrascht. »Ja, Liam hat ihn sauber mit einer kurzen Feuersalve niedergestreckt, bevor er uns entkommen konnte«, erklärt Finn. »Das ist super, ich wusste, ihr seid die geborenen Soldaten«, jubelt Kommandant Nebel stolz. »Wir holen nun die anderen ab und bringen danach die restlichen

Gefangenen zum Gefängnis zurück und danach zur Kaserne«, erklärt Kommandant Nebel uns das weitere Vorgehen für die Nacht. Allmählich sammeln wir den Trupp ein, teils mit Gefangenen, teils ohne. Wir fahren kurz am Gefängnis vorbei, bringen mithilfe der Wachen die Geflüchteten in die Zellen. »Ich habe eine tolle Idee«, sagt einer der Gefängniswärter: »Wie wäre es, wenn wir den Toten, den ihr habt, mitten auf dem Gefängnishof aufhängen, als Warnung für seine Kameraden.« »Fantastische Idee«, lobt ihn Kommandant Nebel. Wir machen uns zusammen mit den Wärtern an die Arbeit, eine Konstruktion zu bauen, um den Toten daran aufzuhängen. »Absolut makaber!«, beschwere ich mich leise bei meinem Trupp, sodass es Kommandant Nebel und die Wärter nicht mitbekommen. Nach einer guten Dreiviertelstunde hängt schlussendlich der von mir ermordete Kriegsgefangene an einem großen Kreuz. Ich entferne mich heimlich von der Truppe und gehe ein paar Schritte um die Ecke, um dort zu kotzen. Alles kommt mir hoch, mir ist schlecht.

Kurze Zeit später fahren wir zurück in die Kaserne. Auf der Fahrt zurück verkündet Kommandant Nebel voller Stolz: »Den Toten, den wir heute als Warnung für die anderen aufhängen konnten, verdanken wir Liam. Durch seinen heldenhaften Einsatz wurde dieser Abschaum daran gehindert zu entkommen.« Alle applaudieren mir, ich selbst schaue kurz hoch, lächle heldenhaft und lasse den Kopf wieder herunterhängen. Kommandant Nebel verkündet stolz weiter: »Ich werde mich selbst für euch starkmachen, dass ihr für die Leistung der heutigen Nacht einen Orden bekommen sollt. Ihr habt keinen der Feinde fliehen lassen. Das erfüllt mich mit Stolz.« Erneut applaudieren alle lautstark, ich nicht. Ich klatsche zwar, aber mich freuen über eine Auszeichnung, weil ich jemanden erschossen habe, der sich nicht mal wehren konnte? Nein, das bin ich nicht.

Die Stimmung ist ausgelassen, Elias spielt über seine Handylautsprecher auf voller Lautstärke Partymucke ab und alle grölen mit. Ich lasse mich von der Musik aus meinen Gedanken reißen und singe mit den anderen mit. Was passiert ist, ist passiert. Es wird für immer ein Teil von mir sein, aber ich darf mich davon nicht übermannen lassen und versuche so die Gedanken zumindest für eine kurze Zeit aus mir herauszudrängen.

Die Fahrt ist bei guter Laune, Kommandant Nebel gibt bei einer Tankstelle, an der wir vorbeikommen, jedem ein Bier aus.

In der Kaserne angekommen, steigen wir vor unserem Gebäudetrakt aus, legen die Gewehre zurück in den Metallschrank, der in der Zwischenzeit ins Gebäude geschoben wurde, hinein. Kommandant Nebel befreit uns von den ersten Stunden des

Unterrichts, sodass wir gut ausschlafen und uns nach dem Frühstück mit den Waffen am Übungsschießplatz treffen. Am Schluss überreicht er mir noch den Schlüssel für das Schloss, das am Metallschrank hängt, mit den Worten: »Erster Abschuss der Truppe bedeutet, du bist für das Schloss am Waffenschrank verantwortlich. Morgen bekommst du dein erstes Abzeichen. Das heißt, ab morgen früh bist du kein einfacher Rekrut mehr. Ab morgen bist du ein Gefreiter.« Alle applaudieren und beglückwünschen mich. Ich weiß nicht, ob es der Moment ist oder ob das Bier nachhilft, aber ich lache euphorisch und bin mega happy über diese Beförderung. »Danke, Kommandant Nebel, ich werde Sie nicht enttäuschen!«, bedanke ich mich, salutiere vor ihm und nehme den Schlüssel an mich. Den Schlüssel befestige ich an der Kette, an der meine Marke hängt. Die Marke mit dem Schlüssel verstaue ich unter meinem Hemd und gehe auf die Stube, um endlich weiterzuschlafen. Jetzt, wo die Aufregung der Nacht endlich hinter mir liegt, merke ich, wie müde ich bin.

VERGANGENHEIT UND ZUKUNFT

Gut ausgeschlafen wache ich in meinem gemütlichen Bett auf. Schaue auf mein Handy und merke, dass ich noch einiges an Zeit habe, bis es Frühstück gibt. Ich recke mich und setze mich gemütlich auf die Bettkante, wische mir dabei den restlichen Schlaf aus den Augen und denke zurück an die vergangene Nacht und den furchtbaren Traum. »Was für ein Albtraum«, murmle ich vor mich hin. Ich schlendere in Richtung Schrank und schnappe mir meine Duschsachen. Noch halb am Dösen begegnet mir Elias auf dem Flur. »Erzähl mal, wie hast du ihn erschossen?«, fragt er neugierig. Sofort bin ich hellwach. Fuck, das war kein Traum! Das war echt! Ich versuche so lässig wie möglich herüberzukommen: »Eigentlich war das einfach nur reflexartig, weißt du, wie in einem Game. Er blieb nicht stehen und da habe ich einfach abgedrückt. Na, eigentlich wollte ich ihn nur verletzen, aber wer nicht hören will.« Noch während ich diese Wörter sage, zerreißt es mein Inneres, jedes Wort gelogen, jedes Wort ein Hilfeschrei, den keiner hört. Ich gehe in eine Duschkabine und fange an, mich zu duschen. Ich lasse das Wasser auf mich einprasseln, versuche mich mit der Seife sauber zu schrubben, aber egal wie lange oder wie viel Seife ich verwende, ich fühle mich dreckig. Ewigkeiten stehe ich unter der Dusche. Meine Hände sehen nach dem Duschen so aus wie nach dem Schwimmunterricht, komplett schrumpelig. Ich trockne mich ab und gehe zurück auf die Stube, um mich anzuziehen. Auf der Stube empfängt mich Finn: »Alter, wo bleibst du denn? Ich dachte, du wärst in der Dusche ersoffen, schau mal auf die Uhr, wir müssen gleich beim Frühstück erscheinen. »Du wolltest dich bestimmt hübsch machen für deinen Rangaufstieg, aber dafür ist es sowieso zu spät, damit hätte man schon vor siebzehn Jahren anfangen müssen«, er lacht und ich versuche mitzulachen. Ich schnappe mir schnell meine Uniform und die Hundemarke und ziehe mich an. Wir beeilen uns, um noch rechtzeitig zum Frühstück zu kommen, und schaffen es in letzter Sekunde. Heute sitzen viele der Soldaten, die ebenfalls hier stationiert sind, aber nichts mit uns zu tun haben, an ihren Tischen, als würden sie auf etwas warten. Finn und ich setzen uns an den Tisch, der für unseren Trupp reserviert ist. »Was ist hier los? Warum sind alle hier, das ist komisch«, flüstere ich zu Alex und Mark. »Ein Offizier meinte vor ein paar Minuten, dass heute Morgen hier etwas verkündet wird. Vielleicht sollen alle von deinem heldenhaften Einsatz erfahren«, erklärt Mark: »Ich habe von dem Tisch neben uns mitbekommen, dass es eine Meldung von der Front gibt, die besprochen werden soll«, mischt sich Joshua in unser Getuschel ein. »Aber das kann man doch auch uns in den Trupps mitteilen, oder nicht?«, hakt Alex nach. »Keine Ahnung, aber ich denke, so ist das vermutlich einfacher«, antwortet Joshua. »Lassen wir uns einfach mal überraschen«, beende ich die Tuschelei in dem Moment, als der gesamte Führungsstab der Kaserne die Kantine betritt. Sofort stehen alle auf, salutieren und begrüßen die Führung mit einem kräftigen »Guten Morgen!«. Wir bleiben so lange stillstehen, bis uns der Generalstabsoffizier den Befehl gibt, uns hinzusetzen. »Guten Morgen, ihr fragt euch vermutlich, weshalb ihr heute Morgen alle hierherkommen solltet. Ich habe positive Nachrichten für euch.« Jubel bricht im ganzen Raum aus. Der Generalstabsoffizier redet nach der kurzen Jubelpause weiter: »Unsere Armee macht riesige Fortschritte. Die Verteidigung des Landes ist erfolgreich und die Gegenoffensive ist in vollem Gange«, erklärt der Generalstabsoffizier. Mit voller Euphorie setzt er nach: »Bis Weihnachten ist dieser Krieg gewonnen!« Erneut bricht ein euphorischer Jubel aus, wir hauen mit den Händen auf die Tische, springen von den Stühlen auf, jubeln lautstark und feiern uns selbst. Die Stimmung legt sich nach und nach wieder und der Generalstabsoffizier beginnt wieder weiterzureden: »Das freut mich zu sehen, dass wir auf euch zählen können. Heute Nacht durfte der Trupp 32 entflohene Kriegsgefangene wieder einsammeln. Diese Aufgabe haben sie nicht nur sauber und schnell erledigt, sondern einer von ihnen hat mit einem heldenhaften Einsatz einen Gefangenen mit gezielten Schüssen erledigen können. Ich bitte einmal den ganzen Trupp nach vorn.« Wir stehen auf, gehen zum Generalstabsoffizier und stellen uns nebeneinander auf. Der ganze Vorgang wird mit tosendem Applaus begleitet. Jeder bekommt vom Generalstabsoffizier einen silberglänzenden Orden an die Uniform angesteckt. »Vielen Dank für den schnellen Einsatz heute Nacht«, bedankt sich der Generalstabsoffizier. »Liam, bitte tritt vor«, fordert er mich auf und ich mache den Schritt nach vorn aus der Reihe hinaus. »Durch deinen heldenhaften Einsatz heute Nacht ist es mir eine Ehre, dir den Rang des Gefreiten zu überreichen«, mit diesen Worten zieht er aus seiner Brusttasche zwei aus Stoff gefertigte Rangabzeichen für die Schulter. Der Generalstabsoffizier befestigt die Rangabzeichen mit einem Knopfdruck an meinen Schultern, schaut mir in die Augen und nickt mir einmal zu. Er dreht sich zu den anderen Trupps um und verkündet mit feierlicher Laune: »An diesem Trupp sollten sich alle anderen ein Beispiel nehmen.« Applaus bricht aus und wir werden gebeten, wieder Platz zu nehmen. Wir nehmen wieder an unserem Tisch Platz und der Generalstabsoffizier nimmt eine ernste Miene an. »Wie ich eben erwähnt habe, läuft die Gegenoffensive auf Hochtouren. Damit es so bleibt, benötigen wir weitere Einheiten an der Front. Ihr wollt alle kämpfen, aber heute dürfen sich nur die Trupps 12, 19, 25 und 27 freuen und sich auf den Weg zur Front begeben«, erklärt der Generalstabsoffizier, während bei den aufgezählten Trupps Freude ausbricht. Die Trupps rufen durcheinander. »Wir fahren an die Front!« »Jetzt zeigen wir es ihnen!« »Die haben keine Chance!« Nachdem sich die erneute Euphorie wieder beruhigt hat, spricht der Generalstabsoffizier weiter: »Geht nun zu euren Stuben, packt alles, was ihr benötigt, in den Rucksack, nehmt eure Bewaffnung und trefft eure Kommandanten an den Trucks, die zur Abfahrt bereit am Ausgang auf euch warten. Beeilt euch! Abtreten!« Die aufgezählten Trupps laufen zügig aus der Kantine heraus und holen ihre Sachen. »Ich wünsche dem Rest noch einen wunderschönen Tag und hoffe, dass ich euch bei unserer nächsten Update-Runde ebenfalls an die Front schicken kann. Euer Land zählt auf euch.« Der Generalstabsoffizier verschwindet aus der Kantine. »Dürfen wir jetzt was essen?«, fragt aus dem Nichts David. »Stimmt, wir hatten noch kein Frühstück«, fällt Elias plötzlich auf und die beiden gehen sich etwas zu essen holen. Ich warte noch einen kurzen Augenblick, dann folge ich den beiden zur Frühstücksausgabe. Pfannkuchen mit Beeren und ein Schuss Ahornsirup, ich staune nicht schlecht, als mir mein Teller gereicht wird und ich das Frühstück in meinen Händen halte. »Was is? Willst du mal weitergehen, die hinter dir wollen auch noch was zu beißen bekommen«, mault mich die ältere Dame, die das Essen austeilt, an und ich schaue kurz vom Teller hoch und begebe mich dann auf meinen Platz am Tisch. In Seelenruhe esse ich die Pfannkuchen mit Beeren und den Schuss Ahornsirup auf. Nichts könnte mich in diesem Moment aus der Ruhe bringen. Ich denke darüber nach, wann ich zuletzt so gute Pfannkuchen gegessen habe. Das muss Ewigkeiten her sein, zuletzt müssen die bei meiner Mutter so gut geschmeckt haben. Ich selbst bin leider kein so guter Koch. Ich werde aus meinen Gedanken gerissen, weil ich enttäuschenderweise keinen Bissen mehr auf meinem Teller habe. Ich bringe meinen Teller weg und begebe mich zusammen mit Alex und Mark zur Schießanlage. »Was glaubt ihr, wann dürfen wir an die Front?«, fragt Mark. »Ich hoffe, so schnell wie möglich«, antwortet Alex begeistert. »Ich weiß nicht, so schnell wie möglich? Mit mehr Training wären wir unbesiegbar, dann würden wir ihnen ohne Probleme den Arsch versohlen«, füge ich dem Gespräch hinzu. »Du hast deinen Orden doch schon, ich will auch welche und am besten geht das an der Front«, bekomme ich von Mark zu hören. »Ach dieser Orden bedeutet doch gar nichts«, sage ich abfällig über den Orden, der stolz an meiner linken Brust hängt. »Ach? Echt nicht? Das musst du mir mal bitte erklären«, hakt Mark skeptisch nach. Ich muss kurz überlegen, wie ich das am besten formuliere, dass es sich nicht so anhört, als würde es mir leidtun, den Mann erschossen zu haben. »Na, das war doch keine Leistung, einen Mann zu erschießen, der wegrennt und unbewaffnet ist. Dafür einen Orden? Ist das nicht etwas zu viel?«, frage ich. »Du hast vorher doch nur einmal auf dem Schießplatz mit der Waffe geschossen. Auf eine Zielscheibe, die still vor dir hing. Jetzt hast du einen Mann erschossen, der in Bewegung war, und das auf die doppelte Entfernung«, äußert sich Mark fasziniert und ich winke das alles ab: »War doch nur Glück.« »Glück, nennst du das?«, erwidert dieses Mal Alex staunend. »Also ich nenne das Naturtalent«, schiebt Mark hinterher.

»Okay, kann gut sein, dass ich recht gut im Schießen bin, aber ich denke nicht, dass das normal ist. Ich glaube, das wird sich erst auf dem Schlachtfeld zeigen, wie gut ich bin«, stimme ich den beiden zu. In der Zwischenzeit haben wir das Schießgelände erreicht und ich öffne das Schloss, das an den Türen des Metallschranks hängt, den Maxim und Luca von unserem Quartier zur Schießanlage gerollt haben. Wir nehmen die Waffen aus dem Schrank und ich gehe mit der Waffe ein paar Schritte weiter an einen Tisch, um die Waffe zu säubern. Ich baue die Waffe auseinander, was erstaunlich einfach funktioniert. »Die neueste Generation an Waffen, erstaunlich«, grinse ich vor mich hin. Luca, der sich mit mir an den Tisch gesetzt hat, erklärt mir: »Das stimmt, ich habe damals als kleiner Junge immer mit dem Jagdgewehr von meinem Opa spielen dürfen. Und das war schwer und kompliziert. Das Gewehr wiegt nicht einmal vier Kilogramm und ist einfach zu bedienen. Und das nur, weil es in einem 3D-Drucker gedruckt wird. Und wie du bemerkst, ist es easy zu zerlegen, ganz ohne Werkzeug. Man kann das Gewehr mit unendlich vielen Anpassungen auf sich selbst perfekt anpassen. Ich kenne keine andere Armee, die solch eine geile Waffe hat.« Sein Gesicht strahlt vor Freude und Begeisterung. »Du kennst dich gut aus, woher weißt du das alles?«, frage ich Luca mit Neugier und gleichzeitiger Abscheu. Sein Gesicht strahlt noch mehr. Seine Leidenschaft wurde weiter entflammt: »Ich habe mich schon immer über Waffen informiert. Ich habe als Kind immer gerne mit Waffen gespielt, also natürlich immer nur mit Spielzeugpistolen oder Gewehren. Ich habe früh im Schützenverein angefangen und seit ich denken kann, helfe ich bei der Jagd. Vergangenes Jahr durfte ich zum ersten Mal selbst jagen. Ich habe in meinem ersten Jagdjahr fünf Hirsche und drei Wildschweine erschossen, mein größter Erfolg ist aber, dass ich einen Hasen auf fast dreißig Meter Entfernung im Laufen schießen konnte. Aber schade, dass ich gestern keinen erschießen konnte. Hätte bestimmt Spaß gemacht.« Mit staunendem Blick schaue ich ihn an: »Dir macht es nichts aus, ein Leben zu beenden?« »Ach, warum denn? Ich nehme eins, um meins zu erhalten, ganz einfach, oder?« »Ich weiß nicht, also ich will natürlich mein Leben schützen, aber Spaß würde ich es nicht nennen, eher überleben.« »Ah«, ist sein letztes Wort, er nimmt sein gesäubertes Gewehr und geht zum Schießstand. Ich setze die letzten Teile meiner Waffe zusammen und folge Luca zum Schießstand. Am Schießstand wartet bereits Kommandant Nebel auf uns. Wir warten, bis die Letzten ebenfalls am Schießstand angekommen sind. »Herzlichen Glückwunsch, Liam, zum Aufstieg. Bedenke, es liegt noch ein weiter und schwerer Weg vor dir und ich erwarte weiterhin absolute Konzentration.« Ich trete aus der Truppe einen Schritt nach vorn, salutiere kurz und antworte mit einem kräftigen »Jawohl, Kommandant« und trete den Schritt wieder nach hinten in den Trupp hinein. »Gut. Heute schießen wir zum ersten Mal auf bewegte Zielscheiben. Die Zielscheiben sind in unterschiedlichen Entfernungen und Höhen. Ich erwarte, dass ihr am Ende des Tages eine zufriedenstellende Trefferquote nachweisen könnt. Für jede Abweichung der Trefferquote macht ihr eine Extrarunde um die Kaserne herum. Anfangen!« Wir stehen bis spät am Abend an der Schießanlage, machen keine Mittagspause und das Abendessen verbringen wir ebenfalls am Schießstand. Nur wenn wir Wasser benötigen, dürfen wir unsere Flaschen in der Kantine am Wasserautomaten auffüllen. Von dort bringen wir auch Äpfel, Birnen oder Bananen mit, um unseren Hunger zu stillen. Die Sonne geht unter und es wird zu dunkel, um vernünftig auf der Anlage zu üben. Kommandant Nebel begutachtet kurz die elektronische Steuereinheit, die die Treffer zählt, und fängt an zu grinsen: »Okay, das sah heute schon ganz okay aus, aber leider habt ihr eure Quote nicht erreicht. Das bedeutet, bevor ihr euch entspannt, dürft ihr in voller Montur viermal um die Kaserne laufen. Ich werde euch selbstverständlich mit einem Fahrrad begleiten, dass mir hier keinen schlappmacht.« Ein Stöhnen geht durch den Trupp. »Worauf wartet ihr? Holt eure Ausrüstung, in zehn Minuten vorn am Eingang treffen, keine Sekunde später.« Wir verlassen die Anlage blitzartig, David und Leon schnappen sich den Metallschrank und rollen ihn zum Quartier.

Ich packe den Rucksack und gehe zum Eingang. Mit dem fast fünfzehn Kilogramm schweren Rucksack wird es nicht einfach, viermal um die Kaserne zu joggen. Alle schaffen es innerhalb der vorgeschriebenen zehn Minuten, sich am Eingang zu treffen. Nur Kommandant Nebel ist noch nicht eingetroffen. »Seltsam, hat er uns nur testen wollen?«, fragt Finn verwirrt in die Runde. »Hoffentlich. Ich habe keinen Bock, die Runden zu laufen«, sagt Leon hoffnungsvoll.« »Ich glaube, daraus wird nichts, da kommt Nebel schon«, bemerkt Alex und ein enttäuschtes Stöhnen raunt durch den Trupp. Kommandant Nebel kommt mit seinem Fahrrad angeradelt und stoppt neben uns. »Alle vollzählig und top motiviert«, stellt er zufrieden fest. »Dann kann es jetzt losgehen. Auf, auf!« Wir setzen uns in Bewegung, in Zweierreihen. Es ist nicht das erste Mal, dass wir so ein paar Runden drehen müssen. Die ersten Meter sind ganz in Ordnung und die erste Runde ist geschafft. In der zweiten Runde kommen die ersten leisen Beschwerden, die mit einer Geste von Kommandant Nebel sofort wieder verstummen. Am Ende der dritten Runde fährt Kommandant Nebel plötzlich mit dem Fahrrad voraus. Wir joggen logischerweise weiter. Knalle und kurze Blitze erhellen die späte Dämmerung. »Auf den Boden!«, schreie ich und wir schmeißen uns hin. Waffen nach vorn ausgerichtet. Ich gehe in die Hocke und die anderen suchen sich am Straßenrand kleine Deckungen, um sich zu schützen. Ich winke blind nach hinten und zeige an, dass zwei weitere mit mir in Richtung der Schüsse kommen sollen. Wir schleichen uns kriechend weiter vor, gehen immer wieder hinter höherem Gras in Deckung. Wir kommunizieren nur über Handzeichen, um keine Aufmerksamkeit auf uns zu lenken. Da sind vier Soldaten und Kommandant Nebel? Wir schleichen weiter an ihnen vorbei, ohne dass sie uns bemerken. Ich schaue meine beiden Begleiter an, es sind Tim und Mark. Ich erkläre ihnen anhand meiner Handzeichen, was ich machen möchte, und hoffe, dass sie es verstehen. Plötzlich geht es ganz schnell, wir springen hinter den fünfen aus unserer Deckung heraus, Mark schlägt einen der Soldaten mit dem Gewehr auf den Kopf, sodass er umfällt, und Tim haut einem zweiten sein Gewehr aus der Hand, während ich die anderen drei von hinten mit einem Gewehr anvisiere. »Waffen weg und Hände über den Kopf!«, brülle ich. Die beiden Soldaten, die ihre Waffen noch haben, legen sie auf den Boden und halten ihre Hände über den Kopf. Ich rufe der restlichen Gruppe, die etwas entfernt steht, zu: »Könnt jetzt herauskommen, die Gefahr ist gebannt.« Die anderen kommen mit angewinkelten Gewehren zu uns dazu. Plötzlich fängt aus dem Nichts Kommandant Nebel an zu applaudieren. »Fantastisch, einfach fantastisch. Diese Aufgabe habt ihr einfach fantastisch gelöst«, lobt er uns: »Es war vermutlich etwas zu heldenhaft inszeniert und dadurch extrem gefährlich in einem echten Einsatz, aber trotzdem hervorragend reagiert und die

Situation bestanden. Liam, das ist eine tolle Leistung, wie du die Truppe angeführt und reagiert hast. So erwarte ich es von euch allen.« Die Gruppe nickt und ich fühle mich stolz. Ich habe es drauf, ich kann einen Trupp führen und beschützen. Vielleicht bringt mir der Krieg doch viel mehr, als ich dachte. Ich habe Freunde gefunden und ich finde meine wahren Stärken. »Weil ihr diese Situation so gut gemeistert habt, erspare ich euch die letzte Runde und ihr dürft für heute Feierabend machen. Ich wünsche euch eine gute Nachtruhe und wir sehen uns morgen früh wieder im Unterrichtsraum.« Wir schleppen uns in Richtung Quartier. Ich sorge noch dafür, dass der Waffenschrank abgeschlossen ist, und gehe dann unter die Dusche. Unter der Dusche lasse ich den Tag noch einmal Revue passieren und merke, wie ich beim Militär aufgeblüht bin. Ich weiß nicht, wann ich zuletzt so viel Lust hatte, morgens aufzustehen. Während der Ausbildung? Nein. Während der Schule? Niemals. Das muss schon sehr lange zurückliegen.

Die Tropfen der Dusche tröpfeln noch nach, während ich mich abtrockne und aus der Duschkabine gehe. Und mich an eines der Waschbecken stelle, um mir die Zähne zu putzen. Finn kommt durch die Tür, schaut mich kurz an, lächelt und fragt leise: »Nur ein Handtuch?« Grinsend verschwindet er in einer Duschkabine. Ich blicke in den Spiegel über das Waschbecken und merke, dass ich rot geworden bin. Schnell putze ich meine Zähne und verschwinde schnellstmöglich in mein Bett. Ich schließe meine Augen und schlafe langsam ein. Das Letzte, was ich mitbekomme, ist, dass Finn die Stube betritt und sich in sein Bett legt.

Pieep! Pieep! Pieep!

Der Handywecker klingelt und klingelt. »Halt die Fresse!«, zische ich mürrisch in Richtung des Weckers. Ich drücke auf *snooze* und drehe mich wieder um. Fünf Minuten später fängt das blöde Handy schon wieder an zu piepen. Müde drehe ich mich um, hebe kurz den Kopf, um besser das Handy zu sehen, da habe ich schon ein Kissen im Gesicht. »Jetzt mach den Scheißwecker aus!«, mault Finn verschlafen zu mir rüber. Ich schalte den Handywecker ab und setze mich langsam auf die Bettkante und strecke mich gähnend. Ich stehe langsam auf und schnappe mir das Kissen von Finn und pfeffere es mit voller Wucht zurück auf ihn. Ich schnappe mir meine Klamotten und ziehe mich an und gehe mir meine Zähne putzen. Im Bad treffe ich Alex, der verträumt in den Spiegel schaut. »Schon wach?«, frage ich ihn gähnend. Alex reagiert nicht, also frage ich noch einmal nach und stoße ihn dabei an: »Hey, schon

wach?«, erschrocken zuckt er zusammen und stammelt: »Ja, ja, ich bin wach.«
»Kommt mir irgendwie nicht so vor, als wärst du bereits wach.« »Ach was, ich habe
nur etwas in meinem Auge gesehen und habe mich konzentriert.« Ich schaue ihn mit
einem fetten Grinsen an und erwidere sarkastisch: »Ach so, so nennt man das heute,
wenn man im Stehen einpennt.« Alex dreht das Wasser auf und klatscht sich eine
Handvoll kaltes Wasser ins Gesicht und geht aus dem Bad hinaus. »Okay, das war
jetzt doch etwas strange«, wundere ich mich und schaue Alex verwirrt hinterher. Ich
putze meine Zähne und mache mich etwas frisch und mache mich danach auf den
Weg zum Unterrichtsraum. Im Unterrichtsraum treffe ich wieder auf Alex: »Hey,
Alex, ist wirklich alles okay? Ich hatte vorhin im Bad nicht das Gefühl, dass alles
okay ist«, frage ich ihn mit gedämpfter Stimme, damit nur er mich verstehen kann.
»Ja, was soll denn sein? Ich habe einfach nur schlecht geschlafen, lass gut sein!«,
mault er mich an und dreht sich von mir ab. Merkwürdig, so habe ich Alex noch nie
erlebt. Ich schaue ihm verwirrt hinterher, setze mich aber nun auch an meinen Platz,
da sich der Raum schnell füllt. Kommandant Nebel betritt den Raum als Letzter
und der Unterricht beginnt, heute lernen wir verschiedene Angriffstaktiken und
wie wir am besten unsere Stellungen auf dem Schlachtfeld halten. Nach dem Mittag müssen wir auf einem Truppenübungsplatz, der einige Kilometer entfernt liegt,
unsere neu erlernten Taktiken ausführen. Durch immer wieder auftretende Fehler
bei den Ausführungen zieht sich diese Aufgabe bis spät in den Abend hinein. Am
Ende des Tages halten sich ein paar wenige von uns im Aufenthaltsraum auf. Alex
und ich stehen am Tischkicker und jetzt will ich aber wissen, was heute mit ihm los
ist. »Hey Alex, lass uns mal dahinten hinsetzen, ich will mit dir sprechen«, sage ich
mit gedämpfter Stimme bestimmend. »Was willst du?«, fragt er gereizt. »Hey, ich
will nur mit dir sprechen, du bist heute so anders, ich will nur wissen, ob alles okay
ist«, sage ich mit ruhiger Stimme. »Du willst wissen, was los ist? Dann sage ich es
dir«, und plötzlich wird seine Stimme sanfter. »Meine, meine Freundin.« Er bricht
den Satz ab. Neugierig schaue ich an und sehe, dass er angestrengt denkt und die
richtigen Worte sucht. »Hey, du kannst mir alles sagen, Bro. Wir sind beste Freunde.
Was ist mit deiner Freundin?« »Meine Freundin ist schwanger.« »Das sind doch
tolle Nachrichten. Warum ziehst du denn dann den ganzen Tag solch eine miese
Miene?« Er schiebt mich an der Schulter weiter weg von den anderen im Raum
und senkt seine Stimme: »Eigentlich ja, aber hast du dich mal umgeschaut? Ich bin
hier. Es herrscht Krieg! Ich muss demnächst auf einem Schlachtfeld kämpfen. Was
ist, wenn ich ...«, er stockt. »Was ist, wenn ich sterbe? Was dann? Soll mein Kind

ohne mich aufwachsen? Ich will nicht, dass mein Kind ohne Vater aufwachsen muss. Ich will mein Kind aufwachsen sehen.« Er vergräbt sein Gesicht in seinen Händen und mir fällt nichts Besseres ein, als ihn einfach zu umarmen. Was soll ich sagen? Soll ich überhaupt etwas sagen? Soll ich aufmuntern? Trösten? Was soll ich machen? Mir fällt nichts ein und so stehen wir beide minutenlang in der Ecke und ich umarme Alex einfach nur. Nach einigen Minuten löst sich Alex aus meiner Umarmung, wischt sich die letzten Tränen aus dem Gesicht, lächelt und schaut mir tief in die Augen: »Danke.« Ich nehme ihn noch einmal in den Arm, drücke meinen Mund an sein Ohr und flüstere: »Kein Ding, dafür sind Freunde da.« Wir gehen zu den anderen. Es wird ein langer Abend am Kicker und es freut mich, dass Alex mir ein Lächeln schenkt, als wir auf unsere Stuben gehen.

Am nächsten Morgen bin ich sehr früh wach, der Wecker klingelt erst in einer halben Stunde und so stehe ich schon leise auf, nehme mir meine Klamotten und gehe duschen. Die Tropfen aus dem Duschkopf fallen auf mich hinab und ich tauche in meinen Gedanken ab. Ich denke über das nach, was Alex mir gestern gesagt hat. Wie würde ich reagieren? Würde es mir genauso ergehen wie Alex? Würde ich auch beängstigt sein? Würde ich stolz sein? Wäre ich wütend? Ich glaube, ich wäre alles. Aber warum wäre ich wütend? Worauf wäre ich wütend? Auf mich? Auf meine Freundin? Auf die Regierung? Auf den Krieg? Auf die Menschen? Was ist es? Gibt es denn überhaupt eine Antwort darauf? Zumindest gibt es keine, die mir einfällt. Ich drehe die Dusche zu und trockne mich mit einem Handtuch trocken. Frisch geduscht und mit noch einigen Minuten vor dem Wecker bin ich bereits fertig für den Alltag. Ich setze mich mit dem Handy vor dem Quartier 32 auf eine Bank, stecke mir Kopfhörer in die Ohren und höre Musik. Ich schaue mir den Sonnenaufgang an, der mittlerweile immer später stattfindet, nach einigen Liedern fällt mir auf, dass ich den Wecker für unsere Stube nur auf meinem Handy habe und Finn noch nicht wach ist. Ich flitze auf unsere Stube, reiße die Tür auf und rüttele Finn an den Schultern. »Aufstehen, du hast verpennt!« Langsam öffnet Finn die Augen und mir fällt nichts Besseres ein, um ihn schnell wach zu bekommen, als ihm mit der rechten Hand zwei Backpfeifen zu geben. Ich will ihm die dritte Backpfeife geben, da ist er wach genug, um diese abzuwehren. »Was ist los? Ist etwas passiert?«, fragt er mich müde. »Du hast verpennt, der Unterricht beginnt gleich, beeil dich«, erkläre ich ihm hastig. Finn springt aus dem Bett auf, streift sich seine Klamotten über und eilt aus dem Raum hinaus zum Unterrichtsraum. Er ist dabei so schnell, dass ich kaum hinterherkomme, und so eilig haben wir es jetzt auch nicht. Auf halber Strecke merkt er es selbst, da ich mich nicht so beeile wie er. Finn dreht sich mit einem bösen Blick zu mir um und fragt misstrauisch: »Wie spät ist es wirklich?« Ich komme entspannt zu ihm und antworte ruhig: »Du hast zwar verpennt, aber so lange nun auch nicht, wir haben noch ungefähr zwanzig Minuten, bis wir da sein müssen.« »Und warum gibst du mir dann Backpfeifen, um mich zu wecken?« Ich zucke kurz mit den Schultern und lächele ihn an: »Dachte, wird bestimmt lustig. Und das war es auch.« »Du bist ein Arschloch!«, meint er mit einem kleinen Lächeln. Wir gehen zusammen weiter zum Unterrichtsraum und setzen uns auf unsere Plätze. Heute lernen wir weitere Taktiken und wir werden in weiteren Waffengattungen ausgebildet.

Am Schießstand schießen wir zum ersten Mal nicht mit der Standardbewaffnung, sondern mit den Waffen unserer Wahl. Jeder sucht sich eine Waffe aus, von der man denkt, dass man damit ebenfalls gut umgehen könnte. Es stehen verschiedene Maschinengewehre, Scharfschützengewehre, Pistolen und vieles mehr zur Auswahl. Es erweckt ein wenig den Eindruck, als würde ich in einem Waffenladen stehen und mir würde der Verkäufer versuchen all seine Waffen zu verkaufen. Jeder nimmt sich eine Waffe, ich schnappe mir ein Scharfschützengewehr. Alex nimmt sich ein Maschinengewehr und Mark nimmt sich eine Maschinenpistole. Kommandant Nebel erklärt jedem Einzelnen, was an der Waffe besonders ist, worauf es ankommt, wenn man diese Waffe benutzt, und einige technische Details zur Waffe. Nach der kurzen Einführung geht es direkt ans Schießen. Ich bin als Erster an der Reihe, mit dem Scharfschützengewehr, ich muss mich hinlegen, das Gewehr auf dem Boden mit seinen Füßen abstellen und darf nur mit dem rechten Auge durch das Zielrohr schauen. Das linke Auge muss permanent geschlossen sein, damit ich nur das Ziel durch das Zielfernrohr anvisiere. Ich atme tief ein, halte die Luft an und schieße. Treffer, ich treffe die winzige Zielscheibe auf neunzig Meter. »Glückwunsch, das nenne ich mal Talent. Erster Schuss und sofort der Treffer, ich glaube, das Gewehr liegt dir.« Ich schieße die nächsten Schüsse auf weiter entfernte Ziele und komme bis auf 120 Meter ohne Probleme. Die Nächsten sind an der Reihe. So viele verschiedene Waffen, ich bin beeindruckt. Alex ist der Erste, der mit einem Maschinengewehr schießt. Die ersten Schussversuche sehen bei Alex lustig aus. Er sitzt gebeugt hinter dem Gewehr und muss aufpassen, dass er von dem Rückstoß nicht immer weiter nach hinten geschoben wird. Durch den Rückstoß schafft Alex immer nur kurz zwei, drei Kugeln hintereinander abzufeuern. Kommandant Nebel unterbricht Alex nach ein paar weiteren erfolglosen Versuchen: »Hey, das ist ein Maschinengewehr, du musst es länger gedrückt halten und auf Dauerfeuer stellen.« Kommandant Nebel zeigt Alex, wie er es richtig zu bedienen hat, danach sieht es deutlich besser aus, auch wenn die Schussgenauigkeit bei Alex zu wünschen übrig lässt. Alex steht mit dem Gewehr auf und ich sage lachend zu ihm: »Immerhin kann die Erde dich nicht mehr angreifen, der hast du es aber ordentlich gezeigt.« Wir lachen gemeinsam. Mark kommt fast am Schluss dran. Er hat sich die Maschinenpistole genommen, die für den Nahkampf ist. Nach ebenfalls einigen Startschwierigkeiten mit dem Rückstoß schafft es Mark immer besser, die Waffe zu kontrollieren, es scheint ihm gut zu gefallen. Der Letzte ist fertig und wir legen die Waffen zurück auf den Tisch, von dem wir sie genommen haben. Kommandant Nebel stellt sich hinter den Tisch und erklärt uns: »Also das sind fast alle Waffen, die wir hier im Militär benutzen. Natürlich müsst ihr alle zumindest schon mal mit dem Großteil geschossen haben, demzufolge fangen wir morgen nach dem Mittag damit an, dass wir Stück für Stück die wichtigsten Waffen, also die, die am meisten an der Front im Einsatz sind, erlernen. Das bedeutet das Maschinengewehr, das Scharfschützengewehr und den Granatwerfer. Aber morgen früh treffen wir uns an der Sporthalle, um uns etwas im Nahkampf zu messen. Für heute war es das und ich wünsche euch noch einen schönen Abend.«

Wir verlassen das Schießgelände und ich gehe zusammen mit Alex und Mark zur Kantine, um Abendessen zu essen. Zum Abendessen gibt es heute Salzkartoffeln mit Erbsen und Möhren und einer dünnen Scheibe Schweinebraten. Am Tisch mit dem Tablett angekommen, schaue ich zuerst Mark und Alex an und dann das Essen. »Davon soll man satt werden? Und warum muss immer so viel Gemüse auf dem Teller sein?«, maule ich über das Essen. »Ich dachte zuerst, sie legt mir eine Scheibe Plockwurst auf den Teller, so dünn ist die Scheibe Fleisch.« Das Meckern bringt nichts und so essen wir das Abendessen auf und unterhalten uns darüber, wie geil damals die Partys waren und dass wir eine Party schmeißen müssen, wenn wir diesen Krieg gewonnen haben.

Es geht nach dem Essen zurück ins Quartier 32 und dort treffen wir auf die anderen, die im Aufenthaltsraum sind. Alex, Mark und ich gehen zum Kicker, um ein paar Runden zu kickern. »Zwei gegen zwei?«, fragt Alex uns. »Uns fehlt aber dafür einer«, entgegnet ihm Mark. »Hey Finn, Bock auf Kickern? Du spielst zusammen mit Liam«, ruft Alex Finn herüber. Finn dreht sich zu uns um, lächelt und kommt zu uns dazu. »Okay, dann lass uns die beiden mal fertigmachen«, lächelt er mir ins

Gesicht. Die erste Runde beginnt und am Anfang läuft es nicht ganz so gut für uns und wir liegen schnell weit hinten. Sechs zu null, und plötzlich ändert Finn sein freundliches Lächeln zu einem fiesen Grinsen. »Liam, jetzt wird es mal Zeit, dass wir treffen. Du lässt ab sofort keinen Ball mehr ins Tor hinein. Lass uns gewinnen.« Finn spielt aus dem Nichts wie ein Profi und es dauert nicht einmal zwei Minuten, da steht es sechs zu sechs. Und wir gewinnen mit zehn zu sieben die erste Runde. »Woher kannst du so gut kickern?«, frage ich Finn, erstaunt über sein Können. »Na ja, im Heim, da habe ich oft und viel gekickert. Viel mit den Größeren, die viel besser waren als ich. Von denen habe ich viel gelernt.« »Du bist im Heim aufgewachsen?«, frage ich noch erstaunter. Finn zuckt mit den Schultern und sagt stumpf: »Ja.« Ich schaue ihn mit offenem Mund an. »Mach den Mund wieder zu. Das ist doch nichts Wildes«, erwidert er und schiebt meinen Mund zu. »Willst du mir davon mehr erzählen?«, frage ich neugierig nach. »Ne, jetzt lieber nicht, vielleicht ein andermal«, antwortet er mir trocken. Schade, ich hätte so viele Fragen. Aber vielleicht ist es ihm auch unangenehm, darüber zu sprechen. Ich frage ihn morgen oder die Tage an einem ruhigen Ort noch einmal danach. Wir wechseln die Teams und diese Runde spiele ich zusammen mit Mark und die Runde darauf spiele ich mit Alex. Wir spielen noch einige Runden weiter, bis es Zeit ist, sich fertig fürs Bett zu machen. Ich gehe mich duschen und die Zähne putzen. Ich betrete die Stube, lege mich ins Bett und schließe meine Augen. »Willst du wirklich mehr erfahren?«, fragt mich Finn aus der Dunkelheit heraus. »Gerne würde ich mehr davon erfahren«, antworte ich, immer noch mit geschlossenen Augen. Wir liegen beide in unseren Betten, das Zimmer ist stockdunkel. Finn beginnt zu erzählen: »Ich bin früh ins Heim gekommen, besser gesagt, als Säugling wurde ich ins Kinderheim abgegeben. Ich habe nie meine Mutter oder meinen Vater kennengelernt. Die ersten Jahre, als ich noch ein Baby und ein Kleinkind war, wurde ich zwischen ständig wechselnden Paaren als Vermittlungsversuche hin und her gereicht. Aber keine Familie wollte mich.« Finn macht eine kurze Pause, bevor er weiterspricht: »Ich wurde älter und es wurde immer schwerer, ein Paar zu finden, welches mich hätte aufnehmen wollen. Ich war kein gutes Kind. In der Schule hatte ich schlechte Noten, habe mich mit anderen Kindern geprügelt und hatte es einfach schwer, mich mit den ganzen anderen Kindern anzufreunden. Die anderen Kinder hatten immer funktionierende Familien und so blieb ich immer mehr und mehr Zeit einfach im Heim. Dort habe ich dann meine ersten Freunde kennengelernt. Tim und Tom, die beiden sind ebenfalls im Heim aufgewachsen und waren vier Jahre älter als ich. Sie haben mir gezeigt, wie ich mit meinen Emotionen umgehen kann. Wie ich sozusagen mich hinter einer Maske verstecken kann. An meinem neunten Geburtstag habe ich mich von Tim und Tom trennen müssen. Die beiden wurden von einer Familie adoptiert. Seitdem hatte ich keine Freunde mehr, ich habe mich immer alleine durch die Welt geschlagen, der einzige Ort, wo ich nicht alleine war, war der Kicker. Ich habe gegen jeden gespielt, der in diesem Heim lebte. Ich bin morgens aufgestanden und habe gekickert, bis spätabends. Jeden Tag bis ...«, er unterbricht sich selbst. Die stille Dunkelheit erobert das Zimmer wieder zurück. Nach einer Minute erzählt er weiter: »bis ich mit 14 Jahren aus dem Heim geworfen wurde, weil ich zu alt wurde, um vermittelt zu werden. Ich habe mich die nächsten zwei Jahre auf der Straße durchgekämpft, habe um jedes Brot, um jedes Wasser gebettelt. Ich habe aus Flüssen und Bächen getrunken. Habe mein Geld als Tagelöhner auf Bauernhöfen verdient. Auf einem dieser Bauernhöfe wurde ich nach zwei Jahren als Obdachloser endlich adoptiert. Dort wurde ich als Sohn angesehen und nicht als billige Arbeitskraft. Ich wurde in ihre Familie aufgenommen, hatte plötzlich ein eigenes Zimmer und endlich wieder ein eigenes Bett.« In seiner Stimme kann ich plötzlich ein Lächeln hören. »Ich hatte eine Familie, einen Vater, eine Mutter, einen kleinen Bruder und eine kleine Schwester. Ich war so glücklich. Drei Jahre hat dieses Glück angehalten und ich dachte, jetzt könnte dieses Glück nichts mehr vernichten. Ich dachte, das Glück hält Ewigkeiten. Und dann kommt der Krieg! Dieser Krieg hat mein ganzes Glück zerstört. Ich musste meine Familie verlassen und musste zum Militär«, er stockt wieder seine Erzählung. »Aber ich habe Glück gehabt, ich habe euch als meine Kameraden. Ich habe dich.« Ich bin hellwach, plötzlich rasen Tausende Gedanken durch mich hindurch. Mir wird zugleich warm und kalt. Wie meint er das? Liebt er mich? Liebe ich ihn? Ist er schwul? Bin ich schwul? Soll ich ihn fragen? Sollte ich schweigen? Was soll meine Reaktion sein? Ich versuche, seinen letzten Satz zu ordnen. »Wie, wie meinst du das?«, frage ich vorsichtig nach. »Ich mag dich als Freund. Du bist ein guter Mensch. Das habe ich vom ersten Moment an gefühlt. Ich mag es, wenn du in meiner Nähe bist.« Ich bekomme nur noch ein »Danke« heraus. Meine Gedanken flitzen immer noch im Kreis. So wie Finn es betont hat, ist es mehr als eine Freundschaft, aber vielleicht täuscht es nur und es kommt wegen der Müdigkeit. Finn ist ein wirklich guter Freund, ich habe aber auch schon bemerkt, dass zwischen uns mehr ist als nur eine normale Freundschaft. Ich muss es mir aber eingebildet haben, wir verstehen uns einfach ausgezeichnet. Das wird es sein, wir verstehen uns einfach super gut.

»Gute Nacht, Finn!«, rufe ich leise herüber, bekomme aber keine Antwort mehr und schließe meine Augen und schlafe nach einer kurzen Zeit ebenfalls ein.

Der Wecker schellt mich am nächsten Morgen aus meinen Träumen. Ich stehe auf, schmeiße Finn mit meinem Kissen ab und ziehe meine Sportklamotten an. Es ist ein sehr ruhiger Morgen. In der Nacht hat es geregnet. Die Wege und Straßen sind feucht und man kann in den übrig gebliebenen Pfützen den Sonnenaufgang beobachten. Ich habe Hunger und gehe daher einen Umweg über die Kantine. Ich schnappe mir einen Apfel und eine Banane, die ich auf dem Weg zur Sporthalle esse. An der Sporthalle angekommen, stehe ich vor verschlossener Tür und keiner der anderen ist zu sehen. Ein Blick auf mein Handy zeigt mir, dass ich weder viel zu früh da bin noch zu spät. Ich drücke mehrmals auf die Klingel neben der Eingangstür, aber es öffnet keiner. Ich schlendere, so gut es geht, um die Sporthalle herum, aber auch durch die Scheiben der Sporthalle kann ich niemanden entdecken. »Komisch, Kommandant Nebel hat doch gesagt, dass wir uns heute Morgen hier an der Sporthalle treffen fürs Kampftraining«, murmele ich vor mir hin. Ich will gerade zum Unterrichtsraum aufbrechen, da kommen mir Alex und Mark entgegen. »Hey Liam, wir haben dich schon gesucht«, ruft Alex mir zu, als sie mich erblicken. »Was ist denn los?«, rufe ich zurück. Sie antworten mir erst, nachdem sie bei mir angekommen sind. Mark erklärt mir völlig außer Atem: »Es gab die Durchsage, dass wir uns an der Kantine treffen sollen. Es gibt wieder ein Treffen mit dem Generalstabsoffizier wie am Anfang der Woche.« »Vielleicht dürfen wir endlich an die Front«, fügt Alex noch hinzu. Wir laufen zur Kantine, ohne ein weiteres Wort zu verlieren. Aus der Ferne sehen wir, dass der Generalstabsoffizier mit der restlichen Führung die Kantine fast erreicht hat. Wir beginnen mit einem Schlusssprint, um auf jeden Fall vor ihnen in der Kantine anzukommen. Es gelingt uns um Sekunden, wir öffnen die Türen und anstatt sofort hineinzugehen, halten wir ihnen salutierend die Türen auf. Sie gehen an uns vorbei, und wir folgen ihnen und flitzen schnell auf unsere Plätze. Alle salutieren, bis der Generalstabsoffizier uns den Befehl gibt, uns zu setzen. Die Anspannung kann man spüren, die Angst zusammen mit der Vorfreude, der Erwartung, an die Front zu dürfen. Selbst ich kann es mittlerweile nicht mehr aushalten, ich will endlich an die Front kommen. Hier herumzusitzen macht das Ganze auch nicht besser, ich will endlich anfangen, selbst diesen Krieg zu beenden, auch selbst dafür in den Krieg zu ziehen. Umso schneller, umso besser. Der Generalstabsoffizier fängt mit strenger Stimme an zu sprechen: »Guten Morgen, Soldaten!« Ein kräftiges »Guten Morgen, Herr Generalstabsoffizier!«, entgegnen wir ihm und danach spricht der Generalstabsoffizier unbeirrt weiter: »Ich habe die Aufgabe, euch die neuesten positiven Nachrichten zu übermitteln. Wir konnten mit der Hilfe von euch den Angriff fokussieren und so die Front großflächig zurückdrängen und weiter ins Landesinnere vordringen.« Euphorischer Jubel bricht in der Kantine aus und der Generalstabsoffizier unterbricht kurz seine Rede. »Leider haben wir dabei auch einige gute Männer verloren, die wir jetzt leider ersetzen müssen. Da kommt ihr ins Spiel. Ihr dürft alle an die Front.« Erneut bricht ein euphorischer Jubel aus. »Bis zum Mittag habt ihr Zeit, eure Familien zu informieren und eure Sachen zu packen. Um Punkt 13 Uhr habt ihr an den Trucks zu sein, die euch an die Front bringen. Ich wünsche euch viel Erfolg.« Zum dritten Mal bricht ein euphorischer Jubel aus. Und so merkt kaum einer, dass der Generalstabsoffizier etwas in sich hineinflüstert. Der Jubel nimmt ab und wir verlassen die Kantine nacheinander. Ich gehe zusammen mit Alex und Mark zum Quartier, als uns Finn einholt: »Hey Liam, hi Mark, hi Alex. Rufst du deine Eltern an?« »Ja, natürlich rufe ich meine Eltern an.« »Darf ich dabei sein?«, fragt er mich. Irritiert sehe ich Finn an, aber stimme zu, dass er dabei sein darf. Zurück auf der Stube hake ich bei Finn noch nach: »Warum willst du dabei sein, wenn ich meine Eltern anrufe?« »Na ja, genau kann ich es nicht sagen, ich glaube einfach, weil ich selbst niemanden anrufen kann, will ich zumindest mal erleben, wie so ein Gespräch hätte sein können.« Sein trauriger Blick wird augenblicklich von einem erwartungsvollen Lächeln verdrängt und ich schaue ihm in seine funkelnden hellblauen Augen. »Okay, verstehe. Willst du aber deine Bauernfamilie nicht Bescheid geben? Du hast doch gemeint, das war wie eine Familie für dich.« »Ich habe mich bei ihnen schon an dem Tag verabschiedet, an dem ich hierhergekommen bin. An dem Tag haben wir Abschied für immer genommen, mein Vater weiß, dass ich vermutlich nie wieder aus dem Krieg zurückkommen werde.« Stille herrscht zwischen uns, und ein Gefühl der Trauer füllt den Raum. Um die Stille zu brechen, fange ich an, mein Handy zu entsperren und meine Eltern anzurufen. Das Handy tutet ein paarmal, dann nimmt meine Mutter den Anruf an: »Hey Liam, wie geht es dir? Ich habe mir schon Sorgen gemacht.« »Hi Mama, ist Papa auch da?«, frage ich mit einer nervösen Stimme. »Ja, warte kurz.« Ich höre kurzes Getuschel durchs Handy und mein Vater spricht: »Ja, was ist?« »Kannst du auf laut stellen? Das sollt ihr beide hören.« Ich atme tief ein und aus: »Ich ziehe heute noch an die Front«, es herrscht wieder eine bedrückende Stille. Durchs Telefon kann ich ein Rascheln hören und dass meine Mutter anfängt zu weinen. Mit gebrochener Stimme fragt mein Vater: »Musst du wirklich an die Front? Kannst du nicht wieder nach Hause kommen?« »Nein, es ist der Befehl, heute Mittag geht es los. Ich werde den Krieg beenden und wir werden uns ganz schnell wieder zu Hause in den

Armen liegen, das verspreche ich euch. Macht euch keine Sorgen, mir wird nichts passieren.« Zum Ende werde ich immer leiser, weil ich ihnen nicht versprechen kann, dass ich wieder nach Hause kommen werde. Durchs Handy kann man meine Mutter klar und deutlich weinen hören und auch meinem Vater hört man an, dass er mit den Tränen kämpft. »Pass bitte auf dich auf, Liam. Ich will dich so schnell wie möglich wieder in den Armen halten können.« Mit einem Versuch, meine Stärke und Entschlossenheit in die Stimme zu bringen, verspreche ich: »Ich werde am Ende in euren Armen liegen, wir werden noch ganz viele Geburtstage, Weihnachts-tage und Jahre verbringen und ihr könnt auf euren Sohn stolz sein, dass er das Land verteidigt hat.« Danach lege ich auf. Ich lasse das Handy auf den Tisch fallen und schaue Finn mit einem traurigen Blick an. »Denkst du wirklich, dass wir es nicht mehr nach Hause schaffen?« »Im Krieg sterben so viele gute Menschen. Warum wir denn nicht auch?« Ich kann ihm keine plausible Erklärung geben und so schaue ich ihn schweigend an. Wir fangen an, unsere Sachen schweigend zu packen, und wir machen uns fertig für die Front. Ein letztes Mal lasse ich mich ins Bett fallen, schließe meine Augen und vergesse alle meine Sorgen. Wir treffen uns alle draußen am Quartier 32. Ein letzter Blick auf das Gebäude mit der roten 32, dann geht es mitsamt all der Ausrüstung und den Waffen zum Eingang der Kaserne zu den Trucks, die uns an die Front bringen werden.

DIE BRÜCKE

An den Trucks warten die Kommandeure der einzelnen Trupps. Wir gehen zu dem Truck, an dem Kommandant Nebel bereits auf uns wartet. Wir treten vor ihm an, bilden eine Reihe und salutieren vor ihm und zeigen ihm, dass wir bereit sind, in den Kampf zu ziehen. »Hört mir zu, ihr werdet unser Land stolz vertreten. Ihr werdet als stolze Kriegshelden wiederkehren. Ruhm wird euch überhäufen und die ganze Nation wird euch ehren. Zeigt denen, dass wir die Besseren sind. Zeigt ihnen, dass es ein Fehler war, uns anzugreifen. Ihr werdet zeigen, dass wir die beste Nation sind.« Die Worte von Kommandant Nebel werden mit tobendem Applaus bejubelt. Kommandant Nebel beendet den Jubel mit einer Handgeste und sofort ist Ruhe. Kommandant Nebel gibt den Befehl, einzusteigen. Wir steigen in die Trucks ein, setzen uns auf die seitlich und mittig angebrachten Bänke und die Stimmung ändert sich augenblicklich von einem jubelnden freundlichen Glücksgefühl zu einem ernsteren finsteren Gefühl. Kommandant Nebel steigt als Letzter in den Truck, schaut sich mit ernster Miene um, schweigt kurz und sagt dann: »Ich komme nicht mit. Ich werde hier gebraucht, um die nächsten Soldaten auszubilden. Liam, als Ranghöchster bist du bis zur Front der Truppenführer und hast das Sagen.« Er schaut mich an und ich erwidere salutierend: »Jawohl, Kommandant Nebel, ich habe verstanden!«, und setze mich wieder auf die Bank. »Macht unserem Land Ehre und zeigt denen, wer hier das Sagen hat!«, sagt Kommandant Nebel. Der Truck setzt sich in Bewegung. Passend zur getrübten Stimmung im Truck beginnt es zu regnen. Die Kaserne verschwimmt im Regen, bis sie komplett verschwindet.

Wir fahren an Feldern entlang, vorbei an Bauernhäusern, durch kleine Dörfer. Die Großstädte lassen wir links und rechts liegen, um den stauenden Großstadtverkehr zu umgehen. Wir fahren immer weiter weg von zu Hause, die letzte größere Stadt liegt mittlerweile Kilometer hinter uns und wir fahren nur noch durch die reinste Einöde immer weiter in Richtung Grenze. Die Fahrt wird noch einige Stunden dauern. Ich schließe meine Augen, will mich an die schönen Dinge erinnern, an vergangene Tage ohne Stress, ohne Angst und ohne Verantwortung. Es gelingt mir nicht, ob es an den harten Bänken, an der stinkigen Ladefläche oder an meiner Verantwortung für meine fünfzehn Kameraden liegt? Warum ausgerechnet ich? Warum habe ich die Verantwortung bekommen? Ich bin der Jüngste der Truppe. Die anderen sind älter, sie sind stärker und viele auch schneller. Warum habe ich die Auszeichnung verdient? Ich habe einen Fehler gemacht, wurde dafür gelobt und bejubelt. Warum? Ich möchte nicht hier sein, aber gleichzeitig fühle ich mich hier richtig. Ich bin an der Seite von meinen Freunden und meinen Kameraden, für die ich in die Hölle fahre.

Ich werde mit einem unsanften Schlag gegen meinen Hinterkopf aus meinen Gedanken gerissen. »Fuck!«, fluche ich, wir müssen ein Schlagloch in der Straße mitgenommen haben, ich reibe die Stelle, an der ich mich gestoßen habe. Alex schaut mich an und fragt: »Alles okay?« Ich nicke ihm mit Schmerzen im Gesicht zu: »Das war ein heftiges Schlagloch, wir müssen die guten Straßen um die Städte herum verlassen haben. Wir müssen aufpassen, dass wir uns nicht noch mehr die Schädel an Schlaglöchern anschlagen. Wir wollen doch fit an der Front ankommen.« Ich bekomme nur ein mürrisches »Jawohl« als Antwort. Nach einigen Minuten über die holprige Landstraße bleiben wir mitten im Nirgendwo stehen. Ich schaue nach hinten aus dem Truck hinaus, sehe aber nur Felder, soweit ich blicken kann. »Sind wir da?«, fragt jemand hinter mir aus dem Truck. »Keine Ahnung, sieht auf jeden Fall nicht wie eine Front aus, wo wir hier sind. Hier sind Felder und ein paar Bauern, die die Ernte einfahren. Ich glaube, wir sind noch weit entfernt von der Front, hier ist alles friedlich«, mutmaße ich. Ich höre, wie der Fahrer die Tür öffnet und aussteigt. »Hey, was ist hier los?«, rufe ich zu ihm, aber bekomme keine Antwort. Ich winke Alex zu mir, wir steigen aus dem Truck aus und gehen zum Fahrer. »Was ist los? Warum fahren wir nicht weiter?«, frage ich mit einem befehlenden Ton. Der Fahrer antwortet mir in einem gleichgültigen Ton: »Weil ich den Befehl habe, hier auf weitere Befehle zu warten.« »Mitten in der Pampa?«, frage ich mit einer gewissen Wut. »Was sollen wir denn hier? Das ist ein dummer Befehl, fahren Sie uns an die Front«, rege ich mich weiter auf. Plötzlich schaut mich der Soldat mit einem furchterregenden Gesicht an: »Du befiehlst mir gar nichts, du Knirps. Ich bin der diensthochrangige Soldat und lasse mir von einem lächerlichen Gefreiten nichts sagen, sei mal froh, dass ich dir nicht eine geknallt habe.« Ich schlucke meine Wut hinunter, weil ich weiß, dass es nichts bringt, sich weiter aufzuregen, drehe mich um und gehe zum hinteren Teil des Trucks. »Und?« Ich blicke in fragende Gesichter. »Der Fahrer hat den Befehl erhalten, hier auf weitere Befehle zu warten«, erkläre ich kurz und setze mich hinter den Truck auf den Grünstreifen neben der Straße.

Es vergehen gute dreißig Minuten, in denen wir am Straßenrand sitzen und plaudern. Wir erzählen uns Witze, lachen über die vergangenen Tage und die Anspannung, die im Inneren des Trucks herrschte, verfliegt mit jeder einzelnen Minute, in der wir unter freiem Himmel sitzen. Vereinzelt ziehen weiße Wolken am blauen Himmel vorüber. Vögel ziehen ihre Runden, die Mäuse flitzen über die Felder und vereinzelt kann ich am Ende des Waldes, welcher einige Meter hinter dem Feld beginnt, ein Reh erblicken. Ich sitze in einem Paradies, mitten in der Einöde, hier ist es friedlich, nichts lässt mich an das Ziel dieser Fahrt denken. Es könnte genauso gut ein Schulausflug an einem Wandertag sein, den wir einmal pro Jahr in der Schulzeit hatten. Der ganze Trupp hat Spaß, bis der Soldat, der den Truck fährt, hinter dem Truck auftaucht und uns mit strengem Blick anschaut. Ich frage ihn: »Gibt es neue Befehle?« Er schaut uns, wie versteinert, weiterhin mit dem strengen Blick an und bleibt still. Ich wiederhole mich dieses Mal bestimmender: »Gibt es neue Befehle?« Er schüttelt den Kopf und fügt leise hinzu: »Nein, immer noch nichts Neues.« »Willst du dich zu uns setzen?«, frage ich vorsichtig nach. Er schaut uns kurz an, und dann weicht sein strenger Blick einem Lächeln: »Gerne.« Der Soldat kommt zu uns dazu und setzt sich neben uns auf den Grünstreifen. Er schaut sich in der Runde um und fragt mich dann aus dem Nichts mit einer freundlichen Stimme: »Warum seid ihr alle so gut gelaunt? Ihr werdet an die Front gebracht. Mir vergeht mein Lächeln schon, wenn ich daran denke, euch dahin zu bringen.« Ich schaue in die Runde, keiner kann ihm auf die Frage eine plausible Antwort geben. Also versuche ich es: »Na ja, offen gesagt, glaube ich … wir wissen es nicht. Wir sind hier seit einigen Wochen zusammen. Wir sind Freunde geworden und genießen diese Zeit, die wir noch in der friedlichen Umgebung verbringen können. Vielleicht freuen wir uns auf die Kämpfe, wir wollen die Feinde vernichten und den Krieg beenden. Wir sind die, die diesen Krieg beenden werden. Es würde nichts ändern, wenn wir weinen würden, wir müssten trotzdem an die Front und kämpfen. Und deswegen lachen wir zusammen, solange es noch geht. Aber das ist nur meine Einschätzung. Was jeder für sich denkt, kann ich dir nicht sagen.« Ich blicke in die Runde und merke, ich habe ziemlich genau die Worte gesagt, die die Situation sehr gut beschreiben. »Ich hoffe, du kannst auch noch lachen, dich freuen und Glück verspüren.« Der Soldat lächelt in die Runde und wir beginnen zu lachen. »Wie ist eigentlich dein Name?«, frage ich ihn nach ein paar Minuten. »Ali«, antwortet mir der Soldat. »Ali, netter Name. Bist du schon vor dem Krieg beim Militär gewesen?« »Ja, ich bin bereits seit drei Jahren hier.« »Warum bist du denn nicht an der Front?«, frage ich neugierig.

»Ich bin zum Militär gekommen, um in der Logistik auszuhelfen. Also habe ich nur ein halbes Jahr Grundausbildung mitgemacht und nebenbei meine Ausbildung zum Logistiker abgeschlossen. Seitdem habe ich beim Militär nur noch Trucks und Gabelstapler bedient. Ich kann zwar schießen und theoretisch könnte ich ebenfalls an die Front geschickt werden, aber jemand muss Munition, Waffen und Soldaten zur Front bringen.« Wir hören ihm alle zu. »Also transportierst du auch Verletzte von der Front zurück?«, fragt von etwas weiter hinten Elias. »Nicht nur Verletzte, auch Leichen.« Alis Stimme klingt bei dem Satz deutlich sanfter und trauriger, die frohe Stimmung, die auf dem Grünstreifen neben der Straße herrscht, bekommt einen traurigen Dämpfer. Den aber Ali sofort versucht zu bremsen: »Sind zum Glück nur wenige, die wir verlieren. Die anderen haben viel höhere Verluste als wir.« Noch bevor jemand antworten kann, hören wir eine Stimme aus dem Funkgerät sagen: »Ali, hörst du mich?« »Jawohl, Kommandant!« Ali entfernt sich von uns und verschwindet hinter dem Truck. Ich stehe auf und befehle den anderen, in den Truck einzusteigen, so dass wir schnell losfahren können, wenn Ali das neue Ziel weiß. Mark ist der Letzte, der einsteigt, jetzt fehle nur noch ich. Aber ich steige weiterhin nicht ein, ich möchte Ali, bevor wir losfahren, noch fragen, wohin wir fahren. »Was ist unser Ziel?«, frage ich Ali, während er das Funkgerät zurück in seine Brusttasche an der schussicheren Weste packt. »Ihr habt Glück, ihr fahrt nicht sofort an die Front, ich soll euch an eine Eisenbahnbrücke bringen, die kurz vor der Front liegt. Weitere Befehle erhalten wir dort.« Ich nicke ihm zu, gehe nach hinten an den Truck, steige ein und schließe die Klappe. Ich haue zweimal gegen die Außenschale des Trucks und dieser setzt sich in Bewegung. Ich schaue hinten aus dem Truck hinaus, sehe den friedlichen Grünstreifen am Straßenrand, an dem wir saßen, wie er immer weiter verschwindet.

Die Straßen werden von Kilometer zu Kilometer immer schlechter. Nach einigen weiteren Stunden, die quer durch die Walachei führten, biegen wir auf einen Schotterweg ab, der neben Eisenbahnschienen verläuft. Der Schotterweg verlangt meinen Muskeln alles ab, um nicht durch den Truck hin und her geschleudert zu werden. Das ist kein Schotterweg, sondern eher ein Geländewagen-Übungsplatz, so viele Schlaglöcher und Steine, die wir überfahren. Der Truck stoppt mit einem kräftigen Ruck und wir werden alle nach vorn geschleudert. Wir steigen leicht benommen von der ganzen schüttelnden Fahrt aus, sehen uns um und erkennen, dass wir angekommen sind. »Ey, Ali. Ist das unser Ziel?«, rufe ich fragend Ali zu. »Jap, das sind die Koordinaten, die ich bekommen habe. Das hier ist eine Eisenbahnbrücke. Ich denke, das ist euer Einsatzort. Aber ich frage noch einmal nach, weil eigentlich noch ein kleiner Trupp an Soldaten hier sein sollte.« Ali schnappt sich sein Funkgerät und fragt nach, ob wir hier wirklich richtig sind. Ich befehle meinen Kameraden, dass sie die Gegend einmal absichern sollen, falls etwas hier passiert ist. Ich schnappe mir ein Fernglas, welches auf dem Beifahrersitz des Trucks liegt, und klettere auf einen kleinen Felsen, um die Umgebung nach Freund und Feind abzusuchen. Ali und sein Gesprächspartner am Funkgerät tauschen minutenlang unverständliche Fragen und Befehle aus, bis Ali zu mir nach oben auf den Felsen ruft: »Wir sind hier richtig. Der andere Trupp verspätet sich, da er noch extra Munition mitbringt. Sie werden in der nächsten Stunde ankommen. Ihr sollt währenddessen die Umgebung sichern und schon mal anfangen, die Brücke von dem Unrat zu befreien. Was auch immer das bedeutet.« Ich klettere zu ihm hinunter, rufe meine Kameraden zusammen und möchte Ali sein Fernglas wiedergeben. »Behalt das Fernglas, ich brauche das nicht, bei dir ist es nützlicher«, erwidert er mir und fügt hinzu: »Ich muss schon wieder los. Ich hoffe, wir sehen uns wieder.« Ali steigt in den Truck, dreht mit etwas Hilfe von Elias und holpert über den Schotterweg in die Ferne. »Was machen wir hier?«, fragt Joshua mich erwartungsvoll. »Wir sollen die Umgebung sichern und die Eisenbahnbrücke freiräumen«, antworte ich in die Runde hinein, schaue mich in der Runde um und suche mir vier Leute, die die Umgebung sichern sollen. Einem drücke ich das Fernglas in die Hand und dem Rest inklusive mir befehle ich, die Brücke freizuräumen. Die vier, die die Umgebung sichern sollen, schwärmen aus und der Rest geht mit mir auf die Eisenbahnbrücke. Die Eisenbahnbrücke ist vollständig zu einer Festung umgebaut worden, man kann erkennen, dass hier Kämpfe stattgefunden haben. »Puhh, das wird eine Weile dauern, bis das alles aufgeräumt ist«, beschwert sich Alex über das Chaos und alle nicken zustimmend. Wir beginnen ganz vorn mit den Sandsack-Barrikaden und schmeißen sie zuerst einfach links und rechts neben das Gleis. »Lasst uns die Sandsäcke ordentlich stapeln und uns selbst eine Barrikade errichten«, sagt Viktor aus dem Nichts. »Warum sollten wir das machen? Das ist doch nur unnötige Mehrarbeit«, fragen ihn Nico und David. Viktor erklärt uns: »Na ja, wenn wir hier die Stellung halten sollen, dann sollten wir uns auch schützen können, wenn wir angegriffen werden, oder nicht?« »Meinst du wirklich, wir werden so weit hinter der Front angegriffen, Viktor?«, fragt ihn David ungläubig. »Wenn ihr meint, wir bräuchten das nicht, dann machen wir das eben nicht«, verteidigt sich Viktor. »Ich finde Viktors Idee eigentlich ziemlich gut. Es wäre für den

Fall der Fälle auf jeden Fall nützlich«, mischt sich Leon plötzlich in das Gespräch ein. »Dann sollte vielleicht Liam die Entscheidung treffen«, meint David und alle schauen mich erwartungsvoll an. »Also, ich denke ... Ich glaube, dass Victors Idee ganz gut ist. Wir werden aber zuerst alle Sandsäcke hier abbauen und sie links und rechts verteilen. Wenn wir das erledigt haben, werden wir uns selbst eine Barrikade bauen.« Alle nicken und machen sich dann weiter an die Arbeit. Die Sandsack-barrikade schrumpft Sandsack um Sandsack, während ich mir Gedanken mache, wie und wo eine Barrikade am schlausten zu errichten wäre. Die erste Barrikade haben wir abgestapelt und neben die Schienen gepackt, da schreit Mark von weiter mittig der Brücke: »Fuck, hier liegen dutzende Leichen.« Wir eilen hinter ihm her über die weiteren Barrikaden und erblicken die Leichen. »Fuck«, stoße ich entsetzt aus: »Die sind nicht im Kampf gefallen.« »Das sieht nach Selbstmord aus«, fügt Viktor hinzu. »Warum haben sie sich selbst umgebracht?«, fragt David entsetzt. Alle schweigen, außer Joshua, er findet die Situation sogar belustigend. »Feige Schweine, hatten nicht mal die Eier, Gegenwehr zu leisten«, prahlt er jubelnd und zeigt zu den Leichen obszöne Gesten. »Ey, lass das!«, maule ich ihn an und würde ihm am liebsten eine Backpfeife geben. »Hast du etwa Mitleid mit diesen Feiglingen? Würdest du dich auch einfach so selbst erschießen, wenn der Feind kommt?«, fragt er hämisch und versucht die anderen mit anzustacheln. »Nein, würde ich mich nicht, aber sich über die Toten lustig zu machen, gehört sich nicht«, entgegne ich ihm und schicke meine Kameraden zurück, um die letzten Sandsäcke zur Seite zu räumen. Joshua grinst mich beim Entfernen ein letztes Mal hämisch an und verschwindet hinter Holzplatten, die einen weiteren Schutz bieten sollen. Ich gehe nicht mit den anderen zurück die Sandsäcke wegräumen, ich gehe in die andere Richtung, um zu erfahren, was am anderen Ende der Brücke auf uns wartet.

Minutenlang krieche, klettere und steige ich über weitere Hindernisse. Am Ende der Brücke erblicke ich nichts Besonderes. Vor mir liegt die Wiese und in einigen Hundert Metern ist ein Wald. Ich lasse meinen Blick über die Wiese entlang des Waldes streifen, aber etwas stört mich auf den zweiten Blick enorm. Etwas passt nicht ins Bild. Ich suche minutenlang nach dem, was mich an diesem Ausblick stört. Ich gehe drei weitere Schritte nach vorn und da ist es, was mich permanent stört. Mitten auf der Wiese steht, eingepackt in Tarnnetzen, eine Luftabwehr. Ich werfe einen kurzen Blick nach hinten und laufe zügig zur Luftabwehr. Ich ziehe mein Gewehr, um im Notfall, sollte jemand dort sein, schießen zu können. Ich gehe um die Luftabwehr herum. Mein Herz bleibt vor Schreck fast stehen. Nach kurzem Durchatmen steigt die Erleichterung, die beiden Gestalten, die an der Luftabwehr stehen, sind bereits tot und lehnen nur noch an dieser. Ich erkunde die Luftabwehrstellung und stelle schnell fest, dass die Munitionskisten noch bis zum Rand gefüllt sind mit Munition und sie hier anscheinend nur ein kurzes Feuergefecht mit unseren Armeen hatten. Diese beiden Soldaten haben als Einzige den Versuch gewagt, unsere Armee aufzuhalten, was ich für mutig halte, aber trotzdem sind diese beiden Soldaten ohne Grund gestorben. Ich überlege, ob sie wirklich sterben mussten oder ob sie sich nicht einfach hätten ergeben können. Diese beiden toten Soldaten hätten überlebt, wenn sie nur einmal kurz nachgedacht hätten. Nur einmal kurz den Kopf einschalten. Ich schaue mir den Schauplatz einmal an und kehre danach wieder zurück zur Brücke. Ich mühe mich über die Barrikaden und komme nach einigen Minuten bei den anderen wieder an. Meine Kameraden haben in der Zwischenzeit die Sandsackbarrikade weggeräumt. Sie sitzen vor der Brücke, auf den Sandsäcken, die links und rechts neben der Bahnstrecke liegen, und machen eine kurze Verschnaufpause. Ich komme bei ihnen an und direkt fragt mich David: »Wo warst du? Warum hast du nicht weiter mit angepackt?« Ich möchte gerade zu einer Entschuldigung ansetzen, aber überlege es mir plötzlich anders und sage stumpf: »Ich wollte wissen, was uns noch erwartet. Ich habe die Brücke weiter erkundet und auf der anderen Seite eine Luftabwehrstellung entdeckt. Ich habe jetzt auch eine Idee, wo wir unsere eigene Barrikade errichten werden, um uns schützen zu können.« Die miese Stimmung von David ist verschwunden. »Ich schlage vor, dass wir gemeinsam die Leichen aus der Mitte entfernen, um dort unser eigenes Lager aufzuschlagen, dort sind wir geschützter als hier auf der freien Fläche. »Alle stimmen mir nickend zu, aber da kommt David mit der nächsten Frage: »Wo sollen die Leichen hin? Willst du für sie alle ein Grab schaufeln?« »Gute Frage«, muss ich gestehen, daran habe ich nicht gedacht, ich frage in die Runde: »Hat einer eine gute Idee, wo wir die Leichen lassen könnten?« Stille, keiner hat oder will eine Antwort geben, bis plötzlich Joshua undeutlich flüstert: »Wir könnten sie einfach in den Fluss werfen.« Alle schauen ihn an und ich frage ihn: »Kannst du das bitte wiederholen? Dieses Mal bitte laut und deutlich.« Joshua antwortet laut, aber man kann an seiner Stimme erkennen, dass er seine eigene Idee nicht als perfekt empfindet: »Die Leichen einfach in den Fluss werfen, also das könnten wir machen.« Ein Tuscheln geht in der Runde um. »Okay, wir entsorgen die Leichen im Fluss«, entscheide ich und wir gehen gemeinsam auf die Brücke, kämpfen uns über die Barrikaden zu den Leichen vor. David erreicht mit mir zusammen die Leichen als Erstes und wir heben die erste Leiche an, um sie über den Rand der Brücke zu schmeißen, da hält uns Tim plötzlich auf. »Wartet.« »Was ist denn?«, fauche ich Tim an. »Wollen wir vielleicht für sie beten?« Ich schaue ihn verdutzt an: »Beten? Warum willst du denn für sie beten?« »Ich glaube, dass sie keine schlechten Menschen waren, ich würde ihnen gerne die letzte Ehre erweisen.« Ich rolle mit den Augen und seufze genervt: »Tu, was du nicht lassen kannst, störe uns damit aber nicht.« Tim bedankt sich, geht uns aus dem Weg und beginnt für die Gestorbenen zu beten. Nach zwanzig Minuten schmeißen wir die letzte Leiche über das seitlich angebrachte Geländer und mit einem lauten Platschen landet die Leiche im Wasser. Die Leichen werden von der Strömung im Fluss mitgezogen und sind nach wenigen Augenblicken hinter der nächsten Ecke verschwunden. »Lasst es uns hier gemütlich machen, es ist schon spät und wir haben uns eine Pause verdient.« Ich rufe die vier, die das Gebiet sichern, zu uns. Wir teilen uns in Viergruppen auf, die in der Nacht jeweils eine Stunde Wache halten sollen, damit die anderen in Ruhe schlafen können.

Ich übernehme die erste Wache zusammen mit Finn, Mark und Joshua. Mark und Joshua gehen auf die Seite, von der wir gekommen sind. Finn und ich gehen auf die andere Seite, die Seite mit der Luftabwehrstellung. Wir setzen uns auf einige Holzkisten und Sandsäcke, die am Ende der Brücke liegen, und schauen auf einen wunderschönen Sonnenuntergang. Die Spätsommersonne zeigt ihre letzten Strahlen, bevor sie hinter dem Wald verschwindet. Finn rückt näher an mich heran, und in die friedliche Stille hinein flüstert Finn mir ins Ohr: »Irgendwie romantisch«, und legt mir seinen Arm auf die Schultern. Es ist still, aber es ist seit einer Ewigkeit keine angespannte Stille, es ist eher eine friedliche Ruhe. Die Bäume rascheln im sanften Spätsommerwind, vereinzelt schauen Tiere aus dem Wald hinaus und eine Eule fliegt ihre ersten Runden über die Wiese. »Wäre dieser verdammte Krieg nicht, könnte es der schönste Abend des Jahres sein«, beschwere ich mich mit ruhiger Stimme. »Vielleicht sollten wir in manchen Momenten einfach nicht an diesen Krieg denken. Wir sollten in diesem Moment vielleicht einmal abgelenkt werden, uns einfach zurücklehnen und den Moment genießen«, sagt Finn mit einer hypnotisch entspannenden Stimme. So vergeht die Stunde in friedlicher Ruhe.

David und Elias kommen pünktlich nach einer Stunde, um uns von der Wache abzulösen. Beim Vorbeigehen sage ich zu den beiden: »Alles war ruhig, schlaft nicht ein.«

Am Schlafplatz mitten auf der Brücke angekommen, schlafen alle quer verteilt auf der Fläche. Die Rucksäcke mit der Ausrüstung werden wie Kopfkissen benutzt. Jeder versucht mit verschiedenen Hilfsmitteln eine Decke zu basteln. Planen, Tarnnetze oder auch Jacken werden benutzt, alles, was man zur Hand hat. Zusammen mit Finn suche ich einen geeigneten Platz zum Schlafen. Dafür steige ich über meine Kameraden, bis ich mitten in der Menge eine Stelle finde, die passt. Ich lege mich auf den harten Boden, lege meinen Kopf auf eine der Bahnschwellen und schließe die Augen. Ich versuche einzuschlafen, aber alles hält mich wach. Der harte Boden, meine Kameraden, meine Gedanken und die Situation, in der wir uns befinden. Meine Gedanken drehen sich ständig im Kreis, immer die gleichen Fragen, immer die gleichen nichtssagenden Antworten. Was zum Teufel mache ich hier? Wieso bin ich hier? Warum habe ich nicht nein gesagt? Weil ich will. Aber was will ich? Wieso will ich es unbedingt? Ist es das alles wert? Ich wälze mich auf dem kleinen Fleck, den ich zum Schlafen benutze, hin und her, aber am Ende gewinnt die Müdigkeit den Kampf und ich schlafe ein.

Mein Kopf stößt gegen den harten Boden, wodurch ich wach werde. Ich schaue mich kurz um und benötige einen kurzen Moment, um zu begreifen, wo ich bin. Mit schmerzverzogener Miene reibe ich mir die Stelle am Kopf, mit der ich auf dem harten Boden aufgekommen bin. Beim Aufstehen strecke ich mich, gähne leise und renke mir gefühlt jeden Muskel wieder ein. Jeder Muskel sitzt wieder dort, wo er hingehört, also mache ich mich nun auf, über meine Kameraden zu steigen, um die Wachen abzulösen, die aktuell Wache halten. Leise gehe ich den Weg entlang der Brücke auf die Seite des Waldes. Am Ende angekommen, sitzen Alex und Nico und halten Ausschau nach dem Feind. Ich begrüße die beiden gähnend: »Guten Morgen, ihr beiden. Ist alles gut?« Alex und Nico drehen sich zu mir um. »Alles ruhig. Viel ist nicht zu sehen, aus dem Wald kommt extremer Nebel und unter der Brücke am Fluss ist ebenfalls starker Nebel.« Ich reibe mir gähnend den letzten Schlaf aus den Augen und blicke zuerst Richtung Waldrand, der kaum noch als solcher zu erkennen ist, dann runter zum Fluss, den ich nur noch hören kann. »Oh, krass!«, sage ich staunend. »Ihr geht mal wieder schlafen, ich mache die nächste Wache, ich kann ohnehin gerade nicht mehr schlafen«, sage ich den beiden, worauf Nico sofort von seinem Platz aufsteht, an mir vorbeiflitzt und verschwindet. Alex hingegen bleibt sitzen. »Was ist los, Alex? Willst du nicht wieder schlafen?« »Ich würde gerne, aber …«, er stockt kurz, woraufhin ich mich schnell neben ihn setze. »Ich kann nicht schlafen, zu viele Sachen quälen mich in der Nacht. Die ganzen Fragen, die mich beschäftigen, halten mich die ganzen Nächte wach. Ich würde gerne antworten, ich kann aber nicht«, erzählt Alex traurig. Ich frage ihn mitfühlend: »Was fragen die Fragen?« Er schaut mich kurz an, als müsste er erst überlegen, ob er mir die Fragen erzählen kann, erzählt mir die Fragen schlussendlich doch: »Es sind Fragen wie: Was mache ich hier, was will ich hier oder warum das Ganze? Ich will antworten, zum Beispiel, weil ich mein Land verteidigen will. Weil ich meine Familie, mein ungeborenes Kind verteidigen will. Aber dann fragen die Fragen erneut, warum greife ich an, wenn ich doch nur verteidigen will? Warum befinde ich mich in einer Offensive, wenn ich beschützen will. Das kann ich nicht beantworten. Das ist ein Befehl, antworte ich, aber ich verstehe es nicht.« Alex schaut in den immer dichter werdenden Nebel hinein und schweigt. Ich sitze neben ihm auf einer Holzkiste und starre seinem Blick hinterher. Die Ruhe beherrscht die Zeit, die Sekunden vergehen wie Minuten, die Minuten wie Stunden und nur ganz langsam lösen wir uns aus der Starre, endlich schaut Alex nicht mehr so traurig. Seine positive Haltung ist wiedergekehrt. »Was ist eigentlich zwischen dir und Finn los?«, fragt er plötzlich aus dem Nichts. Verdutzt schaue ich ihn an: »Was soll bitte zwischen Finn und mir sein?« Alex grinst verschwörerisch: »Na ja, ihr macht sehr viel zu zweit, ihr tuschelt, kichert und verbringt viel Zeit zu zweit.« »Worauf willst du hinaus?«, frage ich Alex, weil ich ihn noch immer nicht verstehe. »Na ja, ihr beiden verbringt immer mehr Zeit zusammen abseits der Truppe. Seid ihr …«, ich unterbreche ihn sofort: »Nein, wir sind nicht, wir sind einfach nur enge Freunde geworden.« »Ahh okay, Freunde«, wiederholt Alex skeptisch: »Na ja, dann will ich das mal glauben, aber Liam, du weißt, dass ich dich immer akzeptiere«, ich schaue ihn verdutzt an: »Glaubst du echt, dass ich?« »Ich habe nichts gesagt. Ich versuche, mich noch einmal kurz aufs Ohr zu hauen und ein paar Minuten Schlaf abzubekommen.« Mit diesen Worten springt Alex von seinen Sandsäcken auf und verschwindet auf der Brücke. Ich schaue Alex noch kurz hinterher, bevor ich mich wieder dem Nebel zuwende. Weiß sehe ich, eine Wand, die sich vor mir aufbaut und gruselig auf mich zukommt. Langsam, leise, blickdicht und weiß. Stück für Stück erkenne ich immer weniger, zuerst verschwindet, was weiter als fünf Bahnschwellen entfernt ist, danach verschwindet alles, was mehr als eine Armlänge weg ist, und am Ende kann ich nur noch mit Mühe meine eigene Hand erkennen. Ich ziehe mich, verängstigt vom dichten Nebel, hinter einigen Sandsäcken zurück und mache mich aus einem unguten Gefühl schussbereit. Es vergehen Minuten in Stille, als würde der Nebel jedes Geräusch sofort aufsaugen. Ich lausche in den Nebel hinein, immer noch kein Geräusch. Kein Wind, kein Tier oder etwas anderes, was ein Geräusch verursacht. Plötzlich läuft mir ein eiskalter

Schauer den Rücken runter. Warum höre ich den Fluss nicht plätschern? Ich springe auf, schlage mich, so schnell es geht, zu meinen Kameraden durch, wecke sie leise auf, flüstere ihnen ins Ohr, dass etwas komisch ist, und Sekunden später sind alle hellwach. »Was ist los, Liam?«, fragt Alex flüsternd in die Gruppe. »Hört ihr das?«, frage ich in die Runde und alle beginnen vorsichtig zu lauschen. »Was denn? Ich höre nichts?«, stellt Elias fragend fest. »Genau das ist das Problem. Keine Geräusche sind zu hören. Der Fluss plätschert nicht, kein Wind weht über die Wiesen und keinerlei andere Geräusche sind zu hören.« Plötzlich merken die anderen, was ich meine. »Was machen wir jetzt?«, fragt David flüsternd, ich schaue mich kurz um und schlage vor: »Wir verteilen uns an den verschiedenen Stellen auf der Brücke, sodass wir auch bei diesem dichten, undurchdringlichen Nebel alles gut überblicken und so schneller auf mögliche Gefahren reagieren können. Zudem würde ich mit Finn, David und Mark zu viert in Richtung Front blicken, um möglichst viel zu erkennen. Das hört sich vielleicht dämlich an, aber es ist das Einzige, was mir einfällt.« Die anderen nicken mir zustimmend zu und so bezieht jeder eine Stellung auf der Brücke verteilt. Zusammen mit Finn, David und Mark gehe ich zum Ende der Brücke und wir positionieren uns so, dass wir alles von dem weißen Schleier überblicken können. »Fuck, ich kann nicht einmal mehr das Gewehrende sehen«, beschwert sich Mark flüsternd. Wir versuchen uns so wenig wie möglich zu bewegen, um keine Geräusche von uns zu geben, die ohnehin vom Nebel geschluckt werden. Lauschend warten wir und sitzen auf der Brücke, hinter unseren Gewehren gekauert. Tolle Soldaten geben wir ab. Wie wir uns wegen des Nebels schon fürchten. Nach einer gefühlten Ewigkeit verliert der Nebel an Dichte und beginnt sich aufzulösen, mit jeder Minute, die der Nebel sich auflöst, kommen die Geräusche wieder. Ich kann den Fluss hören, danach die Bäume, die im Wind rascheln, und am Schluss höre ich die Vögel zwitschern. Der Tag beginnt und die Nacht ist vorbei. Ich wende mich zu Mark, Finn und David und sage: »Wenn ihr euch noch mal kurz hinlegen wollt, dann macht das. Sagt den anderen auch Bescheid. Ich werde noch hier die Wache halten und euch wecken, wenn die Sonne weiter aufgegangen ist. Mark und David bedanken sich und verschwinden auf der Brücke. Nur Finn bleibt bei mir, woraufhin ich ihn frage: »Warum gehst du denn mit den beiden nicht mit?« »Weil ich keine Lust habe, mich wieder hinzulegen. Ich bleibe lieber bei dir und lasse mich von der Sonne wärmen, die hinter uns aufgeht«, mit diesen Worten setzt er sich dicht neben mir auf die Sandsäcke.

LECKERES ESSEN

Wir sitzen Schulter an Schulter auf der kleinen Mauer aus Sandsäcken, die Sonne wärmt unsere Rücken mit ihren ersten Strahlen. Obwohl die Sonne uns von hinten wärmt, ist mir kalt. Ich nehme meine Hände und packe sie in meine Jacke, in der Hoffnung, dass meine Hände warm werden. Finn bemerkt, dass mir kalt ist und legt seinen kräftigen Arm um meine Schulter, ich lasse mich von seinem starken Arm näher an ihn ranziehen und lehne meinen Kopf an seine Schulter. Wir verharren eine schöne Zeit in dieser Position und beobachten stillschweigend die Umgebung. Die Sonne ist mittlerweile hoch genug gestiegen, und es ist hell genug, um die Brücke weiter aufzuräumen. Mit Finn zusammen gehe ich zum Rest der Truppe, die sich wieder auf dem harten Brückenboden hingelegt hat. Mit einem übertriebenen »Guten Morgen!« wecke ich sie. Mürrisch stehen sie auf, strecken, dehnen sich und gähnen, bevor die Truppe einsatzbereit ist. Jedem kann man ansehen, dass ihnen die Nacht noch in den Gliedern steckt und keiner eine erholsame Nacht hatte. Müde und nörgelnd fragt Maxim: »Gibt es was zu essen? Ich habe Hunger, wir haben gestern kaum etwas gegessen.« Ich schüttele nur meinen Kopf und ein unzufriedenes Stöhnen zieht durch den Trupp. »Jungs, heute steht weiterhin auf dem Tagesplan, die Brücke aufzuräumen. Aber wir werden heute drei Leute losschicken, die etwas Essbares besorgen. Meldet sich wer freiwillig?« Eine dumme Frage, natürlich melden sich alle. Hätte ich mir denken können. »Okay, David, Elias und Joshua, ihr dürft euch ums Essen kümmern, aber bitte versucht bis zum Mittag wieder hier zu sein. Mit etwas Essbarem.« Die drei nicken kurz, besprechen sich kurz und beginnen in die Richtung zu gehen, aus der wir gekommen sind. Alle anderen machen sich ans Werk, die Brücke von den Barrikaden zu befreien. Heute Morgen kommen wir trotz der Umstände, dass keiner von uns erholsam geschlafen hat und wir nichts gegessen haben, gut voran.

Ein lauter Knall lässt uns von der Arbeit aufschrecken und versetzt uns in Alarmbereitschaft. »Was war das?«, fragt Jonas erschrocken, worauf Luca aufgeregt vor Freude antwortet: »Das waren unsere neuesten Kampfjets, die donnern mit etwas über Mach 2. Dann mit ihren Raketen und Waffen und was noch alles, einfach eine geile Maschine.« »Mach 2?«, fragt Jonas verwirrt: »Was ist das für eine Geschwindigkeit?« Luca antwortet: »Na, ist doch logisch. Das ist die Geschwindigkeit, in der Überschall gemessen wird.« »Bedeutet?«, fragt Jonas neugierig nach. »Das bedeutet, die Jets können etwas mehr als 2450 km/h fliegen«, erklärt Luca, als wäre es selbstverständlich, dass man das weiß. »Genug geplaudert, wir müssen die Brücke weiter freibekommen«, unterbricht die beiden Tim. Wir räumen die Brücke weiter auf, aber die Beschwerden über das fehlende Essen und den geringen Schlaf bringen immer mehr Unruhe in die Gruppe, so dass wir nach ein paar weiteren Stunden der harten Arbeit beschließen, dass wir uns eine kleine Pause verdient haben.

Die Pause verbringen wir unterhalb der Brücke am Wasser. Das Wasser vom Fluss ist klar, so klar, dass man bis auf den Grund des Flusses schauen kann. Ich schnappe mir meine Feldflasche und fülle sie mit dem Flusswasser auf. Und nehme einen großen Schluck. »Spinnst du, Liam?«, fragt mich Alex wütend: »Du kannst doch nicht das Wasser einfach so trinken. Wir haben gestern erst Leichen hier hereingeworfen und wer weiß, was noch hier im Wasser treibt.« Ich spucke den Schluck im großen Bogen wieder aus. »Du musst es abkochen, bevor du es trinken kannst«, erklärt Alex weiter. Ich erkenne meinen Fehler: »Hast recht, ich habe einfach Durst. Kommt nicht wieder vor.« »Das will ich auch hoffen«, fügt Alex hinzu und schaut mich mit einem mahnenden Blick an. Ich schnappe mir ein paar Zweige und etwas Gras und entzünde ein kleines Feuer unter der Brücke, wo ich meinen Helm platziere, den ich mit Wasser aus dem Fluss befülle. Ich warte, bis das Wasser kocht, und es beginnt. Das kochende Wasser lasse ich einige Minuten kochen, bevor ich es in meine Feldflasche fülle. Ich befülle zwei weitere Flaschen mit Wasser und das Ganze machen wir so lange, bis jeder Wasser hat, der Wasser benötigt. Jeder hat nun wieder eine gefüllte Feldflasche und wir wollen wieder weiter aufräumen, da kommen David, Elias und Joshua von ihrer Suche nach Essen zurück. Mit breitem Lachen zeigen sie uns ihre Beute. Beeren, Äpfel, Birnen, Eier, Pflaumen und ein Brot. »Wo habt ihr das alles her?«, fragt Paul. »Wir sind auf einen Bauernhof gestoßen, dort waren die Felder voll mit Obstbäumen, die Sträucher hingen voller Beeren, das Brot und die Eier hat uns der Bauer ... freiwillig gegeben«, erklärt David mit einem hämischen Grinsen. »Wie freiwillig war es?«, hakt Paul misstrauisch nach. »Das Brot und die Eier lagen im Garten auf einem Tisch zwischen den Obstbäumen«, sagt Joshua trocken. »Ihr habt geklaut?«, setze ich nach. »So würde ich es jetzt nicht bezeichnen, wir haben es,«, David überlegt kurz, »vom Tisch entfernt. Klauen ist solch ein negatives Wort«, witzelt er und die anderen grinsen. »Das kommt nicht noch einmal vor, wir sind doch keine dummen Diebe, wir sind Soldaten«, sage ich streng. »Wollen wir etwas essen oder erst noch etwas aufräumen?«, fragt Maxim, der etwas abseits steht. »Ja, wir essen erst etwas, um dann mit neuen Kräften weiterzumachen.« Wir setzen uns auf die neben der Bahnstrecke verteilten Barriereteile, die wir von der Brücke geräumt haben, und essen das geklaute Essen. Viktor nutzt das kleine Feuer, das noch unterhalb der Brücke lodert, um die Eier zu kochen. Das Essen tut so gut, wir essen alle viel, vielleicht sogar zu viel. Nach dem Essen müssen wir weiter aufräumen, aber wir haben uns überfressen und benötigen noch Zeit, bevor wir uns richtig bewegen können, so kommt es, dass wir nach dem Essen eine ganze Stunde nichts machen und uns einfach nur ausruhen.

Wir wollen gerade beginnen mit dem Aufräumen, da hören wir Motorenlärm auf uns zukommen. Sofort sind alle wieder wach und kampfbereit. Wir verschanzen uns hinter den Sachen von der Brücke und zielen mit den Waffen in die Richtung, aus der der Motorenlärm kommt. Jeder Muskel in meinem Körper ist angespannt und voller Fokus liegt auf der Verteidigung. Jetzt kann ich erkennen, woher der Lärm kommt. »Jungs, entspannt euch, das ist die Verstärkung«, sage ich mit großer Erleichterung. Die Anspannung fällt von den Jungs ab. Der Truck mit der Verstärkung kommt näher, bis er schließlich am Ende des Schotterweges anhält und die Soldaten aussteigen. Die Soldaten ziehen von der Ladefläche viele Kisten, von denen ich nur erahnen kann, was dort drin ist. Das ist also eine Verstärkung. Nicht gerade viel. Am Schluss steigt vorn aus dem Truck ein Kommandant aus. Der Kommandant begutachtet erst, was sein Trupp macht, bevor er sich zu uns begibt. Wir stellen uns stramm hin und salutieren, als er sich nähert. »Rühren!«, befiehlt er und wir stellen uns entspannter hin. »Wer hat hier das Sagen?«, fragt er befehlend und ich trete aus der Reihe heraus. Mit einem skeptischen Blick begutachtet er mich und fragt skeptisch nach: »Wollt ihr mich auf den Arm nehmen? Du bist der Ranghöchste bei euch?« »Jawohl!«, antworte ich ihm, womit er sehr unzufrieden wirkt. Der Kommandant flüstert leise, aber trotzdem verständlich: »Na toll, bekomme ich hier nur noch Anfänger?« In einem befehlenden Ton spricht er weiter: »Okay, dann ist das eben so, ich bin Kommandant Wulf und ab jetzt euer neuer Befehlsgeber. Und wie ich sehe, habt ihr schon begonnen, die Brücke freizuräumen. Aber wir müssen auf der Hut sein und uns nicht die ganze Deckung abbauen.« Wir schauen ihn mit fragendem Blick an. »Warum sollten wir uns eine Deckung bauen, die Front ist Stunden entfernt. Und unsere Armee rückt immer weiter vor.« »Habt ihr denn nichts mitbekommen? Die Front ist hier durchbrochen worden und wir rechnen an dieser Stellung mit einem Versuch von den Feinden, die Brücke zu sprengen, sodass wir keine Züge mit Panzern hier entlangschicken können.« Wir schauen uns in der Gruppe um, was ihm als Antwort reicht. »War klar, wer ist euer Funker?«, fragt er, worauf ich ihm nur antworten kann: »Wir haben keinen Funker im Trupp.« »Das erklärt einiges«, Kommandant Wulf verdreht genervt die Augen. »Los an die Arbeit, räumt ihr die Brücke weiterhin frei, und der andere Trupp sorgt für standhafte Barrikaden zur Verteidigung der Brücke«, befiehlt Kommandant Wulf uns. »Wir haben eine Flugabwehrstellung auf der anderen Seite auf der Wiese vor dem Wald entdeckt, die wir ausbauen könnten«, berichte ich ihm noch, bevor ich mit meinen Kameraden zur Brücke gehe, um die zweite Hälfte der Brücke von den Barrieren zu befreien.

Die Dämmerung setzt bereits ein, als wir zusammen mit dem anderen Trupp die Brücke endlich von jeglicher Barriere befreit haben. Wir machen es uns daraufhin hinter den vom zweiten Trupp errichteten Barrikaden auf der Wiese gemütlich. Wir sitzen in unseren Trupps zusammen und reden miteinander, lassen den Tag ausklingen bei ein paar gekochten Eiern, die von der erklauten Mahlzeit übrig geblieben sind. Einige von uns wollen sich hinlegen, um bei ihren nächtlichen Wachschichten ausgeruht zu sein, als Kommandant Wulf aus dem Nichts brüllt: »An die Waffen!« Reflexartig greife ich mir meine Waffe, weiß gar nicht wie mir geschieht, da werde ich von Kommandant Wulf angebrüllt: »Liam, besetzt die Luftabwehr mit zwei, drei Leuten und holt den Vogel aus der Luft.« Perplex antworte ich: »Ich weiß nicht, wie das funktioniert.« »Fuck! Nicolas, Kai, ab zur Luftabwehr, holt mir den Vogel aus der Luft, Liam, nimm dir die Männer und verteidige die Stellung an der Luftabwehr!« Ohne weiteres Zögern schnappe ich mir drei aus der Gruppe und wir laufen über die Wiese zur Luftabwehrstellung. Nicolas und Kai sind bereits dabei, die Luftabwehr auszurichten, zu laden und abschussbereit zu machen. Ich habe bisher noch kein Flugzeug oder Helikopter gesehen, der uns anscheinend angreift. Fokussiert schaue ich in Richtung des Himmels, um etwas zu entdecken. Sehen und hören tue ich trotzdem nichts. Deswegen frage ich vorsichtig bei Nicolas und Kai nach: »Könnt ihr etwas sehen?« Der Kleinere der beiden, der die Aufgabe hat nachzuladen, antwortet mir: »Sehen? Nein. Aber Kommandant Wulf hat ihn gehört.« »Hört ihr ihn? Ich höre nichts.« »Aktuell nein, deswegen halten wir auch die Fresse, damit wir jedes kleinste Geräusch erkennen und diesen dreckigen Vogel vom Himmel holen können. Ihr passt mal lieber auf, dass hier keine Soldaten aus dem Wald auftauchen und uns versuchen zu überrennen.« Ich halte meine weiteren Fragen, die ich fragen wollte, zurück, um keinen weiteren Lärm zu verursachen, und konzentriere mich auf den Waldrand. Mit vollem Fokus suche ich den Rand des Waldes ab, versuche jedes Rascheln und den knackenden Ast zu hören. Der Boden bebt und ein lauter Knall löst sich hinter mir, erschrocken schaue ich über meine Schulter und sehe, wie Kai und Nicolas eine weitere Flugabwehrrakete in die Luftabwehr laden und erneut in Richtung Himmel schießen. Ich schaue hoch und kann ein kleines blinkendes Leuchten sehen, worauf die Raketen abgefeuert werden. Wieder bebt der Boden und wieder knallt es, nochmals legen sie die nächste Rakete nach. Mit vollem Fokus und ohne ein Wort zu wechseln, wissen beide, was gemacht werden muss. Ich schaue wieder in Richtung des Waldrands und versuche mögliche Feinde zu erkennen, was deutlich schwerer ist, wenn der Boden bebt und der Knall dich nichts mehr hören lässt. Die nächsten Luftabwehrraketen werden abgefeuert. Dann ist Ruhe. »Yess!«, ruft Kai und die beiden klatschen sich ab. »Dem Vogel haben wir die Flügel gestutzt«, fügt Nicolas hinzu. »Ich will eure Euphorie nicht bremsen, aber da ist noch einer«, merkt Ben an. Die beiden blicken sich schnell um, handeln blitzartig und stellen die Luftabwehr neu ein. Bevor sie ihren ersten Schuss abgeben, zischt über uns eine Rakete in Richtung der Brücke. Mit einem lauten Knall schlägt sie neben der Brücke im Fluss ein. Jetzt schießen Kai und Nicolas zurück, aber schon fliegt die nächste Rakete über unsere Köpfen hinweg in Richtung Brücke, schlägt aber knapp vor unseren Barrikaden ein, wohinter unsere restlichen Truppen liegen. »Fuck!«, flucht Ben: »Ich hoffe, ihnen ist nichts passiert.« »Yess, zweiter Vogel«, und tatsächlich schwankt der Lichtpunkt in Richtung Boden, lässt es sich aber nicht nehmen, einen letzten Schuss abzuschießen, der dieses Mal keine zehn Meter neben uns einschlägt. Ich kann mich gerade noch auf den Boden schmeißen, sodass mich nichts groß treffen kann, im Augenwinkel sehe ich, wie ein umherfliegender Stein Ben am Kopf trifft und er rückwärts auf den Boden fliegt. Ich schreie: »Ben! Alles Okay?« Keine Antwort. Die letzten Erdklumpen fallen zu Boden und ich eile zu Ben. Ich rüttele an seinen Schultern in der Hoffnung, dass er mir antwortet. »Ben? Ben? Antworte!«, ich schreie ihn an, aber er reagiert nicht. Ich blicke mich um, Kai, Nicolas und Leon sind ebenfalls verletzt. Leon und Nicolas haben einige Kratzer an ihren Händen und ihre Kleidung ist beschädigt. Kai hat einen Cut an der Stirn, ist aber ansprechbar und klar im Kopf. »Wir brauchen einen Arzt«, rufe ich verzweifelt und schüttele Ben immer noch an den Schultern in der Hoffnung, dass er erwacht. Nicolas stößt mich von Ben weg und redet auf mich ein:

»Pass auf, dass keine Feinde aus dem Wald kommen! Ich bringe ihn zu den anderen, die werden sich um ihn kümmern. Verstanden, Soldat?« Perplex schaue ich ihn an, nehme mein Gewehr und ziele auf den Waldrand. Im Augenwinkel sehe ich, wie Nicolas Ben auf seine Schulter hebt und mit ihm über die Wiese zu unserer Stellung läuft. Plötzlich stehen Soldaten am Waldrand, instinktiv drücke ich ab und mein Gewehr donnert los. Die Soldaten versuchen, sich hinter einigen Bäumen zurück in Deckung zu bringen, doch für einige war es bereits zu spät, sie fallen tot zu Boden. Ich lade mein Gewehr nach, während die Soldaten auf mich zurückschießen. »Kai, Leon, an die Waffen, wir werden beschossen!«, brülle ich sie an. Sie sitzen beide, unter Schock stehend, an die Sandsäcke gelehnt und blicken einfach nur vor sich hin. Ich schiebe meine Waffe und meinen Kopf über die Sandsackdeckung und gebe kleine Schusssalven ab. »Jungs, reißt euch zusammen!«, brülle ich die beiden erneut an, endlich bewegt sich zumindest Kai und greift nach seiner Waffe. Ich lade erneut nach, die Angreifer erwidern das Feuer von ihrer Seite mit schnellen und kurzen Feuersalven. Kai und ich schieben unsere Gewehre über die Sandsäcke und feuern in ihrer Feuerpause ebenfalls schnelle und kurze Feuersalven ab. Die Kugeln schlagen in Bäumen, Sträuchern und kleinen Felsen ein. Die Magazine sind erneut leer geschossen und wir ziehen unsere Köpfe zurück hinter die Sandsäcke. Kugeln treffen unsere Stellung, ich spüre, wie Kugeln in die Sandsäcke einschlagen. Kai kommt im Schutz der Sandsäcke zu mir gekrochen und flüstert: »Lass uns versuchen, die Luftabwehr auf die Bäume zu richten und ein paar Raketen in den Wald zu schießen, möglicherweise bringt das etwas.« Nickend stimme ich ihm zu und wir kriechen unter dem Beschuss zur Flugabwehr und stellen sie vorsichtig, ohne getroffen zu werden, auf den Waldrand ein. Wir müssen immer wieder die Köpfe einziehen, um nicht gesehen und getroffen zu werden. Die Kugeln sausen uns um die Ohren und es macht den Anschein, dass die Angreifer versuchen, näher an unsere Stellung heranzukommen. Es dauert einige Minuten, bis schließlich die Luftabwehr auf das gewünschte Ziel zielt. Aber jetzt geht es ganz schnell, ich lade eine Rakete in die Luftabwehr, Kai tätigt den letzten Feinschliff, dann bebt die Erde, gefolgt vom lauten Knall, und die Rakete fliegt in Richtung Wald und explodiert mit einem gewaltigen Bums an einem Baum am Waldrand. Die Druckwelle ist an unserer Stellung noch leicht zu spüren. Der Rauch der Explosion legt sich und der Schaden ist deutlich sichtbar. Ein paar Bäume sind umgefallen und umstehende Bäume brennen. Kai stellt die Luftabwehr neu ein und ich lade eine zweite Rakete nach. Wieder feuern wir auf den Waldrand. Erneut richtet die Explosion einen großen Schaden an den umstehenden Bäumen am Waldrand an. Wir möchten gerade den dritten Schuss abgeben, während plötzlich aus dem Wald drei Personen mit erhobenen Händen und einer selbst gebastelten weißen Flagge aus dem Wald herausstolpern. Kai und ich nehmen unsere Gewehre in die Hand und rufen den beiden zu: »Weitergehen, nicht stehen bleiben.« Die Soldaten kommen auf uns zu, immer noch mit erhobenen Händen und der selbst gebauten Flagge. Kai ruft den beiden zu: »Nicht zu uns, weiter nach hinten, weitergehen!« Die drei kommen trotzdem weiterhin auf uns zu. Erst als Kai seine Waffe auf die drei Soldaten richtet, halten sie Abstand. »Ihr sollt weitergehen, aber nicht zu uns!« Die Soldaten schauen sich verdutzt an. »Haben sie uns verstanden?«, frage ich Kai, Kai zuckt kurz mit den Schultern und beginnt sich zu wiederholen. Erneut keine Reaktion von den drei Soldaten. Kai geht drei Schritte auf sie zu, deutet mit seinem Gewehr in die Richtung, in die die Soldaten weitergehen sollen. Ich komme mit im Anschlag liegendem Gewehr zu Kai hinzu und ziele auf die drei fremden Soldaten. »Wenn ihr nicht sofort weitergeht, wird er schießen!«, ruft Kai den Soldaten als Warnung zu und gibt mir ein Zeichen, dass ich Warnschüsse abfeuern soll. Erschrocken und perplex schaue ich Kai kurz an und merke, dass er es ernst meint. Ich feuere drei Schüsse in ihre Richtung in die Höhe. Die Soldaten zucken zusammen, bewegen sich trotzdem weiterhin nicht. Kai schaut mich an, in meinen Augen muss sich die Abscheu dieser Aktion abbilden, als er mir den Befehl gibt, die drei Soldaten zu erschießen. Ich schließe kurz meine Augen, öffne sie und drücke ab. Die Soldaten fallen augenblicklich tot zu Boden.

»Gut gemacht, Gefreiter. Du lernst schnell, wie der Krieg funktioniert«, lobt mich Kai mit einem Lächeln. »Ich schaue nach Ben«, sage ich heiser, drehe mich um und gehe. Die Soldaten des anderen Trupps laufen an mir jubelnd vorbei, um ihren großen Helden Kai zu feiern, um ihn mit Lob zu überhäufen, ich denke nur an Ben. Mit der Hoffnung im Kopf, aber dem miesen Gewissen im Bauch nähere ich mich den Sandsäcken. Steige darüber und erblicke meine Kameraden, sie stehen still zusammen. Leise stoße ich zu ihnen dazu, sie öffnen kurz den Kreis und nehmen mich mit in den Kreis auf. In der Mitte liegt Ben und einer aus dem anderen Trupp hockt gebeugt über ihm, schaut hoch, blickt in die Runde und schüttelt traurig in die Runde. Die herrschende Stille hat nun auch ihren letzten Funken Hoffnung verloren. Die Sekunden verstreichen. Tim fragt leise in die Stille hinein: »Wollen wir für ihn beten?« Tim schaut in die Runde und hockt sich neben Ben hin. Ich folge seinem Beispiel und die anderen tun es uns gleich. Ich habe noch nie gebetet, ich habe nie an einen Gott geglaubt. Aber vielleicht hilft es. Wenn nicht mir, dann vielleicht den anderen. Vielleicht endet der Krieg, bevor wir alle tot sind, und wir kommen lebendig wieder nach Hause.

Tim beginnt mit seinem Gebet: »Gott, wir bitten dich, nimm das Leid von seinen Schultern, erlöse ihn von seinen Sünden. Wir bitten dich, nimm Ben an deine Seite, lass ihn seinen Frieden finden. Wir bitten dich«, kurzes Schweigen: »Amen.« Tim öffnet seine Augen und sagt mit ruhiger Stimme: »Ben wird es gut haben im Himmel, er wird über uns wachen.« Wir tragen Bens leblosen Körper über die Brücke zum Truck, der immer noch dort steht, und legen ihn auf die Ladefläche, damit er morgen früh zusammen mit dem Truck zurückfährt und zuhause begraben werden kann. Mittlerweile ist es dunkel und wir leuchten uns den Weg zurück zur Barrikade mit Taschenlampen. An der Sandsackbarrikade angekommen, kommt Nicolas auf mich zu: »Ey Louis, du hast einen guten Job da draußen gemacht. Ich weiß, es ist nicht einfach, Menschen zu erschießen, aber du hast es gut gemacht. Wollt ihr mit uns zusammen ein paar Biere trinken?« »Ich heiße eigentlich Liam, ich denke, wir werden vielleicht ein Bier mit euch trinken. Ich frage die Jungs«, mit diesen Worten drehe ich mich um und gehe zu den anderen. »Hättet ihr Lust, mit den anderen ein Bier zu trinken?« In der Runde geht ein Murmeln um, schließlich entscheiden sich die meisten, sich zu den anderen dazuzugesellen und ein paar Biere zu trinken, die anderen der Gruppe wollen sich lieber hinlegen und den Schlaf der vergangenen Nacht nachholen. Ich begleite den Rest der Gruppe zu den anderen und wir trinken mit ihnen ein Bier, unterhalten uns nett und lassen uns vom Krieg erzählen, was sie alles erlebt haben, was alles geschehen ist und was wir verpasst haben. Es wird immer später, aus dem einem Bier werden schnell zwei, drei Biere und ich entferne mich nach einigen Stunden von der Gruppe, um mich ebenfalls hinzulegen. Ich schlafe augenblicklich ein.

HOFFNUNG?

Ein dicker, fetter und nasser Regentropfen, der mich mitten auf meiner Nase trifft, weckt mich aus meinem unruhigen, wenig erholsamen Schlaf auf. Bevor ich meine Augen auch nur einen Spalt öffnen kann, kommen viele weitere dazu. Es hat begonnen zu schütten, dicke Regentropfen prasseln auf den Boden, innerhalb von wenigen Minuten bilden sich riesige Pfützen überall. Alle versuchen, schnell vor dem Regen unter der Brücke ins Trockene zu eilen. Der Abhang, der unter die Brücke führt, hat sich aber zu einem matschigen, seifenartigen und gefährlichen Abhang entwickelt. Einer der Soldaten vom anderen Trupp ist so ungünstig ausgerutscht, dass er in den Fluss gefallen ist und er nun vor Wasser tropft. Ich entscheide mich anschließend dagegen, mit den anderen nach unten zu gehen. Viel nasser kann ich ohnehin nicht mehr werden. Bevor ich mich auf dem Weg nach unten auf die Fresse lege, bleibe ich oben und warte, bis der Regenschauer vorbei ist. Ich setze mich auf die Sandsackbarrikade und schaue in Richtung des Waldes. Die Aussicht auf den Waldrand ist durch die gestrigen Schüsse in den Wald mit den Luftabwehrraketen leider nicht mehr so schön. Die grauen, kahlen und toten Stellen am Waldrand stechen heraus. Der Regen lässt nach und die Sonne bricht durch die vereinzelten Löcher zwischen den grauen Wolken, als sich Finn neben mich setzt. Er setzt sich dicht an mich und schaut neben mir in die gleiche Richtung. »Passt du auf uns auf, Liam?«, fragt er mit einem kleinen Lächeln auf den Lippen. »Ich beobachte nur den Wald«, sage ich mit ruhiger Stimme. Finn legt seinen Arm um mich und fragt: »Was siehst du?« »Ich sehe den Tod«, erwidere ich mit leiser Stimme. Kurzes Schweigen, Finn sagt mit hoffnungsvoller Stimme: »Du kannst das Leben sehen, warum blickst du auf den Tod? Beides existiert immer nebeneinander, es gehört zusammen. Du musst deinen Blick nur etwas nach links oder rechts bewegen und dort ist wieder das Leben. Warum blickst du in den Tod? Das Leben hat so viel Schönes und Wunderbares an sich. Bitte blicke nach links oder rechts, nicht mehr geradeaus.« Mit dem letzten Satz streichelt er mir liebevoll durch die nassen Haare. Er lenkt meinen Blick nach links auf das Schöne. Wir bleiben noch einige Minuten so sitzen, bis wir von hinten von einer Stimme erschreckt werden: »Ey, ihr beiden. Der Kommandant will mit dir sprechen, Liam.« Wir drehen uns erschrocken um, David steht hinter uns und schaut grimmig aus. »Wo ist er denn?«, frage ich nach. »Unter der Brücke beim Funker«, antwortet mir David grimmig. »Okay, dann bis später«, sage ich mit einem kleinen Lächeln in Richtung Finn, drehe mich danach zu David und sage freundlich: »Danke, dass du Bescheid gegeben hast.« Und flitze zum Kommandanten unter die Brücke. Ich steige vorsichtig den rutschigen Abhang hinunter und gehe am Fluss entlang unter die Brücke, wo vorhin alle Unterschlupf gesucht haben. Jetzt ist unter der Brücke nur noch der Kommandant Wulf zusammen mit Nicolas und Kai. »Guten Morgen, Kommandant!«, begrüße ich ihn salutierend. »Rühren!«, befiehlt er mir: »Gut, dass du auch mal hier bist. Wir haben was zu besprechen«, sagt er weiter im strengen Ton. Er schaut kurz, ob noch jemand in der Nähe ist, der uns hören kann, als er die Gewissheit hat, dass keiner da ist, spricht er weiter: »Ich habe gute und auch schlechte Nachrichten. Zuerst: Ich habe euch drei plus Ben und Leon für einen Orden vorgeschlagen. Zweitens steigst du, Liam, zum Obergefreiten auf, so wie dein restlicher Trupp den Gefreitenstatus bekommt. Und nun die letzte gute Nachricht, wir konnten die Stellungen zurückerobern, die wir vor zwei Tagen verloren haben, womit wir keine Großoffensive auf diese Stellung mehr fürchten müssen. Jetzt zu den schlechten Nachrichten: Der Zug, für den wir die Brücke unbedingt verteidigen müssen, kommt erst in zwei Tagen statt heute. Zudem sind mehrere Einheiten auf dem Weg hierher. Und wir fürchten, dass es noch mehrere Versuche geben könnte, die Brücke aus der Luft zu zerstören. Dazu müssen wir unbedingt beide Stellungen verstärken und ausbauen. Wir müssen uns auf starke Gefechte einstellen und sollten uns daher besser vorbereiten. Ich habe einen Plan gemacht, wie wir möglichst lange aushalten.«

Kommandant Wulf erklärt uns seinen Plan. Er erklärt uns, wie wir aus unserer Barrikade einen Schützengraben machen, was wir mit der Luftabwehr anstellen und wie wir unsere Leute auf den Kampf einstellen und motivieren können. Mit einem mulmigen Gefühl verlasse ich das Gespräch und kehre zu meinem Trupp zurück.

Ich treffe Viktor. »Viktor, alles okay?«, frage ich ihn. Was für eine dumme Frage, natürlich ist bei ihm nicht alles okay, er hat gerade erst seinen besten Freund verloren. »Ich weiß nicht, ob es dir hilft, aber Ben ist wie ein Held gestorben. Vielleicht solltest du fragen, ob du mit ihm zurückfahren kannst, um bei seiner Beerdigung dabei sein zu können. Ich hoffe, das kann dir etwas Trost geben«, sage ich ihm mit einer ruhigen Stimme. Viktor schaut mich kurz an, sagt aber nichts. »Deine Entscheidung, kommst du mit zu den anderen, wir müssen etwas besprechen.« Viktor trottet hinter mir her zu den anderen. Mit erwartungsvollen Blicken schauen sie mich an. »Nun, was hattet ihr zu besprechen, gibt es Neues?«, fragt Maxim erwartungsvoll. »Ja, es gibt Neuigkeiten. Gute und schlechte. Die guten sind, vorerst brauchen wir keine Angst vor einer großen Offensive auf unsere Stellung zu haben. Und ihr alle seid einen Rang aufgestiegen.« Fast alle jubeln begeistert, bevor ich weiterspreche: »Leon, du bist vorgeschlagen worden für eine Auszeichnung für deinen Einsatz bei der Luftabwehrstellung, so wie Ben.« Ein kleiner, aber zurückhaltender Jubel geht durch die Gruppe. »Jetzt kommen wir zu den nicht erfreulichen Nachrichten. Auch wenn keine Großoffensive wahrscheinlich ist, müssen wir trotzdem uns auf kleinere Kämpfe vorbereiten, indem wir unsere Stellung verbessern, wir graben uns hier ein und errichten uns einen Schützengraben nach den Vorgaben von Nicolas. Zudem müssen wir mindestens noch zwei weitere Tage hier aushalten, bevor wir hier wegkommen, der Zug mit Panzern und Geschützen verspätet sich.« Ein unzufriedenes Raunen geht um. Ich drehe mich zu Viktor und sage lauter, so dass es alle mitbekommen: »Viktor, ich habe dir vorhin das Angebot gemacht, dass du mit Ben zusammen nach Hause fahren kannst, wenn du möchtest, um bei seiner Beerdigung dabei sein zu können, ich frage dich noch einmal, möchtest du das Angebot annehmen und dich von ihm verabschieden oder möchtest du hier bei uns bleiben und weiterkämpfen?« Im restlichen Truppe wird getuschelt, bis Tim das Wort ergreift: »Viktor, jeder hier steht hinter deiner Entscheidung, welche sie auch ist. Wenn du Abschied nehmen möchtest, ist das kein Problem für uns. Wenn du kämpfen möchtest, werden wir ebenfalls für dich da sein.« Ich kann sehen, dass es für Viktor keine leichte Entscheidung ist und er mit sich hadert, aber schließlich sagt er mit einem traurigen Ton: »Vielen Dank, dass ihr hinter mir steht und mich unterstützt. Ich werde mit Ben gemeinsam zurückfahren und für seine Familie da sein. Ich werde euch vermissen«, mit diesen Worten dreht er sich langsam um und geht in Richtung der Brücke. Bevor er die Brücke betritt, dreht er sich ein letztes Mal in unsere Richtung, winkt uns zum Abschied und verschwindet auf der Brücke. Minuten später hören wir, wie der Truck mit Viktor und Ben losfährt. Wir warten, bis wir den Truck nicht mehr hören können, bevor wir wieder mit den Arbeiten beginnen.

Wir beginnen damit, uns Schaufeln zu besorgen, und schleppen weiteres Material über die Brücke, welches vom Aufräumen der Brücke auf der anderen Seite verteilt liegt. Die wichtigste Aufgabe, die wir zuerst erledigen müssen, ist der Steg und Brückenbau unter der Brücke. Wir bauen die Brücken und Stege, um nicht mehr über die Eisenbahnbrücke laufen zu müssen. Zudem errichten wir auf der anderen

Seite des Flusses ebenfalls mehrere kleine Barrikaden, um im Falle des Falles dort uns ebenfalls zu schützen. Die kleinen Brücken unten am Fluss sind eine echte Herausforderung, da wir sie entweder zu schmal, zu instabil oder zu wackelig bauen. Nach einigen Stunden stehen sechs Brücken, über die man hinüberlaufen kann. Wir stoßen zu dem anderen Trupp hinzu, der dabei ist, den Schützengraben auszuheben.

»Liam!«, werde ich von jemandem hinter mir gerufen. Ich drehe mich in die Richtung, aus der die Stimme gekommen ist, und erblicke Nicolas, der auf dem Weg zu uns ist. »Ich brauche mal deine stärksten Männer, wir müssen die Luftabwehr händisch verschieben«, erklärt er mir. Ich schaue in die Runde und picke mir die fünf Stärksten heraus. »Mark, Joshua, David, Nico und Jonas, ihr geht mit«, sage ich freundlich, sie nicken und folgen Nicolas zur Flugabwehrstellung, die in der Zwischenzeit freigelegt worden ist. Mit den anderen schaufeln wir weiter an den Schützengräben, verstärken die Erdwände alle paar Meter mit übrig gebliebenen Holzplatten oder Baumstämmen, die aus dem Wald angeschleppt werden. Der Ausbau des Schützengrabens geht zügig voran, aber ich merke, dass ich und die anderen immer langsamer bei den Arbeiten werden. Wir legen immer häufiger kurze Trink- und Verschnaufpausen ein, um nicht umzufallen. Ich steige aus dem Schützengraben auf die Wiese und strecke mich und schaue dabei in Richtung des Himmels. Fuck, es dämmert jetzt schon? Ich dachte, dass nicht so viel Zeit vergangen ist. »Jungs, wir machen Pause, wir müssen etwas essen und trinken«, rufe ich ihnen zu, woraufhin sie das Werkzeug erleichtert aus ihren Händen legen und zu mir auf die Wiese hochklettern.

Wir gehen gemeinsam über die Eisenbahnbrücke auf die andere Seite, wo wir uns an provisorische, aus übrig gebliebenen Barrikadenmaterialien zusammengebaute Tische setzen. Schrittweise trudeln die restlichen Soldaten ebenfalls ein und setzen sich an die zusammengebauten Tische. Alle Plätze sind besetzt, da steht Kommandant Wulf auf und verkündet: »Alle da! Jetzt können wir anfangen zu essen«, ein kleiner Jubel geht durch die Menge. Kommandant Wulf steht als Erster auf, geht zur Ausgabe, die ebenfalls behelfsmäßig zusammengebaut ist, nimmt sich einen Hartplastikteller und einen Löffel. Einer der Soldaten, der sich um das Essen kümmert, nimmt eine große Kelle und schüttet den Eintopf auf den Teller des Kommandanten. Jetzt gehen auch alle anderen los, um Essen zu holen. Ich bin an der Reihe und der Soldat klatscht mir die Ladung Eintopf auf den Teller, dass ich aufpassen muss, dass mir das umherfliegende Essen meine Uniform nicht versaut. »Alter, pass mal ein bisschen besser auf!«, beschwere ich mich, worauf er nicht reagiert und einfach dem nächsten Soldaten den Eintopf auf den Teller klatscht. Ich gehe zurück an meinen Platz, setze mich hin und beginne zu essen. Während des Essens ist es ruhig, keiner quatscht.

David ist als einer der Ersten fertig mit dem Essen, er steht auf und geht in Richtung Essensausgabe. Er fragt den Soldaten mit der Kelle, ob er einen kleinen Nachschlag bekommen könnte. Der Soldat schaut ihn an, setzt ein nettes Lächeln auf und fragt höflich: »Willst du wirklich einen Nachschlag?« David antwortet nervöser und etwas leiser: »Wenn es möglich ist, gerne.« Das Lächeln verschwindet aus dem Gesicht des Soldaten und er sagt mit sarkastischer Stimme: »Natürlich bekommst du gerne einen Nachschlag.« Er holt mit der Kelle aus und verfehlt David nur um Haaresbreite. »Willst du immer noch einen Nachschlag?«, fragt er nun wütend. David schüttelt erschrocken und eingeschüchtert seinen Kopf und geht zurück an seinen Platz. »Will sonst noch wer einen Nachschlag haben?«, fragt der Soldat lautstark. Keiner antwortet ihm, nur stummes Kopfschütteln ist zu sehen.

Kommandant Wulf steht als Nächstes auf, als Zeichen, dass das Essen jetzt beendet ist und wir uns wieder an die Arbeit machen sollen. Bevor ich aufstehen kann, zitiert Kommandant Wulf mich mit einem kurzen Pfeifen zu sich. »Was gibts Neues, Kommandant Wulf?«, frage ich ihn salutierend. »Deine Truppe ist heute mit der Nachtwache dran. Sorge dafür, dass deine Leute heute Nacht fit sind. Ich will immer mindestens vier Wachposten sehen«, befiehlt er mir. »Jawohl, Kommandant. Mein Trupp wird heute Nacht für die Sicherheit dieser Gruppe sorgen.« Ich salutiere vor ihm und gehe nach dem Gespräch zum Rest des Trupps, wo ich von Mark und Alex erwartet werde. »Was wollte der Kommandant von dir?«, fragt Alex. »Hat mir nur gesagt, dass wir heute Nacht für die Nachtwache eingeteilt sind. Mindestens vier Wachposten müssen wir aufstellen«, erkläre ich den beiden. »Echt jetzt?«, beschwert sich Mark: »Aber was soll's.« »Jetzt ist nur die Frage, wie wir die Wachen einteilen. Ich würde gerne immer zu zweit an einem Wachposten sein, dass man sich im Notfall gegenseitig wach hält«, erkläre ich Alex und Mark meine Gedanken. »Hört sich vernünftig an«, sagt Alex. »Aber wie planst du die Wachwechsel durchzuführen?«, fragt Mark interessiert. »Ja, stimmt. Acht halten Wache, aber nur sechs schlafen. Da bleiben mindestens zwei über«, fügt Alex der Frage hinzu. »Das habe ich mir auch überlegt. Wir wechseln die Stellungen jede Stunde durch. Ich erkläre euch das mal kurz. Die ersten acht nehmen ihre Wachposten ein. Die ersten beiden gehen nach einer Stunde schlafen, wecken aber vorher die nächsten beiden. Sie gehen zum vierten Wachposten und lösen diese ab, die zum dritten Posten gehen. Der dritte Posten geht zum zweiten und der zweite geht auf den leeren ersten Posten. Nach einer Stunde wechseln wieder alle ihre Posten. So haben wir eine Wachposten-Rotation, was zusätzlich den Vorteil hat, dass man sich nicht an einen Ausblick gewöhnt, sondern immer wieder neue Gegenden absuchen muss und dadurch seine Wachsamkeit erhöhen wird«, erkläre ich den beiden ausführlich. »Und deshalb bist du unser Truppführer«, lobt mich Mark und Alex nickt zustimmend.

Wir trommeln die restliche Truppe zusammen, erklären ihnen meinen Plan und klären ab, wer, mit wem, wann Wache hält. Ich halte die ersten vier Stunden Wache zusammen mit Alex.

Wir richten in den nächsten Minuten zusammen vier Wachposten ein, von denen man eine gute Übersicht über die umliegende Gegend hat. Alex geht zusammen mit mir zu unseren ersten Wachposten. Die letzten Sonnenstrahlen, die durch den bedeckten Himmel die Umgebung erleuchten, verschwinden sehr früh und es wird schnell stockfinster. Durch den bedeckten Himmel hat der Mond keine Chance, hindurchzukommen. Konzentriert suchen wir die Umgebung ab, versuchen jede noch so kleine Bewegung zu erkennen. Nach etwas mehr als einer Stunde hören wir hinter uns leise Stimmen tuscheln. Wir drehen uns um und richten die Gewehre in zwei Gesichter. Die Gesichter gehören David und Joshua, die uns erschrocken anblicken. »Meine Fresse, erschreckt uns nicht so, wir sind es doch nur«, meckert David kreidebleich. »Sorry, dann solltet ihr euch nicht so anschleichen«, meckert Alex zurück. »Na ja, wie auch immer, ihr müsst Mark und Elias einen Wachposten weiterschicken. Die erste Stunde ist um«, sagt Joshua, mittlerweile wieder entspannt. Wir stehen auf, wünschen ihnen viel Spaß und gehen zum Wachposten von Mark und Elias.

»Elias, Mark, ab zum nächsten Wachposten«, ruft Alex ihnen zu, bevor wir die beiden erreicht haben. »Wurde auch mal Zeit, dass ihr hier auftaucht«, beschwert sich Elias mit einem Grinsen. »Wir können euch auch überspringen und einen Wachposten weitergehen«, scherzt Alex. Mit einem High-five klatschen wir uns ab, als wir bei ihnen am Wachposten ankommen. Mark und Elias gehen nach einem kleinen Zwei-Minuten-Plausch zum nächsten Wachposten und ich bin mit Alex wieder allein. »Alex, wie geht es deiner Freundin?«, frage ich ihn, um die Stille, die herrscht, aufzubrechen. »Ihr geht es vermutlich besser als uns jetzt«, scherzt er. »Hast du Neues gehört von ihr und eurem Kind?« »Zuletzt habe ich etwas von ihr gehört am Tag der Abreise. Da ging es ihr eigentlich relativ gut.« »Was soll eigentlich bedeuten?«, frage ich nach. »Ihr geht es gut, aber sie hat nicht geglaubt, dass wir jemals an die Front müssen oder kämpfen. Es hat sie fertiggemacht, als ich gesagt habe, dass ich an die Front muss. Ich hoffe, sie hat sich von der schlechten Nachricht erholt und ist immer noch voller Hoffnung, dass ich lebendig nach Hause komme«, erklärt er mir mit leichter Trauer in seiner Stimme. »Das hört sich an, als hättest du die Hoffnung verloren, lebendig nach Hause zu kommen«, merke ich an und schaue ihm dabei in seine Augen. »Hast du noch die Hoffnung?«, fragt er mich traurig. Ich schweige kurz, sage aber entschlossen: »Ja, die Hoffnung habe ich noch«, ich überlege noch einmal kurz: »Ich will, ich kann diese Hoffnung nicht aufgeben. Wozu denn auch? Wenn ich diese Hoffnung verliere, werde ich sterben. Weißt du, wie ich das meine?« Er schaut mich fragend an und schüttelt leicht seinen Kopf. Ich atme kurz ein, überlege, wie ich es ihm erkläre, und atme wieder aus. »Wenn ich die Hoffnung verliere, dass ich überlebe, warum sollte ich dann noch kämpfen? Warum sollte ich das Unausweichliche weiter hinauszögern? Was hält mich davon ab, zu sterben? Du hast die Hoffnung auch noch in dir. Du musst sie nur wiederfinden, sie wieder reaktivieren. Musst deine Hoffnung wiedererlangen, allein schon, damit dein Kind nicht ohne Vater aufwächst.« Ich versuche mit meiner Stimme in seine Seele, in seinen Geist, in jede Pore seines Körpers zu gelangen, um seine Hoffnung wiederzuerwecken. Seine Augen werden glasig und er dreht sich von mir weg und starrt in die Dunkelheit. Ich tue es ihm gleich und die Stille erobert die Umgebung.

Es beginnt zu tröpfeln, als wir zum zweiten Mal von David und Joshua zum nächsten Wachposten geschickt werden. Mich streckend stehe ich auf und gehe mit Alex zum nächsten Wachposten. Mark und Elias erwarten uns ungeduldig. »Wo bleibt ihr? Habt ihr mal auf den Tacho geschaut?«, fragt uns Elias leicht genervt. »Was, warum?«, frage ich stumpf zurück. »Wir warten auf euch schon seit einer Stunde«, witzelt Elias sarkastisch. »Depp. Dann lasst euren letzten Wachposten nicht nass werden. Hopp, hopp, weg hier, das ist jetzt unser Wachposten«, antworte ich Elias und scheuche beide mit einer Handgeste weg. Elias und Mark verschwinden plaudernd in der Dunkelheit und die dunkle Stille umgibt uns erneut.

Dieses Mal lasse ich die Stille nicht gewinnen, ich muss mit Alex reden, muss ihn zum Lachen oder Lächeln bringen. Wenn nicht für ihn, dann für seine Freundin. Denke ich mir und beginne erneut ein Gespräch mit ihm: »Alex, wie sollte dein Kind heißen?« Alex zuckt mit den Schultern. »Ach, komm schon, du hast bestimmt coole Namen, die du deinem Kind geben willst.« »Kann sein«, sagt er leise. »Dann schieß los, welche Namen für deine Kinder du dir wünschst«, ermutige ich ihn. »Okay«, antwortet er gelangweilt: »Wenn es ein Junge wird, würde ich ihn gerne Ares nennen und wenn es ein Mädchen wird, Freya.« »Cool, das sind tolle Namen«, sage ich lächelnd. »Ganz ehrlich, ich wünsche mir, dass du dein Kind großziehen kannst, ich werde alles für dich machen, damit du zu deinem Kind kommen kannst«, verspreche ich ihm ernst. Er lächelt mich mit einem Funken Hoffnung an und umarmt mich. »Danke, das weiß ich zu schätzen«, flüstert er mir bei der Umarmung ins Ohr. Die Umarmung wird nach wenigen Sekunden von einem sehr lauten Rufen unterbrochen.

EINE GRAUSAME NACHT

»ALARM! ALARM! ALARM!«

Der Puls steigt an, mein Gewehr in der Hand, laufe ich in Richtung des Schreis. Im ganzen Graben herrscht Hochbetrieb, alle sind sofort hellwach und kampfbereit. Ich treffe Nico und Tim, die an ihren Wachposten in Deckung gegangen sind. »Wo sind die Feinde?«, frage ich gehetzt. »Da vorn am Waldrand. Es sind nur einzelne Soldaten für einen Hauch von Sekunden zu sehen gewesen.« »Okay, schnell in den Schützengraben und gebt die Information weiter, dass alle Bescheid wissen, von wo sich der Feind nähert.« Wir sprinten zurück in den Graben, Nico und Tim sagen den Soldaten Bescheid, wo sie den Feind erblickt haben, während ich mich auf den Weg zum Kommandanten Wulf mache, um ihm von der Lage zu berichten. »Kommandant, die Feinde nähern sich von Osten aus dem Wald an, bisher wurden nur vereinzelt Soldaten erblickt, wir können nicht einschätzen, wie viele es sind.« »Okay. Wir werden uns ruhig halten und erst schießen, wenn sie in unserer Nähe sind. Wissen die Feinde, dass wir hier sind?« »Ich vermute schon, sie werden unseren Alarm gehört haben.« »Mist!«, er überlegt kurz: »Okay, wir werden trotzdem alle Lichter im Graben ausmachen, kein Mucks soll unsere Position verlassen und wir schießen erst, wenn genügend Feinde zu erkennen sind«, erklärt Kommandant Wulf mir. Ich mache mich auf den Weg, allen anderen diesen Plan zu erklären. Zuerst sage ich es Nicolas und Kai, dass die beiden es ihren Trupps erklären können, und danach erkläre ich meinem Trupp den Plan.

Innerhalb von einer Minute liegt der Schützengraben in totaler Finsternis und Stille. Nur schleichend bewegen wir uns, keiner sagt auch nur ein Wort. Die Waffen in Richtung Wald ausgerichtet, warten wir auf die Feinde, die jeden Moment aus dem Waldgebiet kommen können.

Ich atme ein und langsam wieder aus, erneut atme ich ein und langsam aus. Ich suche den Waldrand ab. Jedem Blatt, das auf den Boden fällt, schaue ich hinterher. Ich werde sanft an meiner linken Schulter gepackt, vorsichtig drehe ich mich um und schaue in das Gesicht von Finn. »Was ist?«, frage ich flüsternd. »Zusätzliche

Munition«, flüstert Finn mir zu und überreicht mir zwei weitere Magazine. »Danke«, bedanke ich mich leise, während Finn zum Nächsten weitergeht. In Zeitlupe vergeht die Zeit. Ich kann mein Blut hören, so still ist es. Da ist etwas, oder? Ich sehe kleine und schnelle Bewegungen. Da ist etwas, da bin ich mir sicher. Ich lege mein Gewehr an, ziele die Bewegung an. Da ist ein Soldat, der sich mit kleinen flinken Bewegungen in unsere Richtung bewegt. Da ist noch etwas. Ich kneife meine Augen zusammen, da kriecht etwas auf den Boden. Da kriechen Soldaten im hohen Gras auf unsere Stellung zu. Ich ziele auf einen der kriechenden Soldaten. Die Waffe knallt, der Rückstoß bohrt sich in meine Schulter und der kriechende Soldat bleibt am Boden reglos liegen. Das Feuer ist eröffnet, sofort beginnen beide Seiten mit allem zu schießen. Die Kugeln sausen an meinen Ohren vorbei, das erste Magazin ist schnell leergeschossen. Ich ducke mich beim Nachladen und blicke mich um. Rechts und links liegen Verwundete und Tote. Meine Waffe ist nachgeladen und ich schiebe sie wieder nach draußen. Der feindliche Beschuss schlägt neben mir, vor mir und rings um mich herum in die Erde und Sandsäcke ein. Meine Waffe erzittert, die Kugeln verteilen sich auf der ganzen Wiese vor mir und immer mehr der feindlichen Soldaten bleiben reglos am Boden liegen. Zwischen den ganzen Schmerzschreien, dem Kugelhagel und unverständlichem Gebrüll steht plötzlich neben mir Mark. Mark schaut mich an und sagt: »Rückzug, es sind zu viele.« »Wir können nicht zurückziehen, wir halten unsere Stellung«, brülle ich ihn an, ohne dabei aufzuhören zu schießen. Links höre ich noch dumpf schreien »Achtung Granate!« und wie die Granate hochgeht und einen Teil des Grabens einreißt. Daraufhin entsteht im linken Teil des Grabens, der nun vom Hauptteil abschnitten ist, Panik. Die abgeschnittenen Soldaten schießen und schreien panisch um ihr Leben.

Plötzlich ist dort alles still.

»Rückzug!«, ertönt es von rechts: »Die Position wird überlaufen!« Hektisch laufen die meisten durch den Schützengraben in Richtung des Flusses, um über die zusammengebauten Stege auf die andere Seite zu gelangen. Erneut brüllt jemand: »Rückzug!«, aber ich versuche mich weiterhin nicht zurückdrängen zu lassen, ich versuche meine Position zu halten, werde aber aus dem Nichts am Nacken nach hinten gezogen und hinter einer Person hinterhergeschleift. »Liam, weg hier!«, schreit mich die Person an und erst jetzt kann ich sehen, dass es David ist, der mich am Nacken packt und mich mitschleift. Wir kommen am Abhang an, der über den Fluss führt. David schubst mich mit den Beinen voran den Abhang hinunter. Ich schaue ihn an und erwarte, dass er mir folgt. Schüsse treffen ihn im Rücken, er schaut mich leidend an, kippt nach vorn. David fällt mit seinem Gesicht voran den kleinen Abhang hinunter und landet im Fluss. Mir bleibt keine Zeit, mich weiter um ihn zu kümmern, ich sprinte, so schnell ich kann, über einen der Stege auf der anderen Seite, den kleinen Abhang hoch und verschwinde im zweiten Schützengraben. »An die Maschinengewehre!«, brüllt mich Kommandant Wulf an, ich blicke mich kurz im Schützengraben um und entdecke ein leeres Maschinengewehr, ich mache mich sofort daran, es zu entsichern und zu schießen. Das Maschinengewehr rattert in meinen Händen los, mit viel Kraft versuche ich es zu kontrollieren, bin wegen des anstrengenden Tages aber kaum noch in der Lage, das Maschinengewehr unter Kontrolle zu bringen. Sekunden nachdem das Maschinengewehr in meinen Händen losrattert, steht Finn neben mir, der zwei Munitionskisten in der Hand hält und meine Munition nachlädt. Die erste Munitionskiste ist aufgebraucht, da wird das Kampfgeschehen durch ein lautes Pfeifen übertönt. Ich blicke mich verwundert um und sehe, wie eine Diesellok schnell auf uns zugerast kommt. Ein Hauch von Stolz und Freude überkommt mich, wir haben die Brücke vor der Zerstörung durch den Feind bewahrt und die Lok kann ungehindert weiter an die Front fahren. Die Freude hält keine Sekunde, die Feinde müssen immer noch vernichtet werden. Mittlerweile habe ich auch die zweite Munitionskiste leer geschossen und jetzt bleiben mir nur noch zwei Munitionskisten übrig, die ich mir gut aufteilen muss. Ich reduziere meine Schussrate, um präziser die Feinde zu eliminieren. Die Lok saust wenige Meter neben mir vorbei auf die Brücke und erst jetzt merke ich, dass einige feindliche Soldaten von der Brücke springen, um nicht von der Diesellok überfahren zu werden. Einige von ihnen schaffen es nicht rechtzeitig und werden teilweise im Sprung noch erfasst und einige Meter durch die Luft geschleudert. Die Lok donnert mit ihren ganzen Waggons an uns vorbei und die Feinde versuchen mit Schüssen die Lok aufzuhalten, was einige wertvolle Sekunden gibt. Sodass Finn mehr Munitionskisten zum Nachladen holen kann. Es rattern noch drei weitere Munitionskisten durch das Maschinengewehr, bevor Kommandant Wulf das Zeichen gibt, das Feuer zu beenden. Ich lasse erschöpft das Maschinengewehr aus meinen Händen gleiten. Erschöpft lasse ich mich auf den mit Patronenhülsen übersäten Boden plumpsen und lehne mich an die Wand des Schützengrabens. Finn lässt sich ebenfalls neben mir auf den Boden plumpsen. Die Luft riecht nach Metall und Schießpulver. Das Maschinengewehr dröhnt immer noch in meinen Ohren nach. Die panischen Schreie der Soldaten kann ich immer noch hören, obwohl es mucksmäuschenstill ist. Die Nacht ist vorbei und die ersten Lichtstrahlen scheinen mir ins Gesicht. »Alles okay?«, fragt Finn in die Stille leise hinein. »Ich denke, ja. Bist du in Ordnung?« Er nickt. Ich lächele ihn an und wische ihm eine seiner blonden Strähnen aus dem Gesicht: »Du hast da etwas Dreck im Gesicht.« Er lächelt zurück. Wir schauen uns tief in die Augen und es wird warm um uns. »Liam!«, wir werden aus unseren Gedanken gerissen. »Liam, der Kommandant möchte uns sehen«, ruft mich Nicolas zu sich. Ich stehe auf, werfe einen kurzen Blick auf Finn, der auf dem Boden sitzen bleibt, und eile zu Nicolas. »Was will er denn von uns?«, frage ich Nicolas neugierig. »Woher soll ich das denn wissen, das wird er uns vermutlich gleich sagen«, bekomme ich patzig als Antwort. Wir kommen an verwundeten Soldaten vorbei. Die meisten haben zum Glück nur leichte Verletzungen, aber ein paar wenige hat es schlimmer erwischt. Ich sehe einen Soldaten, der einen Durchschuss am Knie hat, und einen, der keinen linken Arm mehr hat. »Haben wir viele Soldaten verloren?«, frage ich Nicolas vorsichtig. »Alle, die hier sind, nur sie haben es geschafft, der Rest ist tot«, beantwortet er mir die Frage kurz und knapp. Kommandant Wulf sitzt abseits des Grabens an der Bahnstrecke auf einer Holzkiste. Vor ihm und mit dem Rücken zu uns gedreht sitzt Kai, der einen Verband um seinen Kopf trägt. »Morgen«, begrüßt uns beide Kommandant Wulf, woraufhin Kai sich umdreht und uns ebenfalls ein »Morgen« zuwirft. »Morgen«, erwidert Nicolas mit mir gemeinsam. Wir setzen uns neben Kai auf zwei weitere Holzkisten. »Die letzte Nacht war ... grausam. Wir haben viele Soldaten verloren, viele gute Soldaten. Aber wir konnten die Brücke verteidigen. Das ist positiv. Wir können aber nicht noch einem Angriff standhalten, dafür haben wir erstens keine Munition und keine Soldaten mehr. Angesichts dessen habe ich Verstärkung angefordert oder einen sofortigen Abzug von dieser Position angefragt. Bisher habe ich noch keine weiteren Informationen erhalten. Daher werden wir zunächst einmal den hinteren Schützengraben weiter verstärken. Den vorderen Graben geben wir auf. Zudem möchte ich, dass dein Trupp, Liam, die gefallenen Soldaten aufsammelt und hier an der Straße zum eventuellen Abtransport bereitlegt. Sammelt zudem jede Munition auf, die ihr findet, und bringt sie zum Munitionsvorrat dazu, vielleicht bringt uns das was. Nicolas und Kai, eure Trupps kümmern sich um den Ausbau und die Verstärkung des Grabens. Noch Fragen?« Wir schütteln unsere Köpfe und ich gehe in Richtung meines Trupps, während Kai und Nicolas sich beraten, wie sie den Graben verstärken können.

Bei meinem Trupp angekommen, fehlen welche. »Sind noch welche unterwegs zu uns?«, frage ich sie mit einem kleinen Funken Hoffnung, die durch das

Kopfschütteln der anderen schnell zerschmettert wird. Ich atme tief ein und langsam wieder aus, um das Ganze zu verarbeiten. »Wer fehlt?«, frage ich leise zu mir selbst. Ich blicke in die Runde. »Maxim, David, Elias, Leon und Nico«, zähle ich für mich auf. »Habe ich jemanden vergessen?«, frage ich verunsichert in die Runde. »Mark fehlt«, sagt Joshua. »Und Elias liegt bei den Verletzten«, fügt Tim hinzu. »Was hast du gesagt? Mark fehlt? Ich habe ihn doch gesehen.« Verdutzt schaue ich Joshua an. »Das kann nicht sein. Mark wurde neben mir tödlich getroffen.« Ich blicke auf die Stelle, wo Mark steht, aber Mark steht dort nicht. Vor fünf Sekunden stand Mark neben Joshua, jetzt ist er aber weg. Das kann nicht sein, Mark kann nicht tot sein. Mark lebt! Er darf nicht tot sein. Das kann und will ich nicht glauben. »Bist du dir sicher, dass er nicht doch bei den Verwundeten liegen kann?«, frage ich wütend Joshua, er schüttelt seinen Kopf und schaut mich mit einem traurigen Blick an. »Was ist mit David?«, fragt mich Joshua plötzlich. Jetzt schüttele ich meinen Kopf: »Er hat es leider auch nicht geschafft.« »Ich habe ihn doch mit dir zusammen rennen gesehen, was ist passiert?« Ich schweige kurz, sage mit Trauer in der Stimme: »Am Abhang zum Fluss hinunter hat er drei oder vier Kugeln in den Rücken bekommen. Er ist in den Fluss gefallen und war augenblicklich tot.« Joshua nickt traurig. Wir bleiben schweigend eine Minute im Kreis stehen. »Was machen wir jetzt?«, fragt Tim vorsichtig in die Stille hinein. »Wir sollen unsere Toten bergen und an die Straße bringen, für den Fall, dass sie abgeholt werden. Zudem sollen wir jede einzelne Kugel aufsammeln, die wir finden können, um unseren Munitionsvorrat aufzubessern. Wir gehen immer zu zweit und bringen die … Toten zur Straße.« Ich wollte gerade mit Alex über Mark reden, aber Joshua schnappt sich Alex und sie beeilen sich, von mir wegzukommen. Ich schaue den beiden verdutzt hinterher, als mich Finn anstupst und sagt: »Lass uns ein Zweierteam bilden.« Ich nicke schweigend und wir gehen los, um den ersten Toten zu bergen.

Wir gehen zum Fluss und ich sehe David. Starrend blicke ich ihn an, er liegt mit dem Kopf unter Wasser am Flussufer und das Blut auf seinem Rücken ist mittlerweile geronnen und er sieht grauenhaft aus. »Was ist?«, fragt mich Finn und schaut mich besorgt an. Meine Augen werden feucht und ich beginne Finn zu sagen, was vorgefallen ist: »Ohne David wäre ich nicht mehr am Leben. Er hat mir mein Leben gerettet, aber ich konnte ihm nicht seins retten. Er hat sein Leben für das von mir gegeben. Wir haben uns nie gut verstanden und trotzdem hat er mich gerettet. Er hätte einfach weiterrennen müssen. Er ist aber umgedreht und hat mich mitgeschleift. Und jetzt liegt er hier im Fluss und ich kann mich nicht mal dafür bedanken.«

Wir sitzen am Fluss und Finn nimmt mich in seine Arme und mir kommen die Tränen. »Alles ist gut. Ich glaube, er hat deinen Dank gehört. Lass uns ihn aus dem Fluss nehmen und ihn zu den anderen bringen, damit er einen ehrenvollen Abschied bekommt.« Finn löst die Arme um mich und ich nicke ihm schweigend zu. Wir schnappen uns den leblosen Körper von David und bringen ihn zur Straße, wo schon einige andere Leichen liegen.

Den ganzen Vormittag sammeln wir Leichen ein. Zuerst nur die Leichen von uns, danach beginnen wir die Leichen der anderen einzusammeln. Wir schleppen die Leichen der Feinde zu dem vom Angriff abgetrennten Bereich des Schützengrabens, schmeißen sie hinein und nehmen ihre Hundemarken, die sie genau wie wir um den Hals tragen, an uns, um sie Kommandant Wulf zu geben, der sie einsammelt, um sie später dem Außenministerium zu überreichen, um sie an das andere Land zu schicken. Es ist komisch, wir sind mit ihm im Krieg, aber sobald sie tot sind, trägt man dafür Sorge, dass die Angehörigen über den Tod der Person informiert sind, egal ob Freund oder Feind. Da sind wir alle gleich.

Der Graben ist gefüllt mit ihren Leichen, Tim spricht ein kurzes Gebet für sie, da er überzeugt ist, dass jeder Mensch die Gnade Gottes zuteilwerden darf und es egal ist, ob er gut oder böse ist, kommt ohnehin nur auf die Perspektive an.

Wir sind in ihren Augen die Bösen, aber für uns sind sie die Bösen. Was ist gut und was ist böse?

Tim beendet sein Gebet mit den Worten: »Möget ihr in den Armen unseres Herren nun Ruhe und Frieden finden. Amen.« Nachdem er das Gebet beendet hat, nimmt sich jeder eine Schaufel und begräbt die Leichen mit der Erde.

Es ist bereits Mittag, und das Mittagessen wird an der improvisiert zusammen-gebauten Essensausgabe ausgeteilt. Wir suchen uns irgendwo entlang der Schienen einen Platz zum Essen, da die improvisierten Esstische für die verletzten Soldaten als Behandlungsbetten benutzt werden. Ich schaue mein Essen an, als ich mich mit Finn zusammen auf zwei Holzkisten setze. »Was soll das sein?«, frage ich leicht angewidert ins Essen hinein. »Keine Ahnung, vermutlich sind es die Reste von den Vortagen. Keiner hat gedacht, dass wir länger bleiben müssen. Es gab nur Essen für die ersten Tage«, sagt Finn und nimmt sich einen Löffel von dem Essensmix. Er hat den Löffel noch nicht ganz im Mund, als er das Essen wieder ausspuckt. »Das schmeckt ja widerlich!«, beschwert er sich und stellt seinen Teller neben sich. »Da bleibe ich lieber hungrig.« Ich probiere ebenfalls einen kleinen Löffel, spucke ihn aber ebenfalls schnell wieder aus. »Näh, das schmeckt wirklich nicht appetitlich. Da versuche ich lieber, unten am Fluss Fische zu fangen. Die werden bestimmt besser schmecken«, sage ich lächelnd und Finn lacht leise. Alex kommt zusammen mit Joshua mit ihrem Essen auf uns zu und unterbricht uns bei unserem Gespräch. »Na ihr, alles gut?«, fragt Alex uns mit einem zufriedenen Lächeln. »Ja, alles gut«, sage ich lässig: »Und bei euch?« »Ja, alles gut«, sagt Joshua. Finn fragt die beiden grinsend: »Habt ihr euer Essen schon probiert oder wollt ihr erst gerade anfangen zu essen?« »Wir haben es uns gerade erst geholt, warum fragst du?«, fragt Alex uns verdutzt. »Alles gut«, kichert Finn. Alex und Joshua schauen Finn verdutzt an und nehmen beide einen großen Löffel. Die beiden spucken das Essen gleichzeitig wieder aus und Finn und ich beginnen lauthals zu lachen. »Ich habe keinen Bock mehr, ich will endlich wieder in einem warmen und kuscheligen Bett schlafen«, meckert Joshua, und wir schauen ihn belustigt an. »Echt jetzt? Die letzten Nächte auf der harten Erde sind kacke?«, scherzt Finn. »Ja, willst du weiter hier schlafen?«, fragt Joshua Finn verwundert. »Noch nie was von Sarkasmus gehört?«, erwidert Finn. Gähnend sagt Joshua: »Fuck, sorry, bin viel zu müde für Sarkasmus.« Alex und ich beginnen lauthals zu lachen, sodass sich andere Gruppen zu uns umdrehen. »Sorry!«, rufe ich ihm nach dem Lachen zu und sie drehen sich wieder ihren Gruppen zu. »Liam«, sagt Joshua mit einem strengen Blick auf mich gerichtet: »Kannst du mir sagen, was mit David passiert ist? Beim Rückzug war er die ganze Zeit hinter mir, als er mich antippte und sagte, dass er dich gesehen hat, und er wollte dich holen. Was ist passiert?«

Stille.

»Er hat mein Leben gerettet, hat dabei leider sein Leben verloren«, sage ich kurz und knapp und füge noch hinzu: »Er ist ein Held.«

DIE ALTEN MENSCHEN

»Das ist nett, aber nicht das, was ich hören wollte«, beschwert sich Joshua, der sich weiter beschweren will, aber durch das Gehupe von mehreren Trucks unterbrochen wird. »Was geht denn jetzt hier ab?« Unter den Trucks befinden sich verschiedene Bullis von TV-Sendern und Radios. Die Trucks und Bullis halten alle auf dem Schotterweg. Alle schauen verdutzt und keiner hat einen Plan, was hier abgeht. Kommandant Wulf läuft mit rot glühendem Kopf auf die Trucks und Bullis zu und brüllt in deren Richtung wütend unverständliche Beleidigungen und Anweisungen. Aus den Bullis steigen Dutzende Reporter, Kameraleute und Tonmenschen aus, während aus den Trucks einige wenige Soldaten aussteigen und sich stramm neben die Trucks stellen. Kommandant Wulf brüllt die Soldaten an, aber die Soldaten scheinen wie Statuen stillzustehen.

Die Situation ist komisch merkwürdig. Der Kommandant kommt mit rotem schüttelndem Kopf wieder, geht an uns vorbei und setzt sich erschöpft auf einen Stuhl. Einer der Soldaten, der in seiner Nähe steht, kommt mit einem Glas Wasser angeeilt und hätte es fast in seiner Hektik über den Kommandanten geschüttet, kann es aber mit einer gekonnten Bewegung gerade noch verhindern. Während der Kommandant sein Wasser trinkt, kommt ein weiteres Fahrzeug mit einem rasenden Tempo angefahren und hält auf dem Schotterweg. Sofort läuft einer der Soldaten, die bisher still neben den Trucks gestanden haben, zum Fahrzeug und öffnet die hintere Beifahrertür. Aus dem Fahrzeug, welches ein Militärjeep ist, steigt ein älterer Herr aus. Als der Kommandant sehen kann, wer aus dem Auto aussteigt, springt er von seinem Platz auf, läuft, so schnell er kann, auf ihn zu und salutiert strammstehend vor ihm. »Wer ist der Alte?«, fragt Alex, verwundert über die Reaktion des Kommandanten. »Keine Ahnung, scheint wichtig zu sein, der Alte«, sage ich schulterzuckend. »Der ist bestimmt fünfzig«, fügt Finn hinzu. »Oder sechzig«, kichert Joshua. »Wisst ihr wirklich nicht, wer das ist?«, fragt plötzlich Nicolas von hinten. Wir drehen uns um und schütteln mit unseren Köpfen. »Das ist Generalstabsoberoffizier Rudolf Wolfgang«, erklärt uns Nicolas. »Und was macht ihn so wichtig?«, fragt Finn. »Und was macht er hier?«, füge ich der Frage noch hinzu.

Nicolas beginnt uns etwas aufzuklären: »Also er ist einer der Generäle, die aktuell den Präsidenten beraten. In militärischen Angelegenheiten, wo wir angreifen, wo wir verteidigen und so. Also hat er extrem viel Macht aktuell. Was er hier macht, keine Ahnung, aber wenn er hier ist, ist es wichtig. Und dass die ganzen Reporter hier sind, macht es nicht weniger wichtig.« »Wir kommen ins Fernsehen!«, witzelt Joshua und macht eine lächerliche Pose, woraufhin wir anfangen zu kichern, aber von Nicolas sofort ermahnt werden, es sein zu lassen. Der Kommandant kommt zusammen mit dem Generalstabsoberoffizier Rudolf Wolfgang und den Soldaten auf uns zu. Nicolas stößt uns leicht von hinten an und wir stellen uns, wie vorhin der Kommandant, salutierend, strammstehend nebeneinander und lassen die kleine Truppe an uns vorbeigehen. Der Kommandant setzt sich mit dem Generalstabsoberoffizier auf ein paar der umstehenden Kisten, die als Stühle dienen, an einen improvisiert zusammengebauten Tisch. Einer der Soldaten in der Nähe stellt den beiden zügig zwei Becher hin und kippt ihnen Kaffee ein. »Wollen die uns verarschen?«, fragt Alex ungläubig in unsere kleine Gruppe. »Was denn?«, frage ich. »Hier gibt es Kaffee?« »Na ja, nur für die hohen Herrschaften«, sagt Nicolas grinsend. Wir gehen zu den anderen, die sich zu einem tuschelnden Pulk zusammengerafft haben. Es wird wild durcheinander getuschelt und jeder hat nur die eine Frage. Was wird das hier? Einer der Soldaten, der in der Nähe des Kommandanten geblieben ist, kommt zu uns gelaufen und pickt sich Nicolas aus der Gruppe heraus. Der Soldat flüstert Nicolas etwas ins Ohr. Der Soldat entfernt sich wieder in die Richtung des Kommandanten und Nicolas gibt Kai und mir ein Zeichen, mit ihm mitzukommen. Wir folgen Nicolas und die Frage platzt aus mir heraus auf dem Weg zum Kommandanten: »Was hat er dir ins Ohr geflüstert?« »Dass wir zum Kommandanten kommen sollen und es etwas zu besprechen gibt«, sagt Nicolas genervt. Ist er jetzt von mir genervt? Habe ich etwas Falsches getan oder stören ihn meine ständigen Fragen? Bevor ich weiter darüber nachdenken kann, kommen wir beim Kommandanten an und begrüßen ihn und den Generalstabsoberoffizier Rudolf Wolfgang. Der Generalstabsoberoffizier Rudolf Wolfgang dreht sich langsam zu uns um, als hätten wir ihn in einem wichtigen Gespräch gestört, und blickt uns angsteinflößend böse an. Zieht eine Augenbraue hoch und fragt den Kommandanten abwertend: »Was macht dieser Milchbube denn hier in der Runde, ich wollte mit den Offizieren sprechen, die ihre Truppe kommandieren«, zeigt dabei mit seinem Finger auf mich. »Ich war auch erstaunt, dieser Milchbube ist tatsächlich ein Truppenführer. Heutzutage müssen wir alles annehmen«, erklärt Kommandant Wulf dem Generalstabsoberoffizier Rudolf

Wolfgang. »Na ja, was solls, es sind schwere Zeiten und solange er seinen Trupp im Griff hat, will ich mal nicht so sein«, sagt er immer noch abwertend über mich zum Kommandanten. »Also, ihr Grünschnäbel, der Präsident wird in einer Stunde ankommen und wird euch Orden verleihen. Er wird erst eine Rede schwingen, wie stolz er auf euch ist, weil ihr die Mission erfolgreich abgeschlossen habt und so weiter. Danach wird er euch einzeln den Orden höchstpersönlich überreichen, ihr werdet noch einmal persönlich einen Dank oder so ähnlich bekommen, aber ihr werdet euch bei eurem Präsidenten bedanken. Ich will, dass ihr stolz lächelt. Das Ganze wird für die Nachrichten aufgezeichnet und so weiter. Wir haben nicht den ganzen Tag Zeit, also achtet darauf, dass ihr permanent ein gutes Bild abgebt und bla, bla. Für den Präsidenten will ich, dass ihr hier etwas Ordnung macht, schafft die Toten weg, schmeißt sie auf einen der Trucks. Es werden keine Toten nachher bei den TV-Aufnahmen im Bild sein. Die Verletzten sollen ordentlich verbunden aussehen und die, die zu schwer verwundet sind, kommen mit zu den Toten aus den TV-Bildern hinaus. Der Präsident soll die Verwundeten sehen und sich auch bei ihnen bedanken, aber sie sollen nicht abschreckend aussehen. Und der Präsident bekommt natürlich auch keine dreckigen Schuhe, ich will, dass hier ein Steg aus Paletten ist, der aber so gelegt ist, dass er ebenfalls nicht im TV zu sehen ist. Meine Soldaten werden euch natürlich helfen, wir haben einige Paletten mitgebracht, die ihr verlegen sollt. Wir werden euch, kurz bevor der Präsident ankommt, noch einmal alle briefen, wie ihr euch zu verhalten habt und was der Präsident von euch erwartet, aber Hauptsache, ihr seht gut auf den Bildern aus. Macht eure Klamotten ordentlich, aber nicht zu ordentlich, sonst glaubt es kein Schwein, dass wir hier an der Frontlinie sind. Und jetzt abtreten!«, erklärt der Generalstabsoberoffizier Rudolf Wolfgang uns mit einem gelangweilten Ton, der trotzdem Autorität ausstrahlt. Wir kehren zu den restlichen Soldaten zurück, um ihnen die Situation zu erklären. Im Augenwinkel erkenne ich, wie die anderen Soldaten, die immer noch regungslos an den Trucks standen, plötzlich die angesprochenen Paletten aus den Trucks ausladen. Bei den anderen angekommen, die sich die Show verwirrt angeschaut haben, erklären wir ihnen in kurzen Worten, was wir nun machen. Ein großes unzufriedenes Stöhnen verlässt die Gruppe am Ende unserer Erklärung und wir machen uns zwangsläufig an die Arbeit, dieses Schlachtfeld für den Präsidenten zu präparieren.

Wir schüppen einen Weg leicht aus, wo die Paletten hineingelegt werden, um sie etwas tiefer in der Erde zu versenken. Die ausgegrabene Erde klatschen wir auf die

Paletten wieder darauf, damit es so aussieht, als würde der Präsident genau wie wir auf dem matschigen Boden stehen. Das nimmt viel Zeit in Anspruch, von der wenigen Zeit, die uns bleibt, bis der Präsident ankommt. Die Aufgabe ist fast erledigt, als Kommandant Wulf auf mich zukommt: »Liam, wir müssen besprechen, wie deine Leute sich später verhalten, wenn der Präsident vor Ort ist. Ihr werdet hinter ihm stehen, mit genügend Abstand in einer Reihe stehen. Ganz wichtig: lächeln. Nicht übertrieben, aber dezent lächeln, wir befinden uns immer noch im Krieg. Nach seiner Rede wird er euch die Orden anstecken. Dafür tretet ihr einen Schritt aus der Reihe hinaus. Er wird ihn anstecken und sich noch einmal bedanken. Ihr werdet ihm salutieren und euch mit einem kräftigen ‚Danke, Herr Präsident‘ bedanken. Hast du verstanden?« »Jawohl, Kommandant Wulf!«, antworte ich kräftig und salutierend. »Dann ist gut. Erkläre dies deinen Kameraden und geht es von mir aus ein paar Male zur Probe durch. Ich möchte vermeiden, dass auch nur eine Klitzekleinigkeit schiefgeht. Es muss alles hundertprozentig passen«, sagt er mit Nachdruck. »Jawohl, Kommandant. Es wird alles wie geplant laufen.« »Das hoffe ich.« Ohne ein weiteres Wort entfernt er sich von mir und ich gehe zu meinen Kameraden. Ich erkläre meinem Trupp, wie das nachher ablaufen wird. Wir gehen das ganze Prozedere ein paar Male durch, bis wir von uns aus keine Fehler mehr erkennen und wir zuversichtlich sind, dass von unserer Seite aus keine Fehler passieren werden.

»In fünf Minuten ist der Präsident da«, ruft einer der Soldaten, die sich immer noch in der Nähe des Kommandanten und des Generalstabsoberoffiziers Rudolf Wolfgang aufhalten. Einer von diesen Soldaten kommt auf uns zugelaufen. Ich sitze gerade bei meinen Kameraden in der Runde, weil wir aktuell keine Aufgaben mehr haben. »Wer von euch ist Liam?«, fragt er in die Runde, während er die Augen suchend über uns streifen lässt. »Ich bin Liam«, sage ich leicht genervt. »Was gibts?«, frage ich hinterher, ohne meinen Blick auf ihn zu richten. »Verarschen kann ich mich selbst. Wo ist euer Offizier?«, fragt er genervt. Alex sagt ihm ernst ins Gesicht: »Der, der sagt, er ist Liam, ist Liam. Wir haben keinen Offizier in unseren Reihen.« Der Soldat schaut verdutzt aus seiner Uniform heraus und sagt dann: »Na ja, ist mir auch egal, Hauptsache, ihr zündet dahinten zwei, drei kleine Feuer an, damit es mehr nach Schlachtfeld aussieht auf den Kameras.« »Okay, wo?«, frage ich ihn, immer noch mit dem Gesicht in Richtung Boden gerichtet. »Mir egal, Hauptsache, man kann die Feuer ungefähr sehen«, sagt er immer gereizter. Ich stehe auf, drehe mich um und gehe in die Richtung, in der die Feuer brennen sollen. Meine Kameraden folgen mir und wir zünden einige Zweige an, die auf der Wiese liegen, und holen mehrere Äste, um das Feuer wachsen zu lassen. Die Feuer brennen, und das auch keine Minute zu früh. Wir kehren gerade zu unseren Plätzen zurück, als der Helikopter des Präsidenten am Himmel zu erkennen ist. Der Helikopter beginnt zu landen und alle Kameras sind auf den Helikopter gerichtet. Das ist unsere Zeit, uns für die Show aufzustellen und dezent zu lächeln.

Der Präsident ist gelandet und steigt aus seinem pompösen Helikopter aus, die Blitze der Kameras erhellen den wolkenverhangenen Tag. Der Präsident läuft über den Palettensteg hinüber an sein – wie auch immer hierhergekommenes – Rednerpult. Er atmet tief durch und beginnt mit seiner Rede. »Heute ist ein guter Tag, wir konnten einige Gebiete von unserem schönen Land verteidigen und Teile wieder zurückerobern von unseren Feinden.«

Das ergibt gar keinen Sinn! Wir stehen hier nicht in unserem Land. Wir haben unsere Grenze fast fünfzig oder vielleicht auch hundert Kilometer hinter uns. Wir stehen mitten im Feindesland. Wie kann er behaupten, dass wir hier in unserem Land stehen?

»Mithilfe von vielen mutigen, ja fast heldenhaften jungen Männern ist uns dies gelungen. Leider haben nicht alle das Glück, wie diese heldenhaften Männer, die unser Land so stark machen, hier zu stehen. Aber seid euch gewiss, das Land dankt euch. Infolgedessen verleihe ich euch im Namen des ganzen Landes diese Orden.«

Was für ein Riesenglück wir haben, hier für unser Land zu kämpfen, anscheinend sogar jetzt auf unserem Land. Was sehr weit von unseren Grenzen entfernt ist.

Der Präsident verleiht jedem von uns den Orden und wie besprochen heftet er den Orden an unsere linke Brust, geht einen Schritt nach hinten, bedankt sich und wir bedanken uns kräftig und salutierend bei ihm. Die ganze Sache kommt mir vor wie in einer Reality-Show, bei der alles nur gestellt und zurechtgelegt wird, aber dass unsere mitten im Krieg zu spielen scheint. Der Präsident hat den letzten Orden an den Mann gebracht und stellt sich wieder an sein Rednerpult.

»Ich möchte jetzt noch mal alle Bürger unseres wunderschönen Landes aufrufen, sich zum Dienst an der Waffe zu melden. Euer Land braucht euch.« Nach diesen Worten verschwindet sein Lächeln und er sagt leise, aber hörbar: »Es stinkt«, mit diesen Worten verschwindet er in seinem pompösen Helikopter und fliegt wieder weg.

Innerhalb von wenigen Minuten verschwinden auch die TV- und Radio-Bullis, und zurück bleiben nur noch die Militärtrucks.

»Was passiert jetzt?«, fragt einer in das aufgelöste Chaos hinein. Kommandant Wulf, der sich gerade von Generalstabsoberoffizier Rudolf Wolfgang verabschiedet, dreht sich zu uns um. Der Jeep mit dem Generalstabsoberoffizier Rudolf Wolfgang fährt los, und erst jetzt merkt Kommandant Wulf, dass er keine Antwort auf diese Frage hat.

Er überlegt einige Sekunden und sagt dann mit etwas Autoritätsverlust: »Macht es euch etwas gemütlich, ich werde mal kurz über Funk nachfragen.« Wir setzen uns in kleineren Gruppen zusammen und die meisten beginnen über die letzten Minuten zu reden, einige hingegen bestaunen ihren Orden, aber ich setze mich etwas abseits auf die Sandsäcke am Schützengraben, neben eines der Maschinengewehre. Finn kommt zu mir und legt seinen Arm von hinten um meine Schultern, setzt sich neben mich und fragt mit ruhiger Stimme: »Was ist los? Was geht dir durch deinen süßen Kopf?« »Ach, es ist komisch. Dieser Orden, was soll ich damit? Das ist doch eigentlich nur ein bisschen Metall, dem eine Bedeutung zugedichtet wird, oder?« Ich blicke durch den Rauch des Feuers hindurch auf den schönen Waldrand, an dem sich wie am ersten Tag ein Hirsch aufhält. »Schön hier, nicht wahr?«, frage ich Finn, bevor er mir auf meine vorherige Frage eine Antwort geben kann. »Ja, hier ist es schön und ruhig«, sagt er mit seiner ruhigen Stimme und ich streichele ihm eine Strähne aus seinem Gesicht. Wir lächeln uns an, als wir von hinten vom lauten Rufen des Kommandanten alle zusammengerufen werden.

SHOW MUST GO ON

»Okay, ich habe gerade die Informationen erhalten, dass wir hier verschwinden werden und weiter an die Front geschickt werden. Aber ich kann nicht versprechen, dass die Truppenkonstellation so bleibt. Sie haben mir nur gesagt, dass wir näher an die Front rücken müssen. Also sammelt die restlichen Waffen und Munitionskisten ein und schmeißt alles auf die Trucks. Danach werden wir diesen verdammten Ort verlassen und hoffentlich nie wiederkehren«, erklärt uns Kommandant Wulf. Als wäre es getimt, beginnt es, bei den Worten »verdammten Ort« zu gewittern. In Sekunden stehen die Pfützen auf der Wiese. Beim raschen Zusammenkramen der Maschinengewehre und der Munition treffen mich auch kleine Hagelkörner, die mich teilweise schmerzhaft treffen. Nach einer Viertelstunde ist alles zusammengekramt und wir steigen in die uns zugewiesenen Trucks ein.

Ein letzter Blick auf die Brücke und den dahinterliegenden Wald lässt mich wehmütig werden. Es ist eigentlich sehr freundlich und friedlich hier, aber auf dieser Wiese liegen trotzdem fast hundert tote Männer und einige weitere liegen im Wald. Der Mensch zerstört jeden Frieden in dieser Welt. Ich werde von der Seite angetippt und blicke in ein bekanntes Gesicht. »Seid ihr froh, diesen Ort verlassen zu können?«, fragt mich ein bekanntes Gesicht. »Ali, du alter Trucker«, begrüße ich ihn herzlich und alle anderen von meinem Trupp, die auf den Bänken im Truck Platz genommen haben, begrüßen ihn ebenfalls herzlich. »Ja, ich denke, wir sind froh, hier wegzukommen. Wir sind bereit für das nächste Abenteuer, wo du uns hinfahren wirst. Wo geht es dieses Mal hin?« »Dieses Mal fahre ich euch in die Nähe eines kleinen Dorfes, das wir gestern Nacht eingenommen haben und wo die Kameraden euch erwarten«, beantwortet mir Ali meine Frage. »Na, dann lass uns hier nicht lange warten«, ruft Jonas vom Inneren des Trucks. »Nicht so schnell«, sagt eine bekannte Stimme seitlich vom Truck. »Zuerst bekommt ihr unterwegs eure neuen Abzeichen eures Ranges. Ich denke, mit manchen der Rangauszeichnungen werdet ihr nicht gerechnet haben, aber das werdet ihr ja früh genug bemerken«, Kommandant Wulf schlendert beim Sprechen um die Ecke des Trucks und lächelt in den dunklen Truck hinein. »Wie dürfen wir das verstehen?«, fragt Paul. »Wie gesagt, das werdet ihr früh genug sehen«, beantwortet Kommandant Wulf ihm die Frage, ohne sie zu beantworten.« Ali, ihr fahrt uns hinterher, bevor es zum Dorf geht, die Auszeichnungen wird es bei einer kleinen Zeremonie in einer größeren Stadt geben«, sagt er in die Richtung von Ali, der mit einem kräftigen »Jawohl!« antwortet. Ali geht nach vorn in die Fahrerkabine und der Kommandant steigt neben ihm auf der Beifahrerseite ebenfalls in den Truck ein. Ich schaue die komplette Fahrt hinten aus dem Truck hinaus und sehe den Wald und die davor liegende Brücke immer kleiner werden, bis sie schlussendlich komplett verschwinden. Danach sehe ich brachliegende Felder, kleine Dörfer und einen zerstörten Panzer, der auf einem Feld steht, in der Vergangenheit verschwinden. Das Muster der Felder und kleinen Dörfer wird erst nach Stunden unterbrochen von Vorstadthäuschen, die zu Randbezirksbungalows werden und schließlich Hochhäuser, die den Blick zum Himmel verwehren. Wir kommen auf einem großen Platz an, auf dem eine größere Menschenmasse steht. Wir werden aufgefordert, auszusteigen. Aussteigen, stramm nebeneinander aufstellen und warten auf die nächsten Befehle. Kommandant Wulf geht auf ein kleines Podest zu, auf dem bereits andere Kommandanten und Generäle Platz genommen haben. Ich blicke mich, so gut es geht, um, ohne dabei meine Haltung zu bewegen, und ich erkenne, dass ringsum Soldaten stramm stillstehen und ebenfalls auf weitere Anweisungen warten. Minuten später fährt ein weiterer Truck auf den Platz, der von einem mir bekannten Jeep verfolgt wird. Der Truck hält an und dort steigen weitere Soldaten aus. Der Jeep fährt währenddessen mittig vor, das Podest hält an, ein Soldat steigt zügig aus und öffnet die hintere Beifahrertür, wo der Generalstabsoberoffizier Rudolf Wolfgang aussteigt. Der Generalstabsoberoffizier Rudolf Wolfgang geht die Treppe zum Podest hoch und der Jeep fährt vom Platz. Generalstabsoberoffizier Rudolf Wolfgang begrüßt alle Kommandanten und Generäle händisch, bevor er sich an das Mikrofon stellt, welches auf dem Podest aufgestellt ist, und beginnt zu reden: »Guten Tag. Wir verleihen heute vielen von euch die neuen Ränge, Orden und viele weitere Auszeichnungen für ihren tapferen Dienst in diesem grauenhaften Krieg, zu dem wir gezwungen worden sind. Aber wir und ihr halten unseren Stolz aufrecht. Ihr kämpft für unser schönes Land. Für unsere Familien. Unsere Mütter. Unsere Väter. Unsere Zukunft. Und nichts könnte mich heute stolzer machen, als euch diese Auszeichnungen auszuhändigen. Ihr erfüllt uns mit Stolz! Eure Familien, eure Eltern und Kinder erfüllen euch mit Stolz. Ihr seid der Stolz unserer Nation. Und das erfüllt mich mit enormem Stolz.« Alle beginnen zu jubeln, als wäre dieser Krieg bereits gewonnen. Euphorie überströmt diesen Platz, wird aber mit einer Handgeste gestoppt. Generalstabsoberoffizier Rudolf Wolfgang redet weiter: »Leider haben wir nicht genügend Zeit, dass ich euch jedem einzeln die Auszeichnungen, Orden und Ränge persönlich überreichen kann, angesichts dessen werden zu mir einige Auserwählte nach vorn treten, die besondere Leistungen in diesem Krieg erbringen konnten. Der Rest bekommt die Auszeichnungen, Orden und Ränge von ihren Trupp-Anführern überreicht.« Der Jubel entbrennt erneut. Dieses Mal lässt sich der Generalstabsoberoffizier Rudolf Wolfgang etwas mehr Zeit, bevor er den Jubel mit einer Handbewegung beendet. Generalstabsoberoffizier Rudolf Wolfgang beginnt die Namen von Soldaten aufzurufen, die besonders gute Leistungen erbracht haben. Wir applaudieren nach jedem Namen, der aufgerufen wird, auf einmal wird mein Name aufgerufen. Ich schaue mich kurz um, in die Gesichter meiner Kameraden, und dann gehe ich erst zögerlich los zu den anderen Soldaten, die ebenfalls aufgerufen worden sind. Ich bin der letzte Name, der aufgerufen wurde. Ich stelle mich neben die anderen aufgerufenen Soldaten. Der Generalstabsoberoffizier Rudolf Wolfgang überreicht jedem seine Auszeichnung, seinen Orden oder neuen Rang, sagt ein paar kurze Worte und bedankt sich für seinen Dienst. Er kommt bei mir an, schüttelt mir kräftig die Hand und sagt: »Ich habe noch nie einen so jungen und unerfahrenen Soldaten gesehen, der Offizier ist.« Ich will ihm gerade widersprechen, als er mir die Schulterklappen meiner Uniform entfernt und mir Offiziersschulterklappen verpasst. »Vielen Dank, Generalstabsoberoffizier«, bedanke ich mich bei ihm. Ein Soldat drückt mir dann noch einen flachen Karton in die Hand, wo draufsteht: Trupp 32. Ich bedanke mich nickend bei den Soldaten und wir werden zurück zu unseren Truppen geschickt, um die weiteren Auszeichnungen zu überreichen. Ich öffne den Karton und überreiche die Rangabzeichen, Orden und Auszeichnungen an meine Leute. Es ist mit Zetteln genau beschriftet, wer welchen Rang, welche Auszeichnung und Orden bekommt. Nachdem alle fertig sind, ihre Trupps auszustatten mit den neuen Rängen, Orden und Auszeichnungen, beginnt Generalstabsoberoffizier Rudolf Wolfgang erneut zu reden. »Es macht mich stolz, in eure Gesichtern zu sehen und dort den Stolz unserer Nation zu erkennen. Ich wünsche euch noch viel Erfolg in den folgenden Schlachten und mögt ihr diese Nation darüber hinaus lange mit Stolz erfüllen«, mit diesen Worten verlässt er das Podest, der Jeep kommt angefahren, die hintere Beifahrertür wird ihm geöffnet und der Jeep verschwindet mit ihm. Ein General, der bisher nur auf einem der Stühle auf dem Podium gesessen hat, steht auf, geht zum Podium und fordert uns auf, uns aufzustellen. Wir stellen uns in Viererreihen hintereinander auf und beginnen zu marschieren. Ich weiß nicht, wohin wir marschieren, aber es fühlt sich mächtig an, hier in dieser Gruppe zu marschieren. Es hört sich maschinenähnlich an. Wie eine gut funktionierende, im Gleichschritt marschierende Maschine. Die Erde bebt unter uns, die Schritte hallen von den Wänden der umliegenden Häuser wider und es fühlt sich gut an. Wir marschieren durch die Innenstadt und ihre Hochhäuser, in Richtung der Randbezirksbungalows und der Vorstadthäuschen. Die Leute am Straßenrand, in ihren Autos und in ihren Häusern, schauen uns mit großen Augen an. Nicht mit Bewunderung, mit Furcht. Die Menschen scheinen Angst vor uns zu haben. Was müssen die Soldaten gemacht haben, die vor uns hier gewesen sind? Warum haben die Bewohner dieser Stadt so Angst vor uns? Wir befreien sie doch von den Bösen. Oder sind wir für sie die Bösen?

Raus aus der Stadt und an den Feldern vorbei. Wir passieren eine Landstraße nach der anderen und plötzlich, an einer größeren Kreuzung, halten wir an. Wir stehen an einer Autobahnauffahrt. Hier stehen die Trucks. Wir sind nur gerade mal fünf Kilometer außerhalb der Stadt. Die Vorstadthäuschen sind noch über die brachliegenden Felder zu erkennen. Warum sind wir überhaupt marschiert und warum sind wir nicht sofort wieder in die Trucks eingestiegen? Sollten wir hier einfach nur Präsenz zeigen?

Wir steigen in den uns zugehörigen Truck ein und fahren zu unserem Einsatzgebiet, bei dem die anderen Trupps schon auf uns warten.

DAS GEISTERDORF

Die Stadt verschwindet in der Dunkelheit, die in der Zwischenzeit eingebrochen ist. Vor wenigen Minuten, als wir hier angekommen sind an der Autobahnauffahrt, war es noch hell, aber die Dunkelheit kommt von Tag zu Tag früher und es wird immer schneller dunkel.

Der Truck setzt sich in Bewegung. Wir fahren durch die Dunkelheit unserem Ziel entgegen an die Front. Über uns hören wir im Minutentakt Kampfjets, Bomber und vereinzelte Raketen fliegen. Wir fahren die ganze Nacht bis ins Morgengrauen hinein. Ich werde wach, als wir plötzlich anhalten und das gleichmäßige Brummen des Motors verstummt. Ali steigt aus, schlägt auf die Außenseite des Trucks und ruft laut: »Wir sind da, ihre Schlafmützen. Aufstehen.« Ich strecke mich und reibe mir mit den Händen die Augen. Ich schaue verschlafen aus dem Truck hinaus auf ein kleines Dorf. Etwas stimmt nicht. Es liegt Schnee? Ich stelle entsetzt fest, dass es über Nacht geschneit hat. Die Umgebung ist mit einem leichten Schneebezug überzogen, wie eine Waffel mit Puderzucker. Es ist kalt, die Luft, die ich ausatme, wird sichtbar als Nebel. Der Rest der Truppe steigt ebenfalls in die weiße Umgebung aus dem Truck aus. Wir stehen an der Einfahrt zu einem kleinen Dorf. Das Dorf sieht mit dem weißen Überzug wie das Weihnachtswunderland aus, nur ohne die ganzen blinkenden Lichter. »Wo sind wir hier?«, fragt Alex Ali. »Felstal. Kannst du auch auf dem Ortsschild lesen, das dort hängt«, erklärt Ali uns nett und zeigt auf das Ortseingangsschild, das zwanzig Meter entfernt von uns steht. »Wo sind die anderen?«, fragt nun Paul Ali. Ali zuckt mit seinen Schultern und sagt: »Woher soll ich das denn wissen? Vermutlich sind sie in einem der Häuser am Schlafen und es ist kalt, falls euch das bisher nicht aufgefallen ist.« »Na gut«, sagt Paul und schnappt sich seine Sachen von der Ladefläche. Ali gibt uns ein Handzeichen, dass wir alles von der Ladefläche nehmen sollen, was darauf liegt, dann in das Dorf gehen sollen zu den anderen, die auf uns hier warten. Wir schnappen unsere Waffen, unsere Munitionsvorräte und zwei Maschinengewehre von der Ladefläche und stiefeln durch den schuhsohlenhohen Schnee in Richtung Dorfmitte. Jeder hat die Hände voll mit verschiedenen Sachen. Ich trage einen großen Teil der Wasservorräte mit mir rum.

Unser Plan ist es, die Sachen bis zum Marktplatz zu schaffen und uns von dort aus einen Überblick zu verschaffen. Wir haben keine Ahnung, wo die anderen Trupps sind, was als Nächstes passieren soll oder was uns erwartet. Wir schleppen die Ausrüstung durch das alte Fachwerkhäuserdorf, welches bis zu den Schienbeinen im Schnee versunken ist. Schritt für Schritt kommen wir dem Dorfmarktplatz in der Mitte des Dorfes immer näher. Diese idyllische ruhige Lage wird aus dem Nichts von einem ekelhaften Gestank, der in die Nase kriecht, gestört. »Riecht ihr das?«, frage ich. Nach einigen Sekunden in denen sich alle kurz die Zeit nehmen, die Umgebung zu erschnüffeln, antwortet Tim: »Es riecht nach vergammeltem Fleisch.« Die meisten stimmen ihm leise zu. Trotz des ekelhaften Gestanks in der Nase gehen wir weiter in Richtung Dorfmitte. Der Gestank wird mit jedem Schritt widerlicher und ätzender in der Nase. Ich würde, wie alle anderen, am liebsten einfach umdrehen und von hier wieder verschwinden, aber der andere Trupp wartet auf uns. Wir biegen um die letzte Kurve, die zur Dorfmitte führt, aber ich kann meinen Augen kaum trauen und bleibe wie angewurzelt stehen. Mir wird übel. Ich muss mich zusammenreißen, nicht sofort zu kotzen. So übel ist mir. In der Mitte des Dorfes, wo normalerweise ein Marktplatz war, ist nur ein großer, tiefer und noch warmer Krater von einem Bombeneinschlag. Zumindest wissen wir auch, wonach es riecht, es riecht nach verbrannten Leichen. Die Bombe hat die anderen Trupps erwischt, die hier auf uns gewartet haben. Eine Leiche, die nicht sofort von der Bombe getroffen und in tausend Einzelteile zerfetzt worden ist, liegt genau vor meinen Füßen auf der Straße. In der Hoffnung, dass der Soldat noch lebt, bücke ich mich zu ihm hinunter, drehe seinen Kopf zu mir, aber als ich sein Gesicht sehe, wird mir so schlecht, dass ich kotzen muss. Der Soldat muss mit dem Gesicht mehrere Meter über den Asphalt der Straße gerutscht sein, sein Gesicht ist abgerissen und ich kann seine Schädelknochen sehen. Ich übergebe mich an eine nahegelegene Hauswand. »Was machen wir jetzt bloß?«, fragt Joshua, der ebenfalls im Gesicht grün anläuft. »Wir suchen Unterschlupf in einem der Häuser, die etwas abseitsstehen. Ich will aus diesem Geruch rauskommen und dort überlegen wir weiter«, befehle ich meinem Trupp. Wir schleppen die Ausrüstung am Krater vorbei und gehen weiter durch das Dorf, bis der Geruch aus unseren Nasen verschwindet.

Wir bleiben neben einer kleinen Schule stehen. »Lasst uns hier in der Schule Unterschlupf suchen. Sie hat sogar einen kleinen Glockenturm, von dort können wir uns vielleicht einen kleinen Überblick verschaffen«, sage ich und wir gehen zur Tür der Schule. Die Tür ist verschlossen, aber mit vereinten Kräften bekommen wir sie aufgestoßen. Wir gehen den Schulflur entlang. »Das muss eine Grundschule sein«, bemerkt Finn, als wir dem Flur immer weiter in das Innere der Schule folgen. »Hier hängen überall kleine Bilder, die von Kindern gemalt sind, oder kleine Bastelsachen. Und an den Garderoben hängen überall noch Jacken und Turnbeutel, als würde aktuell Unterricht in den Klassenräumen stattfinden.« »Das ist gruselig«, sagt Tim. Es schaudert auch mir. »Als wären die Kinder einfach so verschwunden«, sagt Alex. Wir kommen an einer großen Tür an, die ebenfalls verschlossen ist. Mit Alex und Joshua stemmen sie sich gemeinsam gegen die Tür, bis sie nachgibt und sich öffnet. Wir stehen in der Aula der Schule. Am Ende der Aula befindet sich eine kleine Bühne mit einem Schild: »Felstaler Grundschule. Freude am Lernen.« »Was für ein Scheiß. Wer hat schon Freude am Lernen?«, stellt Luca lachend fest. »Hier bleiben wir jetzt erst einmal. Von hier können wir versuchen, uns weitere Informationen einzuholen. Wir teilen uns auf. Elias und Joshua, ihr baut hier unser Quartier auf. In der Schule gibt es bestimmt genügend Material, um hier eine gute Basis aufzubauen. Die anderen erkunden das Dorf nach Menschen, Nahrung und eventuellen Hinweisen, die unser weiteres Handeln beeinflussen könnten. Und du, Tim, du kletterst auf den Turm und schaust, ob du etwas von dort entdecken kannst.« »Jawohl!«, antworten sie mir und wir teilen uns auf, um das Dorf zu durchstreifen und abzusuchen.

Ich durchstreife das Dorf zusammen mit Finn. Die Schritte knirschen unter uns, wenn wir auf dem lose liegenden Schnee auftreten. Unser Atem wird durch den sich sofort bildenden Nebel sichtbar. Wir schauen durch die dutzenden Fenster der Häuser, hinter denen es wie ausgestorben wirkt. Keine Menschenseele hält sich hier auf, auch wenn es durch die Fenster so aussieht, als würden die Menschen nur kurz zum Einkaufen, zur Arbeit oder um ihr Kind von der Schule abzuholen, verschwunden sein. Hinter einem Fenster liegt eine Küche, in der die Pfannen mit gebratenen Eiern immer noch auf dem Herd stehen, als würde man nur kurz den Raum verlassen. Wir schlagen das Fenster ein, steigen durch das Fenster in die Küche ein. Wir öffnen den Kühlschrank und das Licht im Kühlschrank geht an. Anscheinend ist die Stromversorgung zum Teil hier immer noch in Ordnung. Im Kühlschrank liegt Obst, Gemüse, Wurst und Fleisch. »Die Leute müssen Hals über Kopf das alles hier verlassen haben«, sagt Finn leise, als könnten wir gehört werden. Wir gehen durch die Tür auf den Flur. Gehen den Flur entlang zum Wohnzimmer, die Fernbedienung liegt auf dem Tisch neben einem umgekippten Weinglas und der Wein liegt in einer Pfütze auf dem Tisch und tropft immer noch auf den Boden hinunter. Wir verlassen das Wohnzimmer und gehen die Treppe hinauf, die im Flur in die nächste Etage führt. Oben am Ende der Treppe stehen wir auf einem Flur mit weit geöffneten Türen. Wir gehen von Tür zu Tür. Die erste Tür ist das Schlafzimmer, auf dem Bett liegen Koffer. In den Koffern liegen Kleidungsstücke, die aus dem Schrank gerissen worden sind, aber nicht mitgenommen wurden. Wir gehen die Türen weiter, ins Badezimmer. In der Badewanne ist noch Wasser eingelassen, und ein halbgefrorenes Kinderhandtuch liegt vor der Badewanne. Die nächste Tür, durch die wir blicken, ist ein Kinderzimmer, auf der Türschwelle liegt ein Kuscheltier. Es muss in der Eile verloren worden sein. Finn hebt es auf, begutachtet es und sagt leise und mit Wehmut in der Stimme: »Das gleiche Kuscheltier hatte ich auch als Kind«, und drückt das Kuscheltier, das einen kleinen Pinguin darstellt, an seine Brust, als versuchte er, den Schmerz des Kindes, das den Pinguin verloren hat, nachzuempfinden. Finn nimmt seinen Rucksack von den Schultern, öffnet den Reißverschluss und steckt den Pinguin in seinen Rucksack. Ich schaue ihn an, er blickt zu mir hoch und sagt mit einem Lächeln: »Als Glücksbringer.« Finn setzt sich seinen Rucksack wieder auf und wir verschwinden durch das Fenster im Erdgeschoss in der Küche und gehen die kalte, verschneite Straße im Dorf weiter. Wir kommen an dutzenden Häusern vorbei, blicken in deren Fenster und plötzlich sagt Finn: »Haben wir Weihnachten demnächst oder war Halloween gerade erst?« »Hä, warum fragst du?«, erwidere ich verwundert. »Hier im Wohnzimmer, in das ich gerade schaue, steht eine bereits fertig geschmückte Weihnachtstanne neben einem großen Kürbis mit einer gruseligen Fratze«, antwortet mir Finn auf meine Verwunderung. Ich gehe zu ihm und blicke ebenfalls durch das Fenster. »Das ist komisch«, murmele ich verwundert und wir beide bleiben einige weitere Sekunden, durch das Fenster starrend, stehen. Wir wenden unsere Blicke erst wieder der Straße zu, als wir knirschende Schritte in unserer Nähe hören. Wir gehen hinter einem kleinen Gebüsch in Deckung, wobei ich gegen einige Äste komme und der sich obendrauf befindende Schnee auf uns herunterrieselt. Der Schnee rieselt in unsere Gesichter, wodurch das Gesicht von Finn durch die wenigen Sonnenstrahlen, welche sein Gesicht treffen, beginnt zu glitzern und zu funkeln. Kichernd schauen wir vorsichtig um den Busch herum, wer sich uns nähert.

Es ist Alex, der zusammen mit Paul um die Ecke am Ende der Straße auf unsere Straße trifft. Ich wische Finn den Schnee, der in seinem Gesicht glitzert aus seinem Gesicht und wir stehen hinter dem Busch auf. »Hey Alex, Paul, hier sind wir.« Ich winke den beiden zu, die sich leicht erschrecken, vermutlich weil sie auf sich selbst fokussiert sind. Sie scheinen ein intensives Gespräch zu führen und hitzig miteinander zu diskutieren. »Was ist los? Worüber diskutiert ihr?«, fragt Finn die beiden, als sie zu uns stoßen. »Ach nichts Wildes«, winkt Paul ab: »Nur über eine Serie, die wir beide geschaut haben, und welcher Charakter stärker ist, so 'n nerdiger Kram.« »Cool«, sage ich und wir beginnen unsere Runde durchs Dorf in Richtung der Schule zu Ende zu bringen. Wir tauschen uns auf dem Weg zur Schule aus, ob sie etwas Interessantes oder Merkwürdiges gesehen haben, aber es war nicht anders als bei uns. Nur leer stehende Häuser. Wir kommen an der Schule an, und erst jetzt bemerke ich, wie kalt mir eigentlich ist. Meine Nasenspitze fühle ich nicht und die letzten Meter gehe ich einige Schritte schneller, um so schnell wie möglich in die Schule zu gelangen, in der Hoffnung, dass es dort wärmer ist als hier draußen. Ich stoße die Tür zum Schuleingang auf und merke, dass es hier in der Schule einige Grad wärmer ist als draußen. Es ist immer noch kalt, aber merklich wärmer als draußen. Wir gehen durch den leeren Schulflur an den Klassenräumen vorbei, bei denen jetzt einige Türen aufstehen, die vorher geschlossen waren, was diesen Ort nicht weniger unheimlich macht.

Wir betreten die Aula, die sich enorm verändert hat. Als wir losgegangen sind, war die Aula einfach nur ein großer leerer Raum mit einer Bühne am Ende. Jetzt ähnelt die Aula einer Militärbasis. Links neben dem Eingang stehen nun rollbare Pinnwände, hinter denen sich abgeschirmte Schlafplätze befinden. Die Schlafplätze sind dünne, blaue Sportmatten mit braunen Lederecken, die auf dem Boden verteilt liegen. Auf der rechten Seite liegen unsere Maschinengewehre, unser Munitionsvorrat und unsere Granaten. Weiter hinten im Raum findet man unsere Einsatzzentrale mit einer Landkarte der Umgebung, die in einem der Klassenräume gefunden wurde. In der hinteren linken Ecke stehen ein paar Stühle und Tische, die für uns eigentlich zu klein sind, da sie für Grundschüler designt wurden. Es ist recht dunkel, weil der Strom durch den Bombenanschlag gekappt ist. Es sieht trotzdem sehr gemütlich aus und durch das Feuer, das in verschiedenen Stahlfässern brennt, woher die Fässer auch stammen, ist es hier in der Aula muckelig warm. Ich gehe zu Joshua und Elias und sage beeindruckt von ihrer Arbeit: »Wow, das habt ihr mega gut hinbekommen. Ihr habt ganze Arbeit geleistet.« »Natürlich«, sagt Elias selbstzufrieden. »Haben uns viel Mühe gegeben, es hier wohnlich zu gestalten«, fügt Joshua hinzu. »Und wir haben vieles in der Schule entdecken können«, sagt Elias wieder. »Was habt ihr denn entdecken können?«, fragt Alex und nimmt mir die Worte aus dem Mund. »Kommt, wir zeigen es euch«, sagt Joshua und wir vier folgen den beiden. Wir gehen hinter den beiden den Flur entlang, kurz vor dem Haupteingang, biegen wir links ab und gehen einen weiteren kurzen dunklen Flur entlang zu einer weiteren, sich am Ende befindenden Tür. Joshua und Elias öffnen die Tür und wir stehen in einer großen Sporthalle. Falsch gesagt, wir stehen in einer provisorisch eingerichteten Militärbasis. »Was zum Teufel?«, frage ich entgeistert. »Also hier haben die anderen auf uns gewartet?«, fragt Paul mit offenstehendem Mund. »Ja«, antwortet Elias trocken. »Hier haben wir noch viel mehr Ausrüstung, die wir zu uns holen könnten. Hier liegen Dutzende Maschinengewehre, Raketenwerfer, Mörser und viel, viel, viel mehr Ausrüstung. Das muss ein riesiger Trupp gewesen sein, der hier untergebracht worden ist«, erklärt uns Joshua. »Aber als ob sie alle auf dem Marktplatz waren, als die Bombe eingeschlagen ist«, wundert sich Finn. »Das wäre ein echt merkwürdiger Zufall«, fügt Alex hinzu. Wir durchqueren die provisorische Militärbasis und dann entdecke ich etwas, was mir ein kleines Lächeln auf mein Gesicht zaubert. »Seht ihr das?«, frage ich freudig. »Was meinst du?«, fragt Joshua. »Na das Funkgerät dort drüben.« Ich deute auf einen größeren Kasten, der auf einem runden Tisch recht mittig in der Turnhalle steht. »Vielleicht bekommen wir darüber Informationen.« Wir gehen zum Funkgerät hinüber, ich schalte es an. Es passiert nichts. Erst nach zehn Sekunden beginnt das Gerät leise zu summen, und plötzlich kommen aus dem Lautsprecher Stimmen.

DIE RETTUNGSMISSION

»Hallo? Hört mich jemand? Einheit Bravo, könnt ihr mich hören? Charlie? Delta? Kann mich irgendjemand von euch hören?« Erneute Funkstille. Wir schauen das Funkgerät stumpf an. Fast eine Minute starren wir das Funkgerät einfach nur an. Die Stimme beginnt erneut zu sprechen: »Hallo? Hört mich jemand? Einheit Bravo, könnt ihr mich hören? Charlie? Delta? Kann mich irgendjemand von euch hören?« Dieses Mal greife ich entschlossen das Funkgerät und antworte: »Hallo? Wer spricht da?« »Gott sei Dank, endlich antwortet wer.« »Wer spricht da?«, frage ich erneut. Die Stimme antwortet: »Viktor, wir wurden von unserem Trupp getrennt. Es gab einen heftigen Bombeneinschlag in der Nähe unserer Position. Wir sind unter Trümmern begraben.« »Wo genau ist eure letzte Position gewesen?«, frage ich durchs Funkgerät. »Wir sind in einem kleinen Dorf, Steintal oder so ähnlich. Dort ist vor einem Tag eine Bombe eingeschlagen und wir wurden unter den Trümmern in der Nähe der Dorfmitte verschüttet.« »Kann das Dorf auch Felstal heißen?«, frage ich energisch. »Ja, kann gut sein.« Mein Herz pocht. Ich sage zu Alex, Finn, Joshua, Elias und Paul: »Ruft die anderen zusammen, wir treffen uns am Marktplatz. Wir befreien den anderen Trupp.« Die vier verlassen zügig die Sporthalle und ich frage Viktor weiter Fragen, die uns helfen können, ihn und seinen Trupp zu befreien. »Weißt du ungefähr, wo ihr verschüttet wurdet, kannst du etwas entdecken? Irgendeine Farbe oder Hausnummer, irgendeinen Hinweis, der es erleichtert, euch zu bergen?« »Hier ist viel grüne Farbe. Mehr kann ich aber nicht erkennen, ich hoffe, es hilft euch.« »Ich hoffe auch.«

Ich lege das Funkgerät aus meiner Hand und eile den anderen hinterher zum Marktplatz in der Mitte des Dorfes.

Am Bombenkrater in der Mitte des Dorfes am ehemaligen Marktplatz, wo es immer noch stinkt, angekommen stoße ich auf den Rest des Trupps. Einer fehlt, was mir sofort auffällt. »Tim ist nicht auffindbar«, sagt Joshua, als ich ihnen näher komme. »Wie, er ist nicht auffindbar?«, frage ich Joshua. »Ja, keiner hat ihn gesehen«, erwidert Joshua und Jonas fügt hinzu: »Mit wem war Tim unterwegs?« »Mit niemandem!«, sage ich. »Wieso ist Tim alleine unterwegs?«, fragt Paul.

»Weil er sich im Turm der Schule einen Überblick verschaffen soll!«, sage ich gereizt. »Hat ihm niemand Bescheid gegeben?«, frage ich, wütend werdend. Alle schütteln mit den Köpfen. »Na ja, dann ist das jetzt erst einmal so. Zu den verschütteten Soldaten. Es sollen grüne Wände zu sehen sein.« Wir lassen den Blick über den Krater wandern und halten Ausschau nach einem grünen Haus oder zumindest grünen Wänden. »Das Haus da drüben, das hatte anscheinend grüne Wände«, ruft Paul aufgeregt. Das Haus liegt auf der anderen Seite des Bombenkraters. Wir laufen durch den Krater hindurch auf die andere Seite. Die Häuserfront ist komplett eingestürzt, nur noch die Seiten des Hauses stehen zu kleinen Teilen.

Wir beginnen, die ersten Brocken zur Seite zu schieben, wir arbeiten uns vom Krater aus in Richtung des Hauses vor. Die Brocken lassen wir alle in den Krater rutschen, das ist die einfachste Methode aus unserer Sicht, die schweren Teile an die Seite zu bekommen. Die ganze Sache ist aber nicht ganz ungefährlich, wir müssen zu jeder Sekunde aufmerksam sein, dass wir nicht mit den Füßen in eins der Löcher hineinrutschen oder weiter höher liegender Schutt auf uns hinunterfällt. Immer wieder kommt es vor, dass wir auf Stellen treten, die unter uns plötzlich nachgeben. Etlicher Schutt liegt im Krater und die Sonne hinterlässt ihre letzten Sonnenstrahlen, als wir endlich leise Stimmen wahrnehmen können. Die ersten Lebenszeichen. »Hört ihr uns?«, ruft Alex in den Haufen von Schutt und erhält eine stumpfe, unverständliche Antwort. »Hier müssen wir weitermachen, hier liegt einer«, ruft Alex uns zu. Wir eilen sofort zu Alex hinüber und räumen an der Stelle den Schutt beiseite. Nach einer Viertelstunde sehen wir eine Hand, dann ein Gesicht und am Ende den ganzen Körper. Die erste Person ist gerettet. Der Soldat ist von oben bis unten verstaubt, er zittert am ganzen Körper und benötigt dringend Verpflegung. »Paul, bring ihn zur Basis, gib ihm etwas Verpflegung und komm dann wieder zurück. Ach, und denk bitte daran, Tim mitzubringen, der in der Schule auf dem Turm sitzt. Hast du verstanden?« »Jawohl!«, antwortet Paul mir und bringt den Soldaten stützend zur Schule, während wir das Geröll des eingestürzten Hauses weiter zur Seite schieben. Nur wenige Minuten später ruft Joshua: »Hier ist jemand!« Sofort beginnen wir bei Joshua zu graben, der nächste Soldat ist gerettet, er atmet nur schwer und kann sich nicht selbst auf den Beinen halten, weshalb ihn Finn und Elias gemeinsam in Richtung Schule tragen. Tim und Paul kommen in Sekunden, nachdem Finn und Elias den zweiten Soldaten weggetragen haben, und wir graben weiter. Der dritte Soldat kann nur wenige Minuten später aus den Trümmern geborgen werden und wird zur Schule geführt, mit ihm steigt immer mehr die Stimmung und die Hoffnung, möglichst viele retten zu können, aber die Hoffnung, alle lebend retten zu können, wird bereits beim vierten Soldaten, den wir finden, zunichtegemacht. Für ihn kommt jede Hilfe zu spät. Das gibt der Stimmung und der Hoffnung einen Dämpfer, aber wir machen weiter. Der Berg mit Geröll und Schutt, der in den Krater geschoben wird, wird immer größer, aber der Haufen, den wir abtragen, wird gefühlt nicht kleiner. Der fünfte Soldat ist ebenfalls tot und der sechste auch. Die Hoffnung wird immer kleiner und kleiner, mit jeder Minute, mit jedem toten Soldaten, den wir aus dem Haufen holen, aber wir geben nicht auf. Noch geben wir nicht auf. Die Sonne ist nun ganz verschwunden, die einzige Lichtquelle ist der Mond. Zu unserem Glück ist der Mond besonders hell, als würde er uns sagen, er glaubt an uns und gibt uns deshalb dieses Licht, damit wir weitermachen können. Und nach einer weiteren halben Stunde endlich der nächste Soldat, den wir lebendig aus dem Trümmerhaufen ziehen können. Es folgen ihm drei weitere in kurzer Zeit, die wir befreien können, aber dann schiebt sich eine dicke schwarze Wolke vor den Mond und es wird stockfinster. »Ich glaube, wir müssen nun endgültig aufhören. Es ist zu dunkel, um hier weitermachen zu können«, sage ich entrüstet. »Warte!«, ruft Tim. »Was ist?«, fragt Alex. »Fresse! Ich höre etwas«, antwortet Tim ihm und legt dabei seinen Zeigefinger auf seine Lippen. Alle werden mucksmäuschenstill. Wir hören auf zu atmen, um keinen Ton von uns zu geben. »Hier unter diesem fetten Brocken liegt jemand«, sagt nach einigen Sekunden Tim. »Den bekommen wir aber niemals bewegt«, bemerkt Jonas an. Elias grübelt kurz und sagt dann: »Vielleicht ja, mit Physik.« »Und wie?«, frage ich ihn. »Mit einem Hebel«, antwortet er und erklärt weiter: »Dort drüben liegt langes dickes Holz. Dann brauchen wir nur noch dicke Steine, welche wir unter das Holz legen, und dann hebeln wir den Stein in Richtung des Kraters. So weit alles klar?« Wir schauen ihn verwirrt an, wie ich damals schon meinen Physiklehrer. »Na worauf warten wir?«, fragt er uns, wir machen uns an die Arbeit, die Sachen ranzuschleppen, die Elias braucht. Elias sagt uns, wo was hinsoll und wir richten uns nach ihm. In der Zwischenzeit beginnt es unpassenderweise zu schneien. Die Trümmer, auf denen wir uns bewegen, werden rutschiger, was die Angelegenheit immer gefährlicher macht, und wir können uns nur noch langsam auf dem Haufen bewegen. Die Hebel sind bereit. Auf drei werfen wir uns alle an die Enden der langen Hölzer, es klappt, der fette Brocken hebt sich leicht und beginnt sich einige Zentimeter in Richtung Krater zu bewegen, aber rutscht von den Hölzern und bleibt auf den Trümmern liegen. Wir fluchen, aber beginnen erneut, die Hölzer unter den Brocken zu schieben, legen die Steine ein wenig nach vorn und beginnen erneut. Wieder hebt sich der fette Brocken und rutscht einige Zentimeter nach vorn, aber wieder nicht genug. Das ganze Spiel beginnt ein drittes Mal und ein viertes Mal, nach dem fünften Ansatz rutscht der fette Brocken endlich weit genug, sodass wir den Soldaten befreien können. Ich reiche dem Soldaten meine Hand, er greift zu und ich ziehe ihn aus den Trümmern. Der Soldat schaut mich an, beginnt zu lachen und umarmt mich. »Ihr seid es? Das ist ein Zeichen. Das kann doch nicht wahr sein«, jubelt er. Erst jetzt beginnt sich bei mir ein Bild zusammenzusetzen, ich umarme ihn ebenfalls herzlich. Sein Gesicht, seine Stimme und sein Name, es ergibt alles einen Sinn. Ich lasse ihn los und wir stehen voreinander. »Viktor, du lebst!«, rufe ich laut und erst jetzt erkennen ihn auch die anderen. Es ist ein Wiedersehen, das ich mir anders erhofft habe, aber so spielt das Leben. Es gibt eine Gruppenumarmung.

Wir gehen zurück zur Schule. »Was ist hier vorgefallen? Wo ist der Rest der großen Armee, die auf uns warten sollte?«, frage ich ihn. »Ihr seid zu spät gewesen, wir konnten nicht länger warten. Unsere Position ist aufgeflogen und so sind wir in die nächsten Dörfer vorgerückt. Die ersten Dörfer konnten wir einfach ohne Gegenwehr erobern, aber nach dem dritten oder vierten Dorf war Schluss damit. Da haben die Feinde gewartet und uns in eine Falle gelockt.« Er schaut traurig auf den Boden. »Wir sind aus dem Dorf hinausmarschiert, als aus dem Nichts plötzlich Maschinengewehrschüsse die ersten Reihen niedermähten. Wir sind natürlich in Deckung gegangen und haben uns in das Dorf zurückgezogen. Die Panzer sind weiter vorgerückt. Es entwickelte sich zu einer riesigen Schlacht. Als Drohnen und die Artillerie auf uns feuerten, war die letzte Option der Rückzug. Wir sind durch die Dörfer gerannt, aber die Artillerie schlug ohne Erbarmen neben uns ein. Wir … wir haben so viele Leute verloren. Es waren nur noch eine Handvoll Männer übrig, als wir hier im Dorf wieder ankamen.« Viktor atmet tief durch, bevor er weiter Bericht erstattet: »Auf dem Marktplatz stand eine Luftabwehr, wir haben versucht, die Drohnen damit abzuschießen, es gelang uns, eine oder zwei damit vom Himmel zu holen, aber wir hatten keine Ahnung, dass noch so viel mehr auf uns wartete. Nachdem wir die Drohnen abgeschossen hatten, wurde es ruhiger und wir dachten, wir hätten es geschafft zu entkommen. Wir haben uns entschieden, vorerst nicht zurück zur Schule zu gehen. Wir haben uns hier im Haus verschanzt. Mitten in der Nacht hörten wir plötzlich einen Helikopter. Ein paar von uns dachten, das wärt ihr, unsere Verstärkung. Sie sind aus dem Haus gelaufen. Sie haben dem Helikopter zugewunken und dann zischte die Rakete auf sie ein. Das Haus stürzte ein und wir wurden unter den Trümmern begraben. Ich habe ununterbrochen gefunkt, die ganze Nacht, den ganzen Tag, bis du mir geantwortet hast. Ich dachte, ich müsste dort sterben. Aber ihr habt uns gerettet.« Viktor läuft bei den letzten Worten eine Träne des Glückes über sein Staubgesicht.

WAS NUN?

An der Schule angekommen, holen wir weitere Matratzen aus der Sporthalle, so dass alle genügend Platz zum Schlafen haben. Wir legen uns nach dem anstrengenden Tag endlich schlafen. Nach wenigen Minuten höre ich rings um mich die Leute schnarchen. Ich kann wiederum nicht einschlafen. Bin hundemüde, kann meine Augen kaum aufhalten, aber mein Gehirn ist zu aktiv. Also stehe ich auf, wandere verloren durch die Schule, bis ich schlussendlich auf den Glockenturm der Schule klettere. Hoffentlich wirkt die Aussicht von dort oben auf mein Gehirn beruhigend, dass ich endlich schlafen kann. Ich setze mich auf einen Stuhl, der vermutlich von Tim heute da hochgebracht wurde. Hier oben ist es kalt. Zum Glück habe ich mir eine Decke mitgenommen, in die ich mich jetzt einmummele. Mein Blick wandert über das verschneite Dorf, das still vor mir liegt. Die Nacht ist ruhig und mir fallen endlich die Augen zu.

Ein heller Lichtstrahl und ein lauter Knall lassen mich aus meinem Schlaf aufschrecken. Einige Sekunden brauche ich, bis ich schnalle, was vorgefallen ist. Ich sprinte vom Glockenturm hinunter zu den anderen, die ebenfalls wach sind. »Was war das?«, fragt Paul verschlafen. »Eine Bombe ist kurz hinter dem Dorf eingeschlagen«, schreie ich fast schon in den Raum hinein und sofort sind alle hellwach. Mein Blut kocht vor Adrenalin. »Was machen wir jetzt?«, ruft jemand fragend in den Raum. »Verstecken wir uns?«, ruft ein anderer hinein. Es entsteht eine Diskussion, was wir jetzt machen sollten. Verstecken, abhauen, angreifen und ganz andere wilde Sachen werden in den Raum gebrüllt. Nach einigen Augenblicken, in denen ich mich selbst sammele, verschaffe ich mir Gehör: »Zunächst bewahren wir Ruhe! Und brüllen nicht alle wild durcheinander. Zweitens, was wollen wir angreifen? Die Raketen? Wir wissen nicht, von wo sie abgefeuert werden. Weglaufen? Wohin? Wir sollten versuchen, uns hier zu verbergen. Wir wissen nicht, ob sie über uns Bescheid wissen. Sonst hätten sie bestimmt schon angegriffen, ohne uns mit der Bombe aufzuschrecken. Wir löschen die Feuer und verbarrikadieren die Tür. Wenn die Sonne aufgegangen ist, schauen wir weiter.« Wir löschen die Feuer in den Tonnen und verbarrikadieren die Tür und die Fenster. Wir verziehen uns in eine dunkle Ecke und verbringen dort kauernd die restliche Nacht.

Es ist eine lange Nacht. Die ganze Zeit hören wir Bomben, die sich aber mit der Zeit immer weiter entfernen. Wir können Flugzeuge, Jets und Helikopter über uns fliegen hören. Zum Schluss hören wir, wie Panzer, Fahrzeuge und marschierende Soldaten an uns vorbeiziehen. Wir sitzen ängstlich, eingeschüchtert, wie die Tiere, in einer dunklen Ecke und warten, bis alles endlich vorbei ist. Bis die Dunkelheit weicht und das Licht wieder scheint. Ich komme mir vor wie ein kleines Kind, das Angst vor einem Gewitter hat.

Die ersten Lichtstrahlen brechen durch die verbarrikadierten Fenster hinein und wir zwängen uns aus der engen Ecke hinaus. Es ist eiskalt, unser Atem dampft vor unseren Gesichtern. Trotzdem trauen wir uns nicht die Feuerfässer wieder anzuzünden. Vorsichtig schieben wir die Barrikaden vor den Fenstern und der Tür zur Seite und lassen die Sonnenstrahlen in die Aula strömen. Erst als wir uns sicher sind, entfachen wir die Feuer in den Fässern neu und nach wenigen Minuten vertreibt die Wärme die Kälte und wir tauen wieder ein wenig auf. »Was nun?«, fragt mich Alex, der hinter mir steht. Ich zucke mit den Schultern und würde es gerne ebenfalls fragen. »Vielleicht sollten wir versuchen, mit dem Funkgerät unsere Leute zu kontaktieren«, schlägt einer der geretteten Soldaten vor. »Das ist eine hervorragende Idee«, lobe ich ihn und gehe mit Alex gemeinsam zur Sporthalle, zum Funkgerät. Ich schalte das Funkgerät an und sage erst zögerlich: »Hallo, hört mich jemand?« Es meldet sich niemand. Ich wiederhole mich jetzt mutiger: »Hallo? Kann mich irgendwer hören? Hier ist der Trupp 32. Wir sind in Felstal. Wir brauchen Informationen.« Keine Antwort, nur Rauschen. Ich wiederhole mich. Wieder nur Rauschen. »Fuck!«, ich schlage die Arme über meinem Kopf zusammen. »Es wird alles gut«, versucht Alex mich zu beruhigen. »Was wird gut?« »Alles.« Ich gehe eine Runde nach der anderen in der Sporthalle. Ich probiere es noch ein weiteres Mal, nochmal und noch einmal. Immer nur Rauschen. »Was sollen wir nur machen? Was?« Ich weiß, dass Alex mir keine Antwort geben kann. Er packt mich an meinen Schultern, schaut mir direkt in die Augen mit einem Feuer, welches ich ewig nicht mehr bei ihm gesehen habe, und flüstert mir zu: »Liam, was hast du mir auf der Wiese vor dem Wald versprochen?« Ich nuschele in meinen nicht existenten Bart: »Wir überleben und du wirst dein Kind sehen.« »Was hast du gesagt? Ich habe dich nicht verstanden!«, brüllt er mich fast an. Und ich sage lauter: »Wir überleben und du wirst dein Kind sehen.« »Und genau das wirst du schaffen, ich glaube an dich. Dir ist bisher immer etwas eingefallen. Du wirst uns hier aus dem Dreck holen. Mit dir werden wir siegen.« Ich schnappe mir das Funkgerät und rufe hinein: »Trupp 32 hier, wir brauchen Informationen.« Wieder nur Rauschen. »Lass uns das Funkgerät auf den Glockenturm bringen«, schlägt Alex vor und ich bringe das Funkgerät zusammen mit Alex hoch auf den Glockenturm der Schule. Wir stellen das Funkgerät auf den Stuhl und ich rufe erneut ins Funkgerät: »Trupp 32 hier, brauchen dringend Informationen.« Rauschen. Ich lasse mich neben dem Funkgerät auf den kalten Boden sinken. »Das hat doch alles keinen Sinn«, stöhne ich hoffnungslos. Alex setzt sich neben mich und sagt: »Das glaube ich nicht«, und nimmt es jetzt selbst in die Hand, ruft die gleichen Worte wie ich, bekommt auch nur Rauschen zu hören. Wir bleiben eine ganze Weile nebeneinander sitzen, begleitet von dem Wind, der um den Glockenturm pfeift, und dem eintönigen Rauschen des Funkgerätes. Der Blick von mir streift über die Umgebung, es sieht friedlich aus. Ich kann von hier oben die Bombeneinschläge in unsere Umgebung sehen, wie sie allmählich von Schnee bedeckt werden und in der Vergangenheit verschwinden. »Es ist schön hier«, sage ich leise. Alex nickt, steht aber auf und sagt: »Ich werde den anderen von unserem Misserfolg berichten, mir ist es hier oben zu kalt.« Ich nicke und schaue ihm hinterher, wie er die Stufen vom Glockenturm hinuntersteigt. Ich sitze nun alleine. Die Decke von heute Nacht liegt unterhalb des Funkgerätes. Ich hebe das Funkgerät an, spreche hoffnungslos meinen Text ein und schnappe mir meine Decke, um mich darin einzumummeln. Das Funkgerät stelle ich zurück auf den Stuhl und meinen Blick lasse ich über die Umgebung streifen. Es schneit immer noch.

Was soll ich nur machen? Was sollen wir tun? Ist das hier das Ende? Sind wir hier sicher oder könnten wir jeden Augenblick von der Landkarte verschwinden? Hier ist es schön. Vielleicht wäre hier der perfekte Ort, um dem Krieg zu entkommen. Wir sollten hier bleiben. Weiß jemand, dass wir hier sind?

So viele Fragen schießen durch meinen Kopf, ich will sie mir beantworten, aber mit welchen Antworten? Mich tippt ein Finger von hinten an und fragt leise: »Darf ich auch etwas von deiner Decke abhaben?«, fragt Finn mit leiser Stimme. Ich entmummele mich aus der Decke und lasse Finn mit unter die Decke schlüpfen. Wir sitzen nebeneinander kuschelnd unter der gleichen Decke und betrachten die weiß gepuderte, friedlich ausschauende und ruhige Gegend. Keiner sagt ein Wort. Wir sitzen einfach nur dort.

WAS MACHEN WIR HIER?

»Willst du etwas Lustiges hören?«, durchbricht Finn die Stille. Ich schaue ihn neugierig an. »Mir wurde bei der Unterschrift gesagt, dass ich vermutlich gar nicht in den Krieg gehen müsste, weil der Krieg schon vorbei sein würde. Vor unserer Abfahrt sagte man mir, ich wäre vor Weihnachten wieder zu Hause, weil der Krieg vorbei wäre«, er lächelt süß, ich erwidere das Lächeln, sage aber nichts. Ich wende meinen Blick wieder der Umgebung zu, merke aber, dass er seinen Blick jedoch nicht von meinem Gesicht abwendet. Plötzlich spüre ich seine Lippen auf meiner Wange und mir wird im ganzen Körper warm. Ich habe das Gefühl, dass der Schnee in unserer Umgebung schmilzt. Ich versuche weiterhin, mit dem starren Blick in die Umgebung zu starren, aber ich beginne breit zu grinsen. Das bleibt Finn nicht verborgen, was ihn veranlasst, mir ein zweites Küsschen auf die Wange zu geben. Es ist ein tolles Gefühl, aber ist es richtig? Wieso fühlt es sich so gut, so richtig an, aber zugleich so verdammt falsch? Wir sind in einem Krieg!

»Versuch es bitte noch einmal, Liam«, sagt Finn und ich verstehe erst nicht, was er damit meint. Schaue ihn dumm an und er deutet mit seiner roten Nase auf das Funkgerät, das neben uns rauscht. Ich ziehe meine Hände langsam unter der warmen Decke weg, um das kalte Funkgerät zu betätigen. »Kann uns irgendjemand hören? Hier ist Trupp 32, wir brauchen dringend Hilfe.« Es rauscht. Ich stelle das Funkgerät, nach enttäuschenden zehn Sekunden Warten, zurück an den Stuhl und will meine erkalteten Hände wieder zurück unter die Decke schieben, als plötzlich, wie der Erwarten, eine Stimme aus dem Funkgerät ertönt. »Hallo, Trupp 32? Wir dachten, ihr seid tot. Schön, dass das nicht so ist.« »Wieso dachtet ihr, wir wären tot?«, frage ich verblüfft in das Funkgerät. »Wir haben seit gestern keinen Funkkontakt mehr gehabt. Ali hatte uns zuletzt von eurer Absetzung am Ziel berichtet, aber seither kein Lebenszeichen mehr von euch vernommen. Und von der Einheit, die schon seit Tagen dort auf euch wartet, haben wir ebenfalls nichts mehr mitbekommen, seit sie aufgebrochen sind«, erklärt uns die Stimme. »Von der Einheit werdet ihr nichts mehr mitbekommen, sie sind zum größten Teil«, ich stocke, »zum größten Teil tot. Gibt es Neuigkeiten, die wir wissen sollten?«

»Die gibt es, die gibt es. Was bedeutet größtenteils? Na ja, das kommt später, erst einmal die wichtigsten Neuigkeiten für euch. Ihr seid fucked, die komplette Umgebung wurde in der letzten Nacht verloren, wir haben alle Stellungen in einem Umkreis von zwanzig Kilometern von eurer Position verloren.« Finn und mir bleibt ein fetter Kloß im Hals stecken. »Bedeutet so viel wie, wir müssen selbst versuchen hier zu überleben?«, frage ich die Stimme am anderen Ende. »Ja, das könnte man so sagen. Wir können euch nicht versprechen, dass wir es schaffen, euch dort herauszuholen. Dafür haben wir in der letzten Nacht zu viele Männer und Ausrüstung verloren. Ich wünsche euch viel Erfolg, bleibt am Leben. Ich will euch nicht wieder von unserer Liste streichen. Es gibt bestimmt eine Möglichkeit, heile wieder zurückzukommen.« Damit beginnt das Rauschen am Funkgerät erneut und auf erneutes Hineinrufen reagiert nur das ununterbrochene Rauschen. Ich schaue Finn fassungslos, hilflos, hoffnungslos an und frage mich, ob das gerade echt oder nur eine Einbildung war, aber Finn hat alles mitbekommen und schaut mich mit dem gleichen Gesichtsausdruck an. Wir müssen die Worte sacken lassen und gehen danach hinunter zum Rest. In der warmen Aula angekommen, schauen uns alle erwartungsvoll an. »Habt ihr eventuell doch noch Kontakt aufbauen können?«, fragt Paul und ich nicke. »Und was sagen sie?«, fragt Tim. Ich gehe durch die ganze Aula, bis vorn zur Bühne, setze mich auf die Kante der Bühne und fordere sie auf, näher zu kommen. Alle stehen in meiner Nähe und ich beginne leise zu sprechen: »Wir sind fucked! Wir müssen alleine klarkommen. Im Umkreis von zwanzig Kilometern wurde alles verloren in der letzten Nacht. Sie haben keinerlei Ressourcen, um uns hier herauszuholen. Wir sitzen wie eine Maus in der Falle. Wir müssen unser Glück in unsere eigene Hand nehmen und versuchen zu überleben.« Panik steigt bei meinen Kameraden an, sie werden unruhig. »Aber ich habe womöglich einen Plan, wir müssen uns nur darauf vorbereiten«, sage ich selbstsicher klingend, ohne überhaupt einen Plan zu haben, einfach nur um meine Kameraden zu beruhigen. »Und wie sieht dein Plan aus?«, fragt Joshua in die Runde. Fuck! Darauf bin ich dummerweise nicht vorbereitet. Warum sage ich überhaupt, dass ich einen Plan habe, wenn ich gar keinen Plan habe? Was sage ich denn nur?

Ich fange zögerlich an, meinen nicht existenten Plan zu erklären: »Wir bleiben zunächst erst einmal einige Tage hier. Falls es doch eine Rettungsmission geben sollte. Dafür holen wir aus den im Dorf liegenden Häusern alles an Lebensmitteln, was wir finden können. Holz, um das Feuer am Leben zu halten. Ich versuche, weitere

Informationen über die Aufenthaltsorte unserer Feinde zu bekommen, um ihnen nicht in die Arme zu laufen.« »Das hört sich okay an«, sagt Finn. Die anderen nicken ihm zu.

Puh, Glück gehabt, das verschafft uns Zeit, einen richtigen Fluchtplan zu überlegen.

Ich gehe an den groß aufgebauten Tisch im rechten Teil des Raumes, um die Karte der Umgebung zu begutachten. Alex und Joshua kommen dazu und begutachten ebenfalls die Karte. »Wir sind hier«, sage ich und deute mit meinem Finger auf das Dorf auf der Landkarte. »Von dort sind wir gekommen, dort haben wir die neuen Ränge verpasst bekommen«, fügt Joshua hinzu und deutet auf eine Großstadt in knapp 500 Kilometer Entfernung. »Woher weißt du das?«, fragt Alex. »Habe das Ortsschild gelesen beim Marschieren«, erklärt Joshua. »Dann ist das schon mal geklärt, wo wir hinmüssen und wo wir besser nicht hingehen«, sage ich. »Ich hole dir mal Stifte, die in den Klassenzimmern herumliegen«, sagt Joshua und geht Stifte holen. »Wofür brauchst du Stifte?«, fragt Alex. »Das ist ein kluger Gedanke von ihm. Mit den Stiften können wir einsehen, wo Feinde sind, wo unsere Leute sind, und unseren Weg können wir so markieren«, erkläre ich Alex und er versteht. Joshua kommt mit einem pinkfarbigen Prinzessinnen-Etui wieder. »Hast du dein Etui aus der Schulzeit wiedergefunden?«, witzelt Alex, als er das Etui sieht, welches Joshua in seiner Hand hält. »Haha, du Witzbold«, erwidert Joshua. »Gib mir bitte mal die Stifte damit wir anfangen können.« Wir zeichnen die Frontlinien ein, die wir nur vermuten können. Die umliegenden Dörfer sind alle nur einige wenige Kilometer entfernt, aber trotzdem ist es nicht klug, von Dorf zu Dorf zu laufen. Wir können nicht wissen, wo die feindlichen Einheiten warten, kämpfen oder sich auf die nächste Offensive vorbereiten. Wir zeichnen mehrere Linien auf der Karte ein, denen wir folgen könnten. Die erste Linie führt uns westlich aus dem Dorf gerade über die Straßen zum nächsten Dorf und von dort immer gerade von Dorf zu Dorf und wäre der kürzeste Weg zurück, gleichzeitig aber auch der gefährlichste Weg. Den zweiten Weg, den wir einzeichnen, führt nördlich aus dem Dorf hinaus. Der Weg führt durch weniger Dörfer, mehr über Felder und vereinzelte Häuser. Da könnten wir vermutlich nicht in irgendwelchen Dörfern auf Einheiten treffen. Dafür wären wir die meiste Zeit auf den offenen Feldern unterwegs, was ebenfalls gefährlich ist. Der dritte Weg führt uns zunächst erst östlich und dann durch einen Wald und bergiges Gelände nach Südwesten. Auch wenn wir zunächst in die Hände der Feinde rennen würden, gäbe uns der Wald mit seinem bergigen Gelände einen natürlichen

Sichtschutz vor den Feinden. Das wäre der von mir präferierte Weg. Aber ohne die Informationen will ich mich trotzdem nicht auf den Weg machen und wir haben uns geeinigt, hier noch mindestens zwei Tage auf eine mögliche Rettungsmission zu warten. In der Hoffnung, dass alles gut ausgehen wird.

Ich setze mich neben den Stuhl, auf dem das Funkgerät steht, auf den Boden. Ich mummele mich wieder in die Decke ein. Ich richte den Blick nach unten ins Dorf. Ich versuche unsere Leute zu entdecken, aber das Einzige, was ich sehe, sind die andauernd über uns jagenden Jets, Bomber und Helikopter. Jedes Mal wenn einer über uns darüberjagt, schließe ich meine Augen und hoffe, dass sie uns nicht entdecken. Ich sitze den ganzen Tag oben auf dem Glockenturm, als es dämmert, gesellt sich Finn zu mir unter die Decke, genau wie heute Morgen. Wir schauen der untergehenden Sonne hinterher, ohne ein Wort zu wechseln. Wir haben uns nichts zu sagen und genießen einfach nur die Nähe des anderen. Am liebsten sollte dieser Augenblick niemals enden.

Es kommt, wie es kommen musste, das monotone Rauschen des Funkgerätes wird unterbrochen: »Trupp 32, seid ihr noch am Leben?«, ich antworte: »Ja, wir leben noch. Gibt es Neuigkeiten?« »Ja, die gibt es«, die Stimme am Funkgerät gibt mir die ungefähren Koordinaten der feindlichen Einheiten bekannt, die sich in unserer Nähe befinden. Fügt aber hinzu, dass sie sich schon wieder wegbewegt haben könnten. Ich bedanke mich bei ihm und will mich auf den Weg machen, die Informationen auf unsere Karte zu übertragen, aber die Stimme am Funkgerät hat weitere Informationen für uns: »Ich will euch nicht verunsichern, aber die Front bewegt sich konstant von euch weg. Ihr solltet auf keine Rettungsmission mehr hoffen. Wir sind dabei, immer mehr Land zu verlieren.« »Okay« ist das Einzige, was mir einfällt, und ich lege das Funkgerät wieder zurück auf den Stuhl. Im Weggehen hören wir noch durch das Funkgerät: »Ich melde mich Morgen früh das nächste Mal, ich hoffe, ihr überlebt die Nacht. Viel Glück!«

In der Aula angekommen, trage ich die neuesten Informationen auf der Karte ein. Erst jetzt merke ich, dass ich den ganzen Tag nichts gegessen habe. Ich gehe zu Paul, der die Aufgabe hat, sich um die Essensvorräte zu kümmern, und frage ihn nach meiner Essensration. Von Paul bekomme ich eine Schale voll mit einem lecker riechenden Eintopf und dazu reicht er mir eine Mettwurst, die in einem der Häuser gefunden wurde. Dankend nehme ich das Essen und setze mich an einen der im Raum aufgebauten Tische und beginne meinen Eintopf mit Mettwurst zu essen. Nach dem Essen bringe ich die Schale zurück und setze mich an die Karte und starre minutenlang einfach darauf. »Was schaust du?«, fragt mich Tim von hinten, ich schrecke hoch und sage: »Ich studiere die Wege.« »Warum studierst du die Wege, ich glaube, der Weg wird dir vorgegeben, du wirst wissen, wann wir auf dem richtigen Weg sind«, sagt Tim. »Wie meinst du das?«, frage ich ihn verwundert. »Gott hat dir bisher immer die Hilfe geschickt, die du brauchst, das wird er auch dieses Mal machen, das glaube ich«, erklärt Tim. Mir fällt nichts Besseres ein als »Ähm, okay, das hoffe ich auch« zu antworten. Tim geht weiter und lässt mich wieder alleine vor der Karte stehen, in der sich mir kein neuer, sicherer Weg aufzeigt. »Gott, zeige mir doch den richtigen Weg und zeichne ihn mir auf der Karte ein«, nuschele ich vor mich hin. Es passiert nichts. »Na, tolle Hilfe bist du«, beschwere ich mich nuschelnd. Ich wende mich von der Karte ab und blicke in die Aula hinein. »Es wird Zeit, die Fenster zu verbarrikadieren und die Tür zu schließen«, rufe ich in den Raum hinein. Zwei Soldaten, die wir retten konnten, sagen: »Wir haben über den Tag etwas für die Fenster gebastelt, dann müssen wir nichts Improvisiertes mehr davorstellen.« Sie zeigen uns rechteckige Holzeinsetzer, die wir in die Fenster setzen können und es von außen unmöglich machen hineinzublicken, wodurch die Feuer in dieser Nacht anbleiben können. »Das ist wunderbar«, entgegnet Luca den beiden und wir setzen alle gemeinsam die Fenstereinsätze in die Fensterrahmen. Wir setzen uns zusammen um eine der Feuertonnen und es herrscht eine Lagerfeuer-Sommer-camp-Stimmung. Mitten im Winter, im Krieg. Wir erzählen uns Geschichten zum Gruseln, Lachen und ein wenig Romantik schwingt bei der einen oder anderen Geschichte mit. Es wird immer später und die Ersten gehen in die Schlafecke. Am Schluss sitzen nur noch wenige im Kreis um die Tonne. Ich sitze neben Finn und Alex, gegenüber von mir sitzen Joshua und Tim. Plötzlich fragt Joshua mich direkt ins Gesicht: »Was ist das mit euch?« Ich verstehe nicht, was er meint, aber Finn reagiert schnell: »Nichts, wir sind Freunde.« Erst jetzt verstehe ich auch, was Joshua meint. »Das kann man sehen, aber ihr verbringt viel Zeit zusammen«, merkt Joshua an. »Na und? Wir verbringen auch viel Zeit zusammen, Joshua«, werfe ich die Argumentation auf ihn zurück. »Das stimmt, aber unsere Zeit beschränkt sich auf unsere Aufgaben. Ihr verbringt abseits der Aufgaben viel Zeit«, argumentiert er nun. »Das machen Freunde«, verteidigt Finn uns. »Und das soll komisch sein?«, frage ich Joshua scharf. »Alles gut, ich wollte es nur mal anmerken«, verteidigt er sich. Tim, der sich bisher nicht einmischen wollte, sagt plötzlich etwas, womit keiner von uns rechnet: »Was solls? Was geht es dich an, was Leute in ihrer Freizeit machen? Du trinkst mit den anderen ein Bier und sie schauen sich lieber den Sonnenuntergang an. Was ist daran falsch, es gibt jemanden, der das alles vorherbestimmt hat.« Wir schauen entgeistert Tim an. Alex sagt als Erster etwas: »Erlaubt dir der Glaube es denn, das in Ordnung zu finden?« »Was soll ich dagegen machen? Die Menschen sind die Ebenbilder Gottes. Das bedeutet, alles, was die Menschen machen, könnte genauso gut Gott machen. Er hat uns erschaffen. Und er ist allmächtig. Sollte etwas daran falsch sein, warum verhindert er es dann nicht?«, erklärt Tim sich und mir fallen die Gesichtszüge aus meinem Gesicht. »Also ist Krieg ebenfalls nicht falsch?«, fragt Finn Tim kritisch. »Wer die Bibel gelesen hat, weiß, wie Gott tickt. Wie oft hat er die verschiedensten Menschen abgeschlachtet? Er hat mindestens einmal fast die ganze Welt vernichtet, weil ihm die Menschen nicht passten. Entweder es gibt ihn nicht mehr, dann macht das alles keinen Unterschied, ob ich glaube oder nicht«, erklärt Tim sich. Ich drehe mich zu Finn und frage ihn leise, aber laut genug, so dass die anderen es mitbekommen: »Was ist mit uns?« »Wir sind sehr enge Freunde«, antwortet er in die Runde, lächelt mich süß an und gibt mir einen Kuss auf die Stirn, was mich mit seiner Antwort zusammen leicht irritiert. »Da hast du deine Antwort auf deine Frage, Joshua«, sagt Alex und wir beginnen leise zu lachen. Wir stehen auf und begeben uns jetzt ebenfalls zu den Betten.

Mein Schlaf ist kurz, früh wache ich auf. Etwas hat mich geweckt, aber ich weiß nicht, was. Ich versuche wieder zu schlafen, aber es will mir nicht gelingen. Um die anderen nicht zu stören, stehe ich auf und wandere leise durch die Aula. Ich schaue durch die kleinen Schlitze an den Seiten der Fenstereinsätze nach draußen. Es ist immer noch dunkel, es schneit weiterhin und der Schnee liegt mittlerweile mehr als einen Meter hoch auf den Straßen. Wo ist die Zeit geblieben, vor ein paar Wochen war gefühlt noch Sommer, denke ich mir und schleiche mich leise aus der Aula hinaus. Ich gehe zurück auf den Platz, an dem ich mich die letzten Tage eigentlich nur wohlgefühlt habe. Oben am Glockenturm der Schule, neben dem Stuhl mit dem Funkgerät. Warum ich es wunderbar finde, weiß ich nicht, es ist arschkalt und das Rauschen vom Funkgerät nervt. Vermutlich ist es die Ruhe und der Wind, der meine Sorgen wegfegt, und hier kann ich entspannen. Dort oben auf dem Glockenturm vergesse ich die Hektik, die Hoffnungslosigkeit des Krieges. Von dort oben sieht alles friedlich aus. Die weiße Decke über der Welt lässt es so wirken, als hätte sich eine dicke Staubschicht über einen längst vergangenen Krieg gelegt. Der langsam in Vergessenheit gerät. Vielleicht ist es das, was mich hier oben hält. Die Hoffnung auf die Zeit nach dem Krieg.

Ich komme oben auf dem Turm an und setze mich heute einfach aus Langeweile auf die andere Seite, mit dem Blick Richtung Heimat. Die Luft bleibt mir weg. Gestern hat alles noch so schön ausgesehen, heute Morgen kann ich die ganze Zerstörung des Krieges sehen. Riesige Feuer erblicke ich, Feuer so groß wie Hochhäuser. »Was zum Teufel?«, frage ich mich, vor mich hin murmelnd. Was ist da passiert? Die Nacht ist klar, dank des Mondes kann ich mehrere Kilometer überblicken. Die ersten Kilometer sehen so friedlich aus wie in meiner Erinnerung, aber danach herrscht die Hölle. Überall brennen Feuer, und wenn der Wind passend weht, habe ich das Gefühl, dass mir Schreie ans Ohr getragen werden. Flugzeuge und Jets fliegen weiterhin über das Dorf hinweg. Daran habe ich mich gewöhnt, was mir Angst macht. Aber ich habe mir nie vorstellen können, was für Elend und Leid sie verursachen können. Oder, besser gesagt, ich wollte es mir nie vorstellen. Ich bin dabei, die Ereignisse zu verarbeiten, als ich plötzlich in deutlicher Entfernung einen Blitzschlag erkenne. Es ist kein Blitz, das wird mir schnell klar, als weitere Blitze erkennbar werden. Es sind Bombeneinschläge. Ich kann sie nicht hören, aber ich kann sie sehen. Einige von den Bomben können in der Luft abgefangen werden, aber die meisten schlagen ein. Ich schaue mir das Lichtspektakel an. Einige Minuten zumindest, bevor ich mich umsetze und in die friedvolle, wunderschöne Landschaft auf der anderen Seite des Dorfes blicke.

Ich liebe diesen Ausblick.

LETZTER BLICK

Die Sonne geht auf, und die Stimme aus dem Funkgerät erklingt. Die Stimme ist unruhig, hektisch und aufgebracht: »Trupp 32? Lebt ihr noch?« Ich warte einige Sekunden, bevor ich antworte: »Ja, wir leben noch.« »Was für ein Glück«, jubelt die Stimme erleichtert: »Ich habe mir Sorgen gemacht nach dem, was hier die ganze Nacht hereintrudelte und immer noch hereintrudelt.« »Was ist passiert?«, frage ich angespannt nach. »Die komplette Front ist zusammengebrochen. Deren Gegenoffensive ist zu kraftvoll für unsere Frontlinie. Sie rücken mit aller Stärke vor und wir können nichts mehr dagegenstemmen. Versucht bitte, heile wieder zurückzukommen. Das war vorerst das letzte Mal, dass ich funken kann, unsere Position muss verlegt werden, ich kann nicht sagen, ob wir in eurer Reichweite bleiben. Ich wünsche euch viel Glück. Führe sie aus dem Schlamassel, Liam. Viel Glück«, damit beginnt das Rauschen erneut. Ich lasse das Funkgerät auf den Stuhl sinken und richte meine Augen auf die Umgebung. Mir kommen die Tränen. Warum? Warum kann es nicht überall so friedlich sein? Wie hier! Was ist nur falsch gelaufen? Wie bin ich hier gelandet? Wie komme ich hier wieder hinaus?

Unendliche Fragen kommen in mir auf, alle wollen beantwortet werden. Aber mit welchen Antworten? Was ist richtig? Was ist falsch? Wen kann ich fragen? Wer antwortet mir? Was sollte ich fragen?

Ich gehe langsam die Treppen nach unten, in der linken Hand das Funkgerät, in der rechten die Decke. Ich stoße langsam die Tür in die Aula auf und bleibe in der Tür stehen. Alle starren mich an. Alle starren bloß, keiner traut sich etwas zu sagen, es herrscht Stille. Es kommt mir vor, als vergehen Stunden, in denen ich nur im Türrahmen stehen bleibe, in Wirklichkeit vergehen Sekunden. Ich öffne meinen Mund, der ganz ausgetrocknet ist, und sage leise, aber laut genug: »Wir müssen los.«

Es braucht einen Moment, bis alle es verstehen, was ich damit meine, aber danach bricht das Chaos aus. Ich bleibe aber weiterhin ruhig im Türrahmen stehen und schaue mir das entstehende Chaos an. Nachdem ich endlich selbst verarbeitet habe, was das bedeutet, gehe ich geradeaus auf die Bühne und rufe laut: »Ruhe! Ihr müsst Ruhe bewahren.« Die Aufmerksamkeit der Truppe habe ich wieder und kann endlich meinen Plan erläutern. »Einpacken tun wir nur die wichtigsten Sachen. Sachen, die uns warm halten, Sachen zur Verpflegung. Natürlich auch unsere Waffen. Wir lassen aber die schweren Maschinengewehre hier. Wir nehmen nur unsere leichte Standardbewaffnung mit. Natürlich mit ausreichender Munition. Wir werden Tage brauchen, bis wir auf keinem feindlichen Territorium mehr sind. Der Vormarsch der Feinde kennt aktuell kein Ende. Wir werden den Weg durch den Wald nehmen. Packt euch warm ein, es wird kein wärmendes Feuer mehr geben und keine luxuriösen Matratzen-Betten. Es wird eine harte Aufgabe. Packt eure Sachen, wir machen uns in zwanzig Minuten auf.« Mit diesem Wort springe ich von der Bühne und gehe zu meinem Platz und packe meine Klamotten in den Rucksack. Nach ganz oben kommen die schweren Sachen wie die drei Flaschen Wasser, darauf die Lebensmittel und zum Schluss obendrauf die Decken und Klamotten. Meine Munition kommt in die Außenfächer, sodass ich im Falle des Falles schnell an die Munition komme. Auf die linke Seite hänge ich das Funkgerät. An die rechte Seite kommt mein Gewehr. Die Karte. Die habe ich vergessen, ich falte die Karte, so klein es geht, zusammen und lege sie auf die Decken und Kleidung. Ich habe alles gepackt, als Paul mich anstößt: »Wir haben eine große Menge an Verbandszeug, was sollen wir damit machen?« »Mist, habe ich nicht dran gedacht. Verteile den größten Teil, sodass jeder genügend hat, und den Rest lassen wir hier«, sage ich und bekomme von Paul einen großen Haufen an Verbänden in die Hand gedrückt. Ich schlage meine Tasche wieder auf und drücke an den Seiten das Verbandsmaterial bis ganz nach unten in die Tasche. Ich stelle mich an die Tür und schaue auf die Uhr an der Bühne. Noch fünf Minuten. Ich rufe laut in den Raum: »In fünf Minuten Abmarsch.« Meinen Rucksack lehne ich an den Türrahmen und mache mich auf zum Glockenturm der Schule. Nur fünf Minuten die friedliche Umgebung begutachten. Ein letztes Mal.

Nach einer Minute kommt Finn und sagt mit einem Lächeln: »Wusste ich doch, dass ich dich hier finden werde.« »Es ist so friedlich hier. So ruhig. Warum kann es nicht immer so sein?«, träume ich vor mich hin. Er zuckt mit den Schultern und wir stehen nebeneinander und begutachten den Frieden. Wir bleiben die nächsten Minuten stehen. »Wir müssen los.« Ich nicke ihm zu und sage in die Umgebung hinein: »Bis zum nächsten Mal, Frieden! Ich werde dich vermissen.« Ich drehe mich um, steige mit Finn die Treppe hinunter und wir kommen pünktlich bei den anderen an. Ich setze mir meinen Rucksack auf und wir setzen uns in Bewegung.

RÜCKZUG

Wir öffnen die Tür der Schule und Schnee kommt uns entgegen. Der Schnee liegt geschätzt einen Meter hoch vor der Tür, aber es hat endlich aufgehört zu schneien. Wir stiefeln durch den hohen Schnee auf der Straße in Richtung Osten. In den vergangenen Tagen sind hier immer wieder feindliche Soldaten, Panzer und sonstiges militärisches Gerät vorbeigekommen, aber das ist jetzt der sicherste Weg zurück. Wir stiefeln durch den hohen Schnee an den Läden, Wohnhäusern und kleinen Firmengebäuden vorbei, bis wir das Ende des Dorfes erreichen und nun auf freien Feldern stehen. Wir schauen uns um, ob irgendwo irgendjemand irgendetwas entdeckt. Sorgfältig prüfen wir alles, zum Glück entdecken wir nichts. Die tausend Meter bis zum Waldrand stiefeln wir, so schnell es die Bedingungen zulassen, nur um sicherzugehen, dass uns niemand in dieser kurzen Zeit entdeckt. Nach nur wenigen hundert Metern habe ich das Gefühl, dass ich zusammenbrechen könnte, da es mir schwerfällt, durch den hohen Schnee zu stapfen. Ich schleppe mich immer weiter und weiter und noch viel weiter, bis wir endlich alle den Waldrand erreichen. Wo ich mich erst noch wenige Meter in den Wald bewege und mich dann erschöpft im Unterholz auf den Boden plumpsen lasse. Ich habe damit den Anstoß für die erste Pause gemacht und alle lassen sich, ebenfalls erschöpft, zu Boden plumpsen. »Na, das klappt schon mal hervorragend mit dem Vorankommen«, lacht Jonas. »Wer hätte auch ahnen können, dass es so schwer ist, durch Schnee zu laufen?«, fragt Alex. Aber mehr bekommen weder sie noch einer der anderen raus. Wir bleiben die nächsten fünf Minuten frierend im Unterholz sitzen und zittern uns warm. Nach fünf Minuten stehe ich auf und sage mit kältezittriger Stimme: »Wir müssen weiter, wir haben noch einige Kilometer vor uns. Wir müssen die Sonne ausnutzen, solange sie scheint.« Die anderen erheben sich ebenfalls aus dem Unterholz und wir marschieren weiter in den Wald hinein. Wir marschieren an kahlen Bäumen, Grün mit schneebedeckten Tannen und kleinen, kahlen weißen Büschen vorbei. Immer wieder stolpert jemand über einen sich im Schnee befindenden Baumstamm oder bekommt einen Ast, der vom Vorgänger zur Seite gedrückt wird, ab. Wir stiefeln immer tiefer in den Wald hinein und nach drei Stunden strammen Marschierens gelangen wir an das erste Hindernis auf unserem Weg. Wir stehen vor einer hohen Felswand, die wir entweder emporklettern oder die wir in einem langen und steilen Umweg umwandern müssen. »Müssen wir da tatsächlich hochklettern?«, fragt Paul. »Ja, ist der kürzeste Weg«, erwidert Joshua. »Es gäbe da noch einen langen und steilen Umweg«, sage ich ihnen. »Was heißt lang?«, fragt Tim. »Mindestens einen Tag mehr«, antwortet Alex. »Einen ganzen Tag mehr, nur um diese Kletterpartie zu umgehen?«, fragt Elias. »Ich wäre dafür, ich kann meine Finger kaum noch spüren«, erwidert Viktor. »Dann lasst uns abstimmen, weil aufteilen werden wir uns ganz sicher nicht«, schlage ich vor, was mit gemischten Gefühlen aufgenommen wird. Wir stimmen ab und es ergibt sich eine kleine Mehrheit für den Umweg. »Damit ist es nun offiziell und wir nehmen den Umweg, auch wenn es uns einen ganzen Tag kosten wird«, verkünde ich und wir machen uns auf den Umweg. Wir marschieren, bis es dämmert, an der Felswand entlang, bis wir auf einen Wanderweg treffen, der zwischen den Felsen hindurchführt. »Ähm, Joshua, hast du diesen Wanderweg auf der Karte markiert gesehen?«, frage ich ihn leise, sodass nur er die Frage hört. Er schüttelt unauffällig mit seinem Kopf. Ich schlage eine Pause vor, um die Karte einmal zu überprüfen, was bei meinen Kameraden wohlwollend angenommen wird. Wir entzünden ein kleines Feuer, welches nur Wärme spendet, aber kein Licht. Wir dürfen unter keinen Umständen auffallen. Ich stehe mit Joshua und Alex etwas abseits von den anderen und wir kontrollieren die Karte. Dieser Wanderweg ist auf der Karte nicht eingezeichnet. »Sollen wir den Weg nehmen?«, frage ich die beiden. Joshua stimmt dafür, aber Alex äußert seine Bedenken: »Es könnte sich um eine Abkürzung handeln, aber wir wissen nicht, wohin der Weg führt. Und ob wir nicht schlussendlich nur noch mehr Zeit verlieren, weil der Weg uns komplett in die Irre führt. Womöglich ist der Weg auch nur eine Sackgasse.« »Das könnte stimmen«, stimme ich Alex zu. »Gibt es meistens nicht an Wanderwegen immer irgendwelche Wegbeschreiber für Wanderer?«, fragt Joshua. »Stimmt, das kann gut möglich sein, dass in der Gegend ein Wegbeschreiber oder so etwas Ähnliches ist«, stimme ich nun Joshua zu. »Sollen wir dem Wanderweg folgen und nach einem nur eventuell existierenden Wegweiser suchen? Oder was stellst du dir vor?«, fragt Alex Joshua garstig. »Sorry, war doch nur eine Idee gewesen«, weicht Joshua zurück. »Alex, ich finde die Idee von Joshua nicht schlecht, aber wir sollten die Suche eventuell auf zwei Kilometer beschränken. Wir müssen nicht den ganzen Wald danach absuchen«, schlage ich den beiden vor. Nach einem verächtlichen Blick von Alex stimmt er mir zu und wir machen uns gemeinsam in kleinen Gruppen auf die Suche nach einem

Informationsschild. Die Sonne ist in der Zwischenzeit komplett verschwunden, und der Mond ist nicht kräftig genug, um den Wald zu erhellen, worauf wir die Suche auf Hörweite einschränken.

Nach nur wenigen Minuten ist die Suche schon beendet, weil Tim zusammen mit Finn eine Informationstafel findet und uns zu sich ruft: »Hier. Wir haben eine Informationstafel über die Umgebung gefunden.« Sie zeigen uns stolz die Tafel. Wir wischen den angepappten Schnee mit dem Ärmel zur Seite und begutachten die Wanderkarte, die auf der Tafel abgebildet ist. Ich zücke meine eigene Karte aus meinem Rucksack und übertrage die Wege des Wald-Naturschutzgebietes in meine Karte. Die Wege sind markiert und ich kann der Truppe unverhoffte, positive Nachrichten übermitteln.

Mit Tim, Finn und Joshua gehe ich zum Rest der Truppe, die sich ums Lagerfeuer kuscheln, um ihnen die unverhoffte, positive Nachricht zu übermitteln: »Jungs, wir müssen noch ungefähr 600 Meter weitergehen. Auch wenn es schon dunkel ist, aber ihr werdet es uns danken.« Mürrisch stehen sie vom Lagerfeuer auf, löschen es mit Schnee und folgen uns. Wir gehen auf dem Wanderweg zwischen den Felsen hindurch. Der Weg ist steil und durch den Schnee rutschig. Wir halten uns ständig mit den Händen an den engstehenden Felswänden fest, um auf den Beinen stehen zu bleiben. Nach endlos wirkenden 600 Metern stehen wir endlich vor einer Hütte für Wanderer. Eine Wanderhütte. Ich stoße die Tür auf und es strömt mir ein angenehmer Geruch von trockenem Holz, Kaminrauch und Geborgenheit entgegen. »Habe ich euch zu viel versprochen?«, frage ich stolz in die Runde und mache eine Geste, die die Truppe auffordert, in die Wanderhütte einzutreten. Wir entzünden im Kamin ein Feuer mit dem getrockneten Holz, welches in der Hütte gelagert ist. Die Hütte ist nach wenigen Minuten mollig warm. Wir setzen uns verteilt auf den Boden und essen Abendessen. Das Essen fällt mager aus. Wir müssen mit unseren Vorräten sparsam umgehen, denn wer weiß, wann wir an neue Lebensmittel herankommen oder wir endlich wieder in der Heimat sind. Nach dem mageren Abendessen verteilen wir unsere Decken und versuchen zu schlafen. Ich lege meinen Rucksack unter meinen Kopf, wälze mich auf meiner Decke, die den harten Boden nur minimal verweicht, bis endlich die Müdigkeit siegt und ich einschlafe. Die Nacht ist hart, immer wieder wache ich auf. Dann schaue ich in die Dunkelheit, das Feuer im Kamin ist erloschen, aber es ist weiterhin mollig warm, da die Holzwände die Wärme gut speichern. Dann schließe ich wieder die Augen und schlafe für eine oder auch mehrere Stunden, bis ich wieder aufwache. Das geht die ganze Nacht. Durch die Dunkelheit in der fensterlosen Hütte kann ich nicht sagen, wie spät es ist. Es ist das fünfte oder sechste Mal, dass ich aufwache, dieses Mal schaffe ich es nicht mehr einzuschlafen, also stehe ich auf. Vorsichtig suche ich mir einen Weg nach draußen, um zu schauen, wie spät es sein könnte. Ich öffne die schwere Holztür leise, die frische kalte Winterluft vermischt sich in meiner Nase mit der Wanderhüttenluft, wodurch es in mir ein weihnachtliches Gefühl auslöst. Würde mir jetzt jemand frisch gebackene Plätzchen unter die Nase halten, würde ich anfangen zu weinen. Ich trete aus der Wanderhütte hinaus in den verschneiten Wald. Ich schließe die Tür hinter mir und lasse meinen Blick schweifen und bleibe an einem in der Gegend herumstehenden Reh hängen. Das Reh schaut mich mit seinen braunen Augen an und zaubert mir ein Lächeln auf mein müdes Gesicht. Wir blicken uns für eine kurze Ewigkeit an. Dann dreht das Reh seinen Kopf in die andere Richtung und verschwindet in diese. Lächelnd schaue ich dem verschwindenden Reh hinterher, bevor ich mich auch bewege. Ich gehe eine kleine Runde um die Wanderhütte herum und setze mich auf einem erhöht stehenden Baumstumpf, von dem ich den Schnee entferne.

Warum kann der Mensch nicht wie die Natur sein? Die Natur ist ein friedlicher Ort. Hier gibt es keinen Krieg. Hier gibt es Hoffnung.

Ich lasse meinen Blick über die kahlen Bäume und Büsche schweifen, bleibe aber immer wieder an den mit Schnee bedeckten, grün strahlenden Tannen hängen. Es kommt mir so vor, als würden die Tannen mir etwas sagen wollen, etwas Wichtiges. Eine Nachricht, die ich aber nicht verstehe. Oder ich bin einfach nur müde und bilde mir die Sache einfach nur ein. Die ersten Sonnenstrahlen erleuchten den dunklen Nachthimmel. Ich stehe von meinem Baumstumpf auf, klopfe mir den Schnee von meinem Arsch und gehe den Weg zurück in die Wanderhütte. Die Tür öffne ich mit einem: »Guten Morgen, aufstehen, in zehn Minuten Abmarsch.« Es fliegt mir aus dem Dunkeln ein Pinguin entgegen, den ich in letzter Sekunde abfange, bevor er mein Gesicht erwischt. Lachend werfe ich den Pinguin in die Richtung zurück, aus der er gekommen ist. Scherzhaft sage ich: »Ich dachte immer, Pinguine können gar nicht fliegen.« In der Hütte erwacht das Leben. Alle packen ihre Klamotten zusammen, ziehen sich eine Kleinigkeit zu essen aus dem Rucksack und stellen sich auf. Nach gut zehn Minuten sind alle fertig und wir machen uns weiter auf den Weg nach Hause.

Die Temperatur macht uns zu schaffen, es ist kälter als die Tage zuvor. Das Wasser im Rucksack beginnt zu frieren. Und wenn wir etwas trinken wollen, ist es wie Slush-Eis. Wir kommen heute wieder nur mühsam voran, der hohe Schnee macht ein zügiges Vorankommen schlicht unmöglich. »Hätten wir doch nur Schlittschuhe, dann wäre es so einfach, über den Schnee zu gleiten. Wir wären im Nu zu Hause«, sagt Elias und Luca erwidert: »Also die finnischen Soldaten hatten im Winterkrieg früher Schlittschuhe und konnten so die Russen besiegen im Winterkrieg, obwohl sie zahlenmäßig unterlegen waren.« »Und trotzdem haben sie den Krieg verloren!«, klugscheißt Viktor. Die kräferaubende Wanderung durch den hohen Schnee verläuft ansonsten sehr still, weil keiner Kraftreserven durch Quatschen verschwenden will. Wir marschieren den ganzen Tag ohne größere Pausen, wir bleiben alle paar Kilometer für eine kurze Minute stehen, um einen kleinen Schluck zu trinken. Es beginnt zu dämmern und die ersten Soldaten müssen beim Laufen unterstützt werden, damit wir unser für heute vorgesehenes Etappenziel erreichen. Die letzten Sonnenstrahlen verlassen die Erde und die Dunkelheit bricht ein. »Wie lange müssen wir noch?«, jammert Paul von hinten. »Nur noch einen Kilometer. Dann sollten wir da sein«, erwidere ich aufs Gejammer. Joshua unterstützt mich und fügt hinzu: »Hör auf zu jammern, spare die Energie fürs Laufen.« Wir bahnen uns den letzten Kilometer durch den hohen Schnee zur Wanderhütte. Joshua öffnet die Tür der Wanderhütte und wir treten ein. Erschöpft fallen einige einfach auf den Boden. Ich lasse mich am Ende der Hütte ebenfalls auf den Boden plumpsen. Wir bleiben in der Dunkelheit auf dem Boden verteilt, bevor wir das Feuer im Kamin entzünden. Wir essen nur noch schnell ein wenig und schlafen zügig danach ein.

Die Nacht schlafe ich ausnahmsweise durch und wache entspannt, aber mit einem steifen Rücken auf. Ich strecke mich und setze mich auf. Atme tief durch die Nase, ich versuche es. Fuck! Meine Nase sitzt zu. Ich habe Schnupfen. Ich ziehe mit meinem rechten Zeigefinger unter der Nase entlang und reibe den Schnodder an meiner Hose ab. Wie gestern suche ich mir einen Weg nach draußen, öffne die Tür und hoffe, dass ich wieder die kalte frische Winterluft einatmen kann, die zusammen mit der Wanderhüttenluft nach Weihnachten riecht, aber ich rieche nichts. Meine verdammt verschnupfte, verstopfte Nase. Ich ziehe mit einem starken Zug den Schnodder in meine Nase zurück und gehe einige Schritte in den Schnee hinein. Dabei schrecke ich einige Vögel auf, die in der Nähe der Wanderhütte auf den Bäumen schliefen. Ich gehe eine kleine Runde um die Wanderhütte herum, aber kann dieses Mal leider keinen schönen Platz finden, von dem aus ich den Wald beobachten kann. Deswegen entschließe ich mich, wieder in die Wanderhütte zu gehen und den Kamin erneut anzufeuern, der in der Nacht ausgegangen ist. Die Hütte erwärmt sich schnell und stark. Sie wird so warm, dass ich anfange, meine dicken Klamotten auszuziehen. Am

Schluss sitze ich nur noch in meinem durchgeschwitzten T-Shirt und meiner langen Unterhose vor dem Feuer und blicke hinein. Ich begutachte mich und stelle entsetzt fest, dass ich seit Tagen keine Gelegenheit hatte, mir frische Klamotten anzuziehen oder zu duschen. Ich komme mir so widerlich vor, aber was solls, wir haben keine Möglichkeit, unsere Wäsche gegen frische zu tauschen, wir haben keine Dusche. Es ekelt mich, aber ich muss es akzeptieren. Ich schaue einige Momente weiterhin ins alles vernichtende Feuer hinein. Egal, was man in das Feuer werfen würde, es würde es vernichten. Sind wir Menschen wie Feuer? Ein alles vernichtendes Feuer? Oder sind nur wenige Menschen das Feuer, welches die anderen entzünden und anfeuern, damit das Feuer immer weitergetragen wird? Kann man das Feuer löschen? Bevor ich weiter darüber nachdenken kann, werde ich von hinten angetippt und Alex setzt sich neben mich. »Gemütlich. solch ein kleines Feuer?«, fragt er mich mit einer ruhigen Stimme. Ich nicke: »Aber es hat auch etwas Vernichtendes.« Er zuckt mit den Schultern: »Aber aus der Asche des Feuers entsteht immer etwas Neues. Wie ein wunderschöner Phönix.« Ich lächele. »Wie spät haben wir es?«, fragt er mich und ich antworte: »Keine Ahnung, vorhin war es noch stockdunkel.« »Wir sollten nachsehen«, sagt er und steht auf und bahnt sich seinen Weg durch die Hütte zur Tür. Er öffnet die Tür und sagt: »Die Sonne geht auf.« »Dann sollten alle aufstehen, in zehn Minuten Abmarsch«, rufe ich laut zu Alex hinüber, mit dem Ziel, alle aufzuwecken. Ich ziehe meine Klamotten wieder an und packe meine Tasche. Heute bin ich der Letzte, der fertig wird, was mit wohlwollendem Witzeln kommentiert wird. »Jaja, können wir los?«, kommentiere ich die Kommentare und wir machen uns auf zur dritten Etappe des endlos wirkenden Rückzuges.

Die Sonne der letzten Tage kommt heute nur mit großen Mühen durch die tief hängenden grauen Wolken, aus denen dicke Schneeflocken zu Boden fallen. Meine Nase läuft und nervt. Immer wieder ziehe ich mir mit meinem Zeigefinger unter der Nase entlang, um den fast angetauten Schnodder aus meinem Gesicht zu wischen. Oder ich versuche ihn mit einem ekelhaften Schniefen hochzuziehen und auszuspucken. Hauptsächlich atme ich durch meinen Mund, was mich nervt. Alles nervt! Der Scheißschnee, der mir ins Gesicht schneit, der Schnee, der auf dem Boden liegt, der Schnee, der von den Bäumen fällt, einfach alles, was mit Schnee zu tun hat. Und alles hat hier mit diesen scheißweißen Flocken zu tun. Meine Muskeln tun weh! Meine Nase läuft! Ich habe keinen Bock mehr! Ich muss aber weitermachen! Nicht für mich, sondern für alle, die mir folgen. Die mir vertrauen. Die ihr Leben in meine Hände legen. Für sie muss ich weiter! Für sie stelle ich mich hinten an. Ich marschiere weiter, Kopf hoch, Nase geradeaus, Blick der Zukunft zugewandt. Immer weitermarschieren.

»Eine kurze Pause bitte. Ich kann nicht mehr. Meine Füße machen nicht mehr mit«, ruft Paul von hinten. Wir halten an und starten mit einer kleinen Pause. »Ich habe bald kein Wasser mehr«, sagt Alex. »Bei mir sieht es nicht besser aus«, antwortet Elias und Jonas fügt hinzu: »Ich habe bald auch nichts mehr.« »Wir kommen bestimmt demnächst an einem kleinen Fluss oder Bach vorbei. Zur Not müssen wir Schnee filtern und abkochen«, versuche ich, die aufkommende Panik zu beschwichtigen. »Das Essen ist auch bald leer!«, ruft Joshua, entgegen meinen Versuchen, die Stimmung zu entspannen. »Was essen wir, wenn alle unsere Vorräte weg sind?«, fragt Jonas rufend. »Das Essen reicht mindestens noch zwei weitere Tage«, sage ich. »Und dann?«, fragt Viktor. Und dann? Woher soll ich das denn wissen? »Dann suchen wir ab sofort beim Marschieren nach etwas Essbarem«, erkläre ich. »Kennst du dich aus mit den Sachen, die man essen kann und welche nicht?«, fragt Jonas. »Nein«, muss ich gestehen. »Und woher sollen wir wissen, was wir essen dürfen und was nicht?«, fragt Joshua. »Fleisch können wir essen, wenn es gekocht ist«, sagt Luca: »Wir können Tiere erschießen. Ich habe bei meinem Onkel gelernt, wie man Tiere ausnimmt.« »Seht ihr, dann essen wir die nächsten Tage garantiert nicht vegetarisch. Jemand 'n Problem damit?«, frage ich in die Runde und bin dankbar, dass mir Luca geholfen hat, eine Antwort zu finden. Einigermaßen zufrieden gestellt, stehen wir auf und marschieren weiter.

Weiter durch den tiefen weißen Schnee, dem heutigen Etappenziel entgegen.

Die Dämmerung beginnt, als wir mit erschöpften Muskeln und erfrorenen Knochen endlich die Wanderhütte erreichen. Wir stoßen die Tür auf, gehen die letzten Schritte des Tages in die Hütte und lassen uns auf den harten Boden fallen. Obwohl ich den ganzen Tag nichts gegessen habe, knabbere ich nur wenig von meinen Vorräten, weil ich viel zu müde bin, um mehr zu essen. Das Feuer knistert im Kamin hinter mir, während ich meine Decke ausbreite. Nur wenige Momente später schlafe ich ein.

SCHNEESTURM

Das Feuer am Kamin ist erloschen, aber die Wärme ist weiterhin in der Hütte gespeichert, als ich meine Augen öffne. Ich bin von Sekunde eins an merkwürdigerweise hellwach. Etwas muss mich geweckt haben, wodurch ich hellwach bin. Ich schaue mich im dunklen Raum um, kann aber nichts erkennen. Ich höre Geräusche, läuft jemand durch unsere Hütte? Ich ziehe meine Taschenlampe aus meinem Rucksack, der unter meinem Kopf liegt, und erleuchte den Raum. Ich leuchte in Richtung Tür, aber da ist nichts. Ich will mich gerade umdrehen, als mein Herz vor Schreck stehen bleibt. Am liebsten hätte ich losgebrüllt, als mir jemand von hinten auf meine Schulter tippt. Kreidebleich drehe ich mich um und leuchte Luca mit der Taschenlampe ins Gesicht. »Alter, bist du verrückt mich so zu erschrecken?«, frage ich ihn flüsternd. »Sorry, muss dich beim Hinausgehen aus Versehen berührt haben«, entschuldigt sich Luca. »Was willst du draußen?«, frage ich ihn. »Jagen, am frühen Morgen geht das am besten. Möchtest du mitkommen?«, antwortet er. »Ja, ich komme mit, lass mich nur kurz etwas Warmes anziehen«, antworte ich, ziehe mir meine warmen Klamotten an, schnappe mir mein Gewehr und wir gehen vor die Tür. Es ist früh am Morgen, von der Sonne fehlt noch jede Spur und so machen wir uns im Schein der Taschenlampe auf den Weg durch den Wald. Um uns nicht zu verlaufen, ritzen wir in regelmäßigem Abstand Pfeile in die Baumrinden. Nach nur knapp 200 Metern durch den Schnee entdecke ich im Unterholz ein Reh. Es scheint zu schlafen. Leise begeben wir uns in eine bessere Schussposition. Luca legt sein Gewehr an, zielt, schießt. Der Schuss knallt durch den leisen Wald. Das Reh schreckt auf, springt zweimal hoch in die Luft und fällt zurück auf den Boden, wo es liegen bleibt. Wir nähern uns dem Reh, welches mit letzter Kraft ums Überleben ringt. Luca holt sein Messer hervor, wischt es einmal kurz an seiner Hose ab und zieht es dem ums Leben kämpfenden Reh quer über die Kehle. Wir lassen das Blut einige Sekunden auslaufen. Ziehen das Reh hinter uns her zur Hütte. Mit dem Reh kommen wir in der Wanderhütte an, öffnen die Tür und werden von den anderen mit fragenden Blicken durchlöchert. Als sie das Reh erblicken, jubeln sie. Der Kamin wird sofort neu mit Holz bestückt und das Feuer entfacht, während Luca das tote

Reh mit der Hilfe von Elias und Alex zerlegt. Das zerlegte Fleisch wird sofort auf den Grillrost, welcher in der Hütte neben dem Kamin lag, gelegt und zügig durchgebraten. Wir braten, so schnell es geht, um wenig Zeit vom Tag zu verlieren, weil wir unser Etappenziel trotzdem noch schaffen müssen. Natürlich probieren wir auch einzelne Stücke von dem leckeren, saftigen und zarten Reh, bevor der größte Teil in den Taschen verschwinden muss. Wir haben für die nächsten Tage genug Essen, jetzt müssen wir schleunigst Wasser finden. Unsere Wasservorräte sind weitestgehend erschöpft und werden, wenn es gut läuft, noch den heutigen Tag durchhalten. Aber das ist nicht garantiert. Wir machen uns den vierten Tag auf. Mein Schnupfen ist über Nacht besser geworden und trotzdem läuft mir dauernd die Nase, aber ich bin nicht alleine damit. Die meisten kämpfen mittlerweile mit ihren Nasen und Schnupfen. Ich hoffe, dass sich keiner erkältet, wir müssen hier unbeschadet herauskommen. Wir haben Schlachten überstanden, es wäre doch fatal, an einer Erkältung zu sterben. Ich versuche mich nicht auf die Krankheiten zu konzentrieren und lieber den Kopf zu heben, die Nase geradeaus und den Blick in die Zukunft zu richten. Immer weiter und weiter bis zum Ziel. Bis zum bitteren Ende.

Wir kommen heute gut voran, vermutlich gestärkt vom guten Frühstück. Wir reißen Kilometer um Kilometer ab, ohne Jammern, ohne Nörgeln oder eine Pause. Aber nach vier Stunden strammen Marsches durch die hohen Schneemassen benötigen wir eine Pause. Die Pause legen wir auf einem kleinen Hügel ein, mitten auf einer Lichtung. Wir trinken unsere letzten Wasservorräte und kommen zu Atem. »Was machen wir nun? Uns ist das Wasser ausgegangen«, stellt Joshua fragend fest und schaut mich an. »Keine Ahnung, auf der Karte war in der Nähe ein kleiner Bach, vielleicht können wir dort etwas trinkbares Wasser finden«, sage ich. »Und wie weit ist es bis dort noch?«, fragt jetzt Jonas. »Mit etwas Glück nur zwei oder drei Stunden«, erkläre ich. »Das ist eine vage Aussage«, ruft Alex. »Kommt natürlich darauf an, wie schnell wir sind«, sage ich. »Sind wir dir zu langsam?«, fragt mich Joshua stichelnd. »So meine ich das gar nicht. Ich habe nur gesagt, dass ich es nicht ganz genau abschätzen kann, wann wir am Bach ankommen«, versuche ich mich zu erklären. »Und liegt der Bach auf dem Weg, oder müssen wir dafür wieder einen Umweg nehmen?«, fragt Joshua. »Nein, der liegt neben dem Wanderweg«, sage ich, leicht genervt von der ganzen Fragerei. »Kein Grund, mich anzumotzen«, erwidert Joshua und hält sich die Hände schützend vors Gesicht. »Hä? Wann habe ich dich angemotzt?«, frage ich ihn. »Jetzt gerade?«, erwidert er. Ich bin genervt und will ihn anbrüllen, aber schlucke es runter und sage: »Tut mir leid, wenn es für dich gerade so rübergekommen ist, dass ich dich angemotzt habe, war nicht so gemeint.« Ich schaue in die Runde und es wird Zeit, den Marsch fortzusetzen.

Wir stehen auf und setzen uns in Bewegung. Wir marschieren an kahlen Bäumen, die eine Schneekrone anstatt ihrer Blätterkrone tragen, an Büschen, die als Busch nicht zu erkennen sind, weil sie von Schnee bedeckt sind, und an kleinen Felsen, die vom Schnee verschluckt sind, vorbei. Immer wieder fliegen Vögel, die wir aufschrecken, über unsere Köpfe hinweg. Ein Hase hoppelt uns über den Weg. Eichhörnchen, die ihre Winterruhe unterbrechen, um sich ein paar ihrer Nüsse zu holen, klettern an den Bäumen empor. Eine Horde an Wildschweinen steht in der Gegend und beobachtet die komische Truppe ganz in Grün, wie sie schwer atmend an ihnen vorbeigeht. Rehe huschen immer wieder ins Unterholz, wenn wir ihnen zu nah kommen. Die Sonne strahlt den weißen Wald an und er glitzert. Er glitzert wie in einem Märchen. Wunderschön. Immer wieder schleicht sich der Gedanke in meinen Kopf ein, der den Krieg vergessen macht. Der das ganze Leid der letzten Wochen vergessen macht. Der mir immer wieder Hoffnung macht, weiterzumachen. Immer weiterzugehen. Und erst zu stoppen, wenn ich mein Ziel erreicht habe. Erst dann darf ich stehen bleiben.

Durch die Stille des Waldes plätschert mir der Bach an mein Ohr. »Da ist er ja«, rufe ich vor Freude und jubele leicht über die Erleichterung, endlich wieder mein Wasser auffüllen zu können. Mein Mund und meine Lippen sind ausgetrocknet und lechzen nach Wasser. Der Bach ist klar. Ich schaue bis auf den Grund des Baches. Das Wasser ist klar wie Glas. Ich stecke meine Hand ins Wasser, es ist eiskalt und ich ziehe meine Hand sofort wieder zurück. Ich krame meine leeren Flaschen aus meinem Rucksack und beginne sie vorsichtig ins Wasser zu tauchen, während ich darauf achte, meine Hände nicht allzu tief ins Wasser stecken zu müssen. Am Ende sind meine Hände trotzdem ganz ins Wasser getaucht. Die Kälte steigt mir von meinen Händen durch den ganzen Körper. Die letzte Flasche ist gefüllt mit dem klaren Bachwasser und meine Hände knallrot. Ich verstaue die Flaschen in meinen Rucksack und meine Hände in meiner Hosentasche. Ich stehe auf, klopfe den Schnee von meiner Hose und warte auf die anderen, die ebenfalls ihre Flaschen mit dem klaren Bachwasser befüllen.

Die Flaschen gefüllt und verstaut, gehen wir die letzten Kilometer bis zur Wanderhütte. An der Wanderhütte angekommen, beginnt das tägliche Hineinfallen. Wir essen ein wenig und legen uns schlafen. Im Hintergrund knistert das Kaminfeuer, welches uns die letzten Tage immer in den Schlaf begleitete.

Es ist der nächste Morgen, als ich sanft aus meinem Schlaf geweckt werde. »Liam, bist du wach?«, fragt eine leise Stimme an meinem Ohr. Leise gähnend antworte ich: »Jetzt schon, was ist los?« »Gut.« Wie, das wars? Ein Gut? Was wird das hier und so frage ich die Stimme leise, ohne mich umzudrehen: »Warum hast du mich geweckt?« »Wollte ich nicht, aber jetzt biste wach«, flüstert die Stimme amüsiert. Ich drehe mich um und schaue in das strahlende Gesicht von Finn, der sich über Nacht dicht an mich herangeschlafen hat. »Warum bist du schon wach?« »Keine Ahnung, konnte nicht mehr schlafen.« »Deswegen weckst du mich?«, frage ich ihn sauer, ohne sauer zu sein. Er schaut mich verwundert an und sagt: »Ich habe dich nicht geweckt, ich habe doch nur gefragt, ob du schon wach bist.« Ich verdrehe meine Augen und lache leise. Wir schauen uns minutenlang schweigend an, bevor ich mich aufsetze und ihn auffordere, mir zu folgen. Wir ziehen uns an und schleichen durch die dunkle Hütte nach draußen. Draußen suchen wir uns einen schönen Platz, setzen uns und beobachten den ruhigen Wald. »Ruhig«, stellt Finn fest. Ich nicke. Wir sitzen eng aneinander gekuschelt im weißen Wunderland und unsere körperliche Nähe wärmt uns. Zusammen mit ihm wird mir so warm, dass ich das Gefühl habe, dass um uns herum der Schnee schmilzt und die ersten Frühlingsboten durch die Erde wachsen.

Wir schweigen. Unser Blick wendet sich von dem weißen Wunderland ab, zu unseren Augen. Wir blicken tief hinein. Es kommt, wie es kommen muss, wir küssen uns. Es wird noch wärmer.

»Der Kuss war aber mehr als ein Freundschaftskuss«, stelle ich lächelnd fest. Finn zuckt nur mit den Schultern und wir schauen wieder in den ruhigen Wald hinein. Die Sonnenstrahlen erleuchten Stück für Stück den Nachthimmel, wir gehen zurück zur Wanderhütte, um den Rest der Truppe zu wecken. Vor der Tür der Wanderhütte drückt mir Finn einen Kuss in den Nacken, bevor ich die Tür öffne. Finn ist heute der Arsch, der die Gruppe weckt, mit einem lauten: »Guten Morgen, ihr Schlafmützen. In zehn Minuten Abmarsch.« Maulend und mürrisch stehen die Kameraden auf. Wir packen unsere Sachen, ziehen uns dick an und essen eine Kleinigkeit. Abmarsch!

Die Sonne scheint, der Wald glitzert, aber der Wind rauscht mit voller Wucht durch die Baumkronen. Der aufgewirbelte Schnee rieselt in unsere Gesichter und nervt. Dieser weiße Schneestaub, der unsere Gesichter glänzen lässt, ist bei Finn schön anzusehen, aber nervt. Der Wind treibt nicht nur den aufgewirbelten Schnee in unsere Gesichter, sondern auch Kampfgeräusche an unsere Ohren. Die Kampfgeräusche vernichten alles an diesem friedlichen Ort. Die Ruhe der letzten Tage ist verschwunden. Die Rehe sind verschwunden. Keine Vögel fliegen über unsere Köpfe hinweg. Das friedliche Leben ist vorbei. Der Krieg hat uns wieder. Der Krieg holt alle und alles. Er macht vor niemandem und nichts halt. Wie eine Lawine, die immer weiterrollt. Die alles unter sich begräbt. Als wären die Kampfgeräusche, die der Wind mitbringt, nicht schon genug, bringt der Wind auch noch dicke, schwarze, tief hängende Wolken mit. Die Wolken machen es nach einiger Zeit unmöglich für die Sonne, uns den Weg zu erleuchten.

Die Wolken entleeren sich über uns. Fetter, runder und weißer Schnee klatscht uns ins Gesicht. Der Wind peitscht den Schnee an, schmeißt mit Ästen auf uns und versucht alles, um uns zum Weggehen, zum Umdrehen zu zwingen, aber wir marschieren weiter. Die Mützen tief ins Gesicht gezogen, die Halstücher bis unter die Augen gezogen. Wir kommen noch schleppender voran. Äste krachen neben uns hinunter. Große Schneemassen fallen von den Bäumen. Und wir können durchs Schneegestöber unseren Weg nicht mehr erkennen. Wir können aber auch keine Pause machen, wir wären im Nu unter dem Schnee begraben. Wir marschieren weiter! Unsere grüne Uniform ist nicht mehr erkennbar, wir sehen aus wie laufende Schneemänner. In der Entfernung kann ich einen kleinen Felsvorsprung erkennen, in dem wir Pause machen könnten. Ich weiche von unserem Weg ab und wir marschieren zum Felsvorsprung.

»Endlich!«, sage ich erleichtert und nehme meine Mütze und mein Halstuch aus meinem Gesicht und lasse mich unter dem Felsvorsprung auf den Boden plumpsen. Die anderen machen es mir nach. Zum Glück ist der Felsvorsprung groß genug. Wir trinken ein paar Schlucke Wasser, bevor wir ein Gespräch starten. »Wir müssen doch bald wieder in der Heimat sein. Ich habe keinen Bock mehr, jeden Tag zu laufen«, jammert Paul. »Ich habe auch keine Lust mehr«, fügt Alex hinzu. »Ob ihr es mir glaubt oder nicht, ich auch nicht«, steige ich in die Jammerrunde mit ein. »Wie weit ist es denn noch?«, fragt Joshua und kommt zu mir hinüber, um mit mir einen Blick auf die Karte zu werfen. Ich hole die Karte heraus und sage: »Also bevor wir uns auf die Reise gemacht haben, verlief die Frontlinie hier. Wir sind mittlerweile hier. Also müssten wir die Grenze schon gestern passiert haben.« »Was machen wir dann noch hier im Wald?«, fragt Jonas. »Weil wir nicht wissen, wo die Frontlinie aktuell verläuft, möchte ich, so weit es geht, hinter der ehemaligen Front herauskommen, nicht dass wir plötzlich den Feinden in die Arme laufen«, erkläre ich ihm, was ich eigentlich für logisch und selbstverständlich halte. »Du kannst mal versuchen zu funken«, schlägt Elias vor. »Ja, super Idee!«, ruft Viktor. Ich nehme das Funkgerät vom Rucksack und schalte es an. Stille. Ich rufe ins Funkgerät hinein: »Hallo, hört mich wer? Trupp 32 hier, kann uns wer hören?« Es rauscht. Die Anspannung in den Gesichtern steigt. Ich rufe erneut ins Funkgerät. Wieder nur Rauschen. Die Anspannung weicht der Enttäuschung. Wir sind immer noch alleine. Ohne Hilfe auf uns selbst gestellt. Inmitten eines Schneesturms. Inmitten einer Schneewüste, ohne Entkommen. Mitten in einer hoffnungsvollen und hoffnungslosen Umgebung. In einer Umgebung, die mit deiner Hoffnung und deiner Verzweiflung spielt. Die sie immer wieder eindrucksvoll gegen dich verwendet und gleichzeitig für dich verwendet. Die dich in einem endlos wirkenden Spiel hin und her wirft. Nie ist alles schlecht, nie ist alles gut. Ein Hin und Her zwischen Hoffnung und Verzweiflung.

Plötzlich keimt aus dem Nichts die Hoffnung. Das Funkgerät beendet sein ständiges, gleichmäßiges Rauschen und eine Stimme meldet sich.

ZUHAUSE RUFT

»Hallo Trupp 32? Seid ihr noch da?«, hoffnungsvoll und freudig ertönt es aus dem Funkgerät. Wir jubeln! Ich nehme lächelnd das Funkgerät in die Hand und rufe freudig hinein: »Ja, wir sind hier.« »Geht es gut? Wir haben uns Sorgen gemacht. Wo seid ihr? Habt ihr die Frontlinie schon überquert? Wann können wir mit eurem Wiedersehen rechnen?« »Uns gehts den Umständen entsprechend. Wir haben keine Verluste, wir sind aber in einem Schneesturm gefangen. Wir liegen ungefähr 160 Kilometer westlich und 45 Kilometer nördlich unserer alten Position. Wo genau, kann ich nicht sagen. Auf jeden Fall inmitten eines Waldes,« erkläre ich. Es rauscht. »Hatte er uns verstanden?«, fragt Tim besorgt. Wir alle sind besorgt, aber die Stimme antwortet endlich wieder: »Ihr habt die Front hinter euch gelassen. Nicht viel, aber ihr seid endlich wieder in dem Gebiet, in dem wir noch die Kontrolle halten können.« »Bedeutet, ihr holt uns hier heraus?«, frage ich aufgeregt und mit Hoffnung in der Stimme. »Nein.« Unsere Hoffnung ist zunichtegemacht. »Aber wenn ihr heute aus dem Wald herauskommt, werden wir euch Hilfe schicken, die euch nach Hause bringen.« Ich schaue in die Gruppe, danach auf das Schneegestöber, auf das Funkgerät und wieder in die Gruppe. »Wir werden es morgen versuchen, aus dem Wald herauszufinden, heute ist es schon zu spät und zu stürmisch«, funke ich ins Funkgerät. »Zündet ein Signalfeuer, wenn ihr draußen seid, zu dieser Position werden wir kommen und euch aufsammeln. Viel Glück!« Das Funkgerät ist wieder still. Die Stimmung ist gemischt. Wir hängen zwischen Freude und Angst.

Die heutige Nacht ist kalt. Keine Holzwände, die uns vor dem kalten Winterwind schützen. Kein Kaminfeuer, das uns wärmt oder uns in den Schlaf knistert. Die Nacht ist kurz, kalt und eng. Wir haben uns alle tief unter den Felsvorsprung gepresst. Das kleine Lagerfeuer, welches wir anzünden, dient mehr als Lichtquelle und reicht nicht, um uns zu wärmen. Zum Schlafen legen wir uns ganz tief unter den Felsvorsprung. Zusammengekauert, zitternd und uns gegenseitig wärmend versuchen wir ein wenig zu schlafen.

An Schlaf ist kaum zu denken, immer wieder nicke ich ein, nur für wenige

Sekunden oder Minuten, länger klappt es leider nicht. Den anderen geht es auch nicht besser.

Mitten in der Nacht hört der Schneesturm endlich auf. Der Wind lässt nach und es wird wärmer. Nicht viel, aber es reicht aus, um etwas länger einzunicken. Ein wenig Schlaf. Es ist immer noch stockdunkel, als ich zum zigsten Mal aufwache, habe ich keine Lust mehr. Ich zwänge mich aus der schläfrigen, zitternden und kalten Masse. Das Loch, das ich in dem Menschenhaufen hinterlasse, wird auf der Stelle geschlossen, damit keine Wärme der Masse entweichen kann. Ich gehe verlorene Kreise unter dem Felsvorsprung um das Lagerfeuer, welches seine letzten Kräfte sammelt, um weiterzuglimmen. Ich lege einen Ast, der in meiner Nähe liegt, in das glimmende Lagerfeuer und es wird nach einigen Sekunden etwas größer. Leider reicht die Wärme weiterhin nicht aus, um mich oder die anderen zu wärmen, so gehe ich weiter meine Runden ums Lagerfeuer. Die Sekunden sind wie Minuten, die Minuten wie Stunden, die Zeit scheint stehen geblieben zu sein.

Die Umgebung ist wie ausgestorben, still. Ich setze mich mit meinem Rücken zu dem Menschenhaufen, mit dem Blick zum Feuer. Kein Wind weht. Kein Schnee schneit. Keine Vögel zwitschern. Kein Tier streift durch den Schnee. Nur das Feuer knistert. Ich schaue in die Flammen, in die Wärme. In das Leben. Ich verharre vor dem Feuer, schniefe mit meiner Nase und will hier weg. Ich will endlich wieder nach Hause. Ich will nicht mehr hier sein. Ich will alleine sein. Ich will nicht alleine sein. Ich will niemanden sehen. Ich will alle wiedersehen. Ich will Mark wiedersehen. Mark fehlt mir. Ich vermisse ihn.

Mir kommen die Tränen. Ich denke erst jetzt wieder an Mark, ich habe ihn nicht vergessen. Ich hatte nie Zeit, über ihn nachzudenken.

Ich habe sie mir nie genommen, den Tod verdrängt, wollte nicht an ihn denken. An den Tod. Was er mir genommen hat und noch nehmen wird. Mein ständiger Schatten. Der immer da ist.

Ich schaue mich um, kann ihn aber nirgends und überall entdecken. Wie ein Phantom, wie ein Geist, wie etwas Übernatürliches hängt er mir, uns allen an den Fersen.

In Gedanken versunken sitze ich vor dem Feuer, welches ums Überleben kämpft und dringend neues Brennmaterial benötigt, um weiterzuleben. Gedankenversunken schiebe ich mit meinem Fuß einen kleinen Ästehaufen in das Feuerchen. Das Feuer braucht einige Sekunden, bevor es mir mit neu gefundener Energie dankt, indem es heller und wärmer wird. Es bleibt eiskalt. Vom Feuer blicke ich auf in den dunklen, stillen, leblosen Wald. Immer wieder wandert mein Blick in den vorüberstreichenden

Stunden vom Feuer in den Wald und zurück. Meine Gedanken sind bei Mark, zuhause, in der Zukunft und in der Vergangenheit. Überall, nur nicht hier.

Ich werde von hinten erschreckt, Finn steht hinter mir und weckt mich aus meinem Tagtraum, meinem Gedankenfilm. »Alles gut?«, fragt er mich besorgt. Ich nicke. »Was gibt es dahinten?«, fragt er weiter, ich antworte nicht. Da gibt es nichts. Er setzt sich neben mich und sagt: »Wir müssen bald los, die Sonne geht dahinten bereits auf.« Ich nicke, unfähig, meine Lippen zu öffnen, als wären sie zugefroren. »Die anderen sind ebenfalls wach und machen sich zum Abmarsch fertig.« Ich stehe schweigend auf, schmeiße mir meinen Rucksack auf den Rücken und stelle mich auf. Finn beobachtet mich. Ich schmeiße ihm einen kurzen Blick zu und sehe ihm an, dass er verwundert ist. Verwundert stellt er sich ebenfalls auf, aber nicht wie die letzten Tage an meiner Seite, sondern zu Viktor. Dafür steht heute Alex neben mir. Wir setzen uns in Bewegung unter dem heute rot schimmernden Himmel, marschieren in Richtung Waldausgang. Einfach raus aus diesem schönen, grausamen Wald. Auf zur Heimat, nach Hause. Wir marschieren heute zum ersten Mal gut gelaunt. Heute sehen wir das Ziel. Heute blicken wir zurück auf den endlos wirkenden Weg. Auf dem die Hoffnung immer mehr der Verzweiflung weichen musste. Bis zum Schluss mussten wir hoffen. Wollten die Hoffnung aber nie herschenken. Haben nie aufgegeben, jetzt ist das Ziel zum Greifen nah. Die letzten Kilometer, die letzten Bäume, die letzten Büsche, letzten Sträucher, der letzte Fels, die letzten Steine verschwinden hinter uns und endlich stehen wir am Waldrand. Jubel bricht aus. »Wir haben es geschafft!«, brülle ich voller Freude, springe in den Schnee und fühle mich leicht. Wir sind so froh, dass wir fast vergessen, das Leuchtsignal zu zünden.

Das Leuchtsignal brennt, wir gehen einige Schritte zurück in den Wald und warten. Wir warten lange. Wir essen, trinken und warten. Kaum sichtbar in der Ferne kommt ein Truck angefahren, wir springen aus unseren Verstecken und laufen jubelnd winkend in seine Richtung.

Wir erreichen den Truck und sind endlos glücklich. Der Fahrer steigt aus, öffnet die Klappe des Trucks und lässt uns einsteigen. Es ist kein Geringerer als unser Ali. Wir umarmen ihn herzlich. Mir kommen Freudentränen, als ich in den Truck einsteige und wir uns auf den Weg machen nach Hause. Der Motor brummt, Ali nimmt jedes Schlagloch mit, mir egal, ich schließe die Augen und schlafe ein. Ich möchte erst wieder aufwachen, wenn wir da sind.

POST

Lautes Gehupe weckt mich aus meinem traumlosen Schlaf. Ich reibe mir den Schlaf aus den Augen. Ich schaue hinten aus dem Truck, die Umgebung kommt mir bekannt vor. Bekannt weiß. Aber bekannte Gebäude kann ich erkennen, einen großen Parkplatz. Wir sind an unserer Kaserne angekommen, an der die Reise begann. »Wir sind zu Hause!«, rufe ich aufgeregt in den Truck hinein. Freude bricht bei uns aus, eine Welle der Euphorie beflügelt den Truck. Wir fahren durch die Schrankenanlage auf den Platz, auf dem wir uns alle zum ersten Mal gesehen haben, und steigen aus. Ich lasse mich auf den feuchten grauen Platz sinken, am liebsten würde ich ihn küssen, aber mache es nicht. Luca hingegen küsst den Boden. »Endlich zurück!«, ruft Joshua. »Endlich zuhause«, sagt Tim. Wir freuen uns über die bekannte Umgebung, über den abfallenden Druck, die abfallende Angst. Wir sind glücklich.

Kommandant Nebel tritt um die Ecke und wir stellen uns gerade und ordentlich vor ihn auf. Wir salutieren vor ihm und er begrüßt uns ebenfalls salutierend. »Freut mich, euch wiederzusehen. Ich bin stolz auf das, was ihr geschafft habt. Aber es bedrückt mich, dass ich nicht alle hier wieder begrüßen kann, sondern schon einige verabschiedet habe.« Wir schweigen. Kommandant Nebel durchbricht das Schweigen und umarmt mich und die anderen herzlich. Er räuspert sich, geht einige Schritte zurück und sagt: »Ich bin froh.« Nach der herzlichen Begrüßung gehen wir zwischen den Kasernengebäuden entlang zur altbekannten Hütte 32. Wir öffnen die Tür, gehen in den kahlen Flur mit seinen Türen. Ich öffne die erste Tür rechts und trete in Finns und mein Quartier ein. Das Bett ist gemacht, ich lasse mich stumpf drauffallen. Die Tür schließt sich Sekunden später und Finn fällt ebenfalls ins Bett. Nicht in seins, in meins. Auf mich. Ich stöhne: »Aua, du schwerer Brocken.« Wir lachen und legen uns nebeneinander auf mein Bett. »Hast du kein eigenes Bett?«, frage ich ihn lachend und wir bleiben weiter liegen. Minutenlang. Am liebsten für immer. Aber nach einer Weile setze ich mich auf die Bettkante und sage: »Ich gehe duschen, ich stinke.« Er schaut mich verwundert an und witzelt: »Tust du sonst auch immer.« Wir lachen. Ich schnappe mir meine Duschklamotten, die immer noch im Schrank liegen, schaue zurück auf Finn, der immer noch in meinem Bett liegt, und gehe duschen. Mir kommt Alex aus der Dusche entgegen. »Meinst du, eine Dusche wird bei dir noch helfen?«, witzelt er, ich verdrehe meine Augen und antworte: »Bei dir hat es schon mal nichts gebracht.« Wir lachen und ich gehe weiter in die Waschräume. Ich betrete die Dusche, lasse das warm dampfende Wasser über meinen Kopf prasseln und entlang meines Körpers hinab. Das Wasser wäscht den Schmutz von meiner Haut, aus meinen Haaren und aus all meinen Poren. Ich wasche mir den Druck der letzten Tage, Wochen und Monate ab. Ich wasche alles ab. Die Dusche läuft, bis meine Hände schrumpelig sind. Und noch länger. Ich drehe das Wasser ab und trockne mich ab, da klopft es beherzt an meine Duschkabinentür. »Was?«, rufe ich hinaus. »Liam, mach auf«, fordert die Stimme, die ich sofort Finn zuordnen kann. »Warum?«, frage ich verdutzt. »Warum nicht?«, bekomme ich als Antwort. »Weil ich nackt bin?« »Wo ist das Problem? Ich habe auch etwas zwischen meinen Beinen hängen.« »Was ist denn so Wichtiges?«, frage ich, werfe mir ein Handtuch um die Taille und öffne die Tür. Finn steht in Unterhose vor mir und tropft auf den feuchten Boden. Ich schaue ihn fragend an und er lächelt: »Habe mein Handtuch vergessen, kann ich eins von dir haben?« Ich schaue hinter mir in die Duschkabine, aber ich habe nur das Handtuch, welches ich um die Taille gebunden habe. Ich schaue ihn an und scherze: »Hast du vergessen, wie man duscht?« »Haha, ich habe es stumpf vergessen, kann doch mal passieren.« Ich schaue ihn skeptisch an. »Warte einen Moment. Ich ziehe mir schnell meine Sachen an und dann kannst du das hier haben«, sage ich. Als hätte er die ersten Worte überhört, schnappt er sich mein Handtuch und zieht es weg, um sich damit seine tropfenden Haare abzurubbeln. »EY!«, rufe ich laut und halte meine Hände schützend vor meinen Intimbereich. Zügig schließe ich die Tür und ziehe mich an. Ich komme angezogen aus der Duschkabine, gehe zu dem Waschbecken hinüber und beginne meine Zähne zu putzen. Finn stellt sich neben mich, schmeißt mir das nasse Handtuch auf meinen Kopf und sagt: »Hier, kannst du wiederhaben. Ich brauche es jetzt nicht mehr.« Wir putzen unsere Zähne, was wir die letzten Wochen vernachlässigen mussten. Ich putze mindestens dreimal so lange, wie man sollte, einfach nur zur Sicherheit. Nachdem ich meinen Mund ausgespült habe, trockne ich meinen nassen Mund aus Jux am Finns Pulloverärmel ab. Er schaut mich belustigt an und ich sage schulterzuckend: »Was denn? Das Handtuch ich doch deinetwegen so nass.« Wir lachen unbeschwert, gehen den langen Flur entlang zu unserer Stube, bringen unsere Duschklamotten weg. Danach gehen wir zu den anderen in den Aufenthaltsraum. Zusammen mit den anderen schauen wir einen lustigen Film, um etwas abzuschalten.

Einfach mal wieder einen dummen Filmabend wie in der Ausbildung. Wir kommen natürlich als Letztes, die anderen warten bereits auf uns und haben für uns beide nur einen Sitzsack freigelassen. Finn schmeißt sich als Erstes auf den Sitzsack und ich stelle mich mit etwas absichtlicher Dummheit so an, als wüsste ich nicht, als wäre das von den anderen geplant. »Und wo soll ich sitzen?«, frage ich mit einer übertrieben dumm klingenden Stimme. Schaue mich um. »Liam, jetzt gehe aus dem Weg, ich will den Film starten«, scherzt Alex und schiebt mich sanft an die Seite. Ich lasse mich schieben und falle zufällig auf den Sitzsack, wo Finn sich hineingeschmissen hat. Alle lachen. Ich lache in Finns Gesicht und er in mein Gesicht. Joshua schmeißt mit Popcorn auf uns und ruft scherzhaft: »Aber bitte kein Abgeschlecke während des Films« Alle lachen lauter und Alex startet den Film. Wir schauen den Film. Der Film ist perfekt zum Lachen und wir können eine entspannte Sommerlagerstimmung aufbauen, nur dass es Winter ist. Heute Abend ist die Welt kurz friedlich. Der Film ist zu Ende und wir schälen uns von unseren Plätzen. Popcorn, Chips und sonstiges Knabberzeug fällt von uns auf den Boden. Wir räumen den Raum noch kurz auf, bevor wir ins Bett gehen.

Ich schließe die Augen und murmele zu Finn, der in seinem Bett liegt, etwas Unverständliches hinüber. Noch bevor er antworten kann, bin ich eingeschlafen.

Der nächste Morgen beginnt entspannt, kein Druck, der mich zwingt aufzustehen, also bleibe ich liegen und zücke nach Wochen mein Handy. Ich spiele ein langweiliges Handyspiel. Ich will einfach mal mein Gehirn nicht einschalten, einen Tag Pause. Mein Handyspiel lässt die Zeit am Morgen vergehen, nicht besonders schnell oder langsam, ich verschwende einfach mal meine Zeit. Die Zeit ist verschwendet, wenn man sie nie verschwendet. Mein Handy wird mir von einem fliegenden Pinguin aus der Hand gerissen und klatscht mir ins Gesicht. »Aua!«, beschwere ich mich und lasse den Pinguin zurückfliegen. »Auch mal wach?«, frage ich die andere Seite des Zimmers. »Nein, ich schlafe noch«, antwortet es mir von dort. Ich stehe schnell auf und bevor Finn reagieren kann, schmeiße ich mich auf ihn. »Und jetzt? Bist du wach?« Finn lacht: »Ja, ich bin schon wach.« Ich lasse mich lachend neben ihn ins Bett fallen und wir liegen eine kleine Unendlichkeit nebeneinander. Der Moment soll ewig anhalten. Die Ewigkeit ist schnell vorbei, als es an der Tür klopft und wir gebeten werden, uns in fünfzehn Minuten im Aufenthaltsraum einzufinden. Wir ziehen uns schnell an und eilen in den Aufenthaltsraum. »Guten Morgen«, begrüßt uns Kommandant Nebel streng. »Ich weiß nicht, ob Sie in den vergangenen

Wochen Ihre Prinzipien geändert haben, aber bei uns ist es üblich, dass wir unsere Räume ordentlich und sauber verlassen. Was ich heute Morgen hier erblickte und immer noch sehe, ist inakzeptabel. Dieser Raum wird in den nächsten zehn Minuten blitzeblank geputzt. Die Zeit läuft jetzt.« Mit diesen Worten stoppt Kommandant Nebel die Zeit mit seiner Armbanduhr und wir machen uns schleunigst daran, den Raum blitzeblank zu fegen, wischen und polieren. Nach zehn Minuten gibt uns Kommandant Nebel ein Handzeichen und wir stellen uns vor ihm auf. Kommandant Nebel geht durch den Raum, schaut in jede Ritze und kontrolliert jede Ecke. Nach einer fünfminütigen Begutachtung stellt er zufrieden fest: »Gut, geht doch. Warum nicht sofort so?« »Tut uns leid, Kommandant«, trete ich für meine Kameraden ein. »Dennoch bestehe ich auf eine kleine Erinnerungsmeldung. Zwanzig Liegestütze.« Sofort beginnen wir mit den Liegestützen, die uns der Kommandant vorzählt. Wir liefern ihm die zwanzig Liegestütze ab. »Jetzt geht es frühstücken, wir werden uns hier in einer Stunde wiedersehen.« Wir verlassen den Aufenthaltsraum in Richtung Kantine.

»Endlich wieder richtiges Frühstück«, freut sich Alex auf dem Weg. »Was gibt es denn bei dir?«, fragt Joshua. »Die Auswahl ist groß, muss ich mir noch überlegen«, antwortet Alex. »Wie sieht es bei euch aus?«, fragt Joshua Finn und mich. Finn zuckt mit den Schultern und ich antworte: »Etwas ohne Fleisch, das hatte ich die letzten Tage genügend.« »Okay, also werde ich mir einen riesigen Teller zusammenstellen und alles essen, was es in der Kantine gibt«, sagt Joshua vorfreudig. »Dann nimm für mich auch noch was mit, dann muss ich mich nicht anstellen,« lache ich. Finn fügt hinzu: »Oder sollen wir warten, bis du fertig bist, und wir teilen uns dein Buffet unter den restlichen Kameraden auf?« Wir lachen. Am Eingang zur Kantine steht ein Soldat, um den herum gelbe Kisten stehen, die gefüllt mit Briefen sind und die er versucht, händisch zu sortieren. »Bist du die Postzentrale?«, frage ich mehr sarkastisch als ernst, bekomme aber eine ernste Antwort: »Haha, du bist wohl ein Clown, sag mal lieber deinen Namen, dann könnte ich mal nachschauen, ob Post für dich da ist.« »Liam Silberglanz heiße ich«, sage ich und warte gespannt auf eine Antwort. Der Soldat durchsucht die vollen, aber gut sortierten gelben Kisten. Keine Minute vergeht, da drückt er mir einen weißen Briefumschlag in die Hand: »Bitte sehr, Mutti hat wohl an dich gedacht. Eure Namen?« Er sucht von den anderen dreien ebenfalls die Briefe heraus. Ich stecke meinen Brief in meine große Hosentasche, ohne ihn knicken zu müssen, und wir gehen in die Kantine hinein. Wir frühstücken viel. Zu viel. Ich esse vier Pancakes, zwei Brötchen mit Käse und eine Orange. »Ich platze«, sage ich und halte mir meinen vollen Bauch. Finn, Alex und Joshua lachen und müssen dabei aufpassen, sich dabei nicht zu viel zu bewegen, weil das mit den vollen Bäuchen kaum möglich ist. Wir stehen gemütlich auf und schlendern zurück zum Quartier 32. Joshua öffnet seinen Brief unterwegs und liest vor: »Hallo Liebling, wir machen uns große Sorgen um dich, ich hoffe, wir hören bald wieder etwas von dir? Susi macht sich große Sorgen um dich und will kaum noch etwas essen, bitte ruf uns an. Wir vermissen dich alle sehr, wann kannst du uns denn mal besuchen? In Liebe, Susi, Caro und Torsten.« »Süß.«; stellt Finn fest. »Wer ist Susi?«, frage ich. »Das ist meine kleine Schwester, sie ist fünf.« »Okay, dann bring sie mal wieder zum Essen«, sagt Alex und wir lächeln. Jetzt liest Alex einen seiner zwei Briefe vor, den von seinen Eltern: »Hallo Schatz, wir wünschen uns, dass es dir gut geht, bitte melde dich so schnell wie möglich, wir vermissen dich. Wir wollen endlich mal wieder deine Stimme hören. Kannst du uns vielleicht mal besuchen kommen, kann man keinen Urlaub bei euch beantragen? Soll ich das mal für dich nachfragen? Mit besorgten und liebevollen Grüßen, Mama und Papa. PS: Evelyn will dir auch einen Brief schreiben.« Ich beginne zu grinsen. »Was?«, fragt Alex auf mein Grinsen. »Nichts, nichts. Bekommst du frei? Hat deine Mutter es beantragen können?« Wir drei beginnen laut zu lachen, Alex findet es nicht ganz so lustig. »Haha«, sagt Alex und rollt mit seinen Augen. Nun öffnet Finn seinen Briefumschlag. Finn entnimmt dem Umschlag eine Weihnachtspostkarte von seiner Adoptivfamilie. Auf der Karte ist auf der Vorderseite ein Bild der Familie zu sehen, die vor einem Weihnachtsbaum posiert, und ein Schriftzug oben drüber mit »Frohe Weihnachtstage«. »Cool«, sage ich und Finn beginnt die Rückseite vorzulesen: »Moin Finn, wir vermissen dich alle sehr, wir wünschen uns, dass du endlich wieder zurückkommst. Dass wir dich endlich wieder in unsere Arme schließen können. Wir vermissen dich, bitte melde dich. Liebe Grüße, deine ganze Familie.« Nun schauen alle mich an und ich hole meinen Briefumschlag aus der Tasche. Ich öffne ihn und halte ein dickes weißes Papier in der Hand, welches in der Mitte gefaltet ist. Auf dem Umschlag ist ein schwarzer Vogel mit einem Ast im Schnabel zu erkennen. Ich klappe die Karte auf und beginne vorzulesen: »Lieber Liam, ich weiß, du hast mit einem Brief von deinen Eltern gerechnet, aber jetzt schreibe ich dir. Deine Tante.« Ich blicke verwundert hoch, lese aber verwirrt weiter: »Ich weiß nicht, ob du diesen Brief jemals lesen kannst oder wirst. Ich glaube, ich muss es dir aber schreiben. Deine Eltern sind …« Mein Gesicht wird blass, meine Brust wird schwer, meine Augen feucht und ich sacke zu Boden. Lasse den Brief los, meine Kraft reicht nicht mehr aus, um ihn festzuhalten. Finn, Alex und Joshua stützen mich sofort, heben den Brief auf und Alex liest weiter: »Deine Eltern sind tot. Deine Eltern wurden bei einem Bombenangriff getötet. Tut mir leid, mein Beileid.« Die drei schleppen meinen Körper zur Bank neben dem Gebäude und setzen mich darauf. »Liam, alles gut?« »Bitte sag etwas.« »Bitte sprich mit uns.« »Ich hole Wasser.« Ich höre die Stimmen, aber ich kann sie nicht verarbeiten. Mein Kopf ist leer, hat die Arbeit eingestellt. Alles um mich herum ist dumpf. Ich sehe, wie Alex, Finn und Joshua sich um mich sorgen, will etwas sagen, aber kann nicht. Ich will einen Daumen hoch zeigen, um zu signalisieren, dass alles gut ist, klappt nicht. Es ist auch nichts gut. Meine kaputte Welt ist nun komplett zerbrochen. Liegt in Scherben vor mir. Ich blicke in mein Inneres, es ist leer, alles ist dunkel. Mein Herz pumpt, meine Lungen atmen, mein Blut fließt, immerhin funktioniert das noch.

Alex verpasst mir eine Ohrfeige und ich komme endlich wieder zu mir. »Au«, beschwere ich mich und Alex umarmt mich, lässt mich eine Sekunde los und umarmt mich erneut. Bei der zweiten Umarmung sind auch Finn und Joshua dabei. Wir gehen ins Gebäude und ich biege sofort zu Finn und meinem Raum ab. Ich schmeiße mich vorwärts in mein Bett und will niemanden mehr sehen.

TRAUER UND WUT

Mit rot-feuchten vertränten Augen schaue ich Finn an, der mich fragt: »Besser?« Ich nicke und hebe meinen Kopf aus meinem feuchten Kissen und setze mich auf die Bettkante. Finn lässt sich neben mir auf mein Bett sinken und umarmt mich. Ich wische mir die Tränen aus meinem Gesicht, drücke mich sanft aus Finns Umarmung und lächele ihn an: »Sie sind jetzt an einem friedlichen, sorglosen und wunderschönen Ort. An einem Ort ohne Probleme. Ohne Mietpreise.« Ich lache leise. »Schau mal, wer da schon wieder schlechte Witze machen kann«, lacht Finn. Wir verlassen den Raum und gehen zu den anderen, die sich im Aufenthaltsraum aufhalten. Alex sieht uns in den Raum kommen, legt die Dartpfeile zur Seite, kommt zu uns und fragt besorgt: »Geht es dir etwas besser?« Ich nicke und frage ausweichend: »Was hat denn deine Freundin geschrieben?« »Sie hat mir ein Ultraschallbild geschickt und mir geschrieben, dass sie mich vermisst. Und dass sie mich liebt. Dass sie kaum abwarten kann, dass sie unser Kind in ihren Händen halten kann. Also, dass ich es auch endlich in den Händen halten soll. Ob der Name Tommy gut wäre und noch viel mehr von unseren Träumen«, lächelt Alex verträumt. »Tommy ist ein schöner Name«, sage ich. Alex nickt. »Wollen wir ne Runde darten?«, frage ich Alex. Er nickt und wir spielen einige Runden Dart zusammen, und es werden von Runde zu Runde immer mehr Mitspieler. Wir zittern, lachen, lenken ab, gewinnen, verlieren und haben endlosen Spaß.

Wir gehen gemeinsam lachend über das Kasernengelände zum Abendessen. Ich weiß nicht, warum die anderen Soldaten, die sich ebenfalls auf dem Gelände befinden, uns immer mit einem komischen, fast schon bösen Blick anschauen. Nur weil wir lachend, mit Freude im Gesicht, übers Gelände gehen? Nicht alles ist schlecht, böse oder ernst. Vieles ist schön, freundlich oder unbeschwert. Das Leben ist voller Hoffnung und Chancen, man muss sie nur ergreifen. Wir betreten die Kantine, es duftet lecker nach Braten. Wir setzen uns an unseren Tisch und warten, bis die Essensausgabe öffnet. »Joshua, hast du dich bei deinen Eltern gemeldet?«, fragt Finn vorsichtig. »Ja, habe ich. Ein wunderschönes Gefühl, ihre Stimmen zu hören.« Joshua verschluckt den zweiten Satz halb, als er mich ansieht. »Tut mir leid, Liam«, entschuldigt er sich. »Muss dir nicht leidtun. Es ist doch schön. Du kannst für den abscheulichen Krieg nichts, du bist auch nur ein Bauer auf dem Schachbrett.« »Ich bin doch kein Bauer!«, sagt Joshua entsetzt. »Nein?«, frage ich verwundert. »Siehst du mich als Bauern?«, fragt er angegriffen zurück. »Was sind wir sonst? Wir sind keine hochrangigen Kommandanten, Generäle oder so, wir sind nur einfache Fußsoldaten. Wir können nur ein Feld nach vorn gehen oder zur Seite schlagen. Hast du doch selbst noch im Schnee gespürt? Wären wir wichtig, hätte man versucht, uns aus dem Dorf zu retten. Man hat uns wie ein Bauernopfer dort stehen gelassen und gehofft, dass wir es irgendwie selbst schaffen, lebendig zurückzukommen.« Joshua und der Rest der Truppe hören mir aufmerksam zu, schlucken bei meiner Argumentation. Sie wollen mir antworten, mich kontern, aber sagen nichts. »Also Joshua, sag mir, wo sind wir auf einem Schachbrett mehr als ein Bauer?«, setze ich fragend nach. Joshua schluckt, öffnet seinen Mund, bleibt aber still.

Die Essensausgabe öffnet und ich stehe auf und hole mir einen Teller mit Kartoffeln, Rosenkohl und einem Stück Braten in Bratensoße. Ich komme zurück zu meinem Platz, und meine Kameraden starren mich weiterhin verwundert und schockiert an. Ich setze mich mit einem Lächeln und frage: »Wollt ihr gar nichts essen? Schmeckt vermutlich sogar.« Ich beginne, mein Essen zu essen. Alex, Joshua und Finn erheben sich zusammen mit den anderen und holen sich jetzt auch einen Teller voll mit dem Essen. Es ist ein schweigsames Essen. Jetzt habe ich gute Laune, aber die anderen haben nun miese Laune. Habe ich etwas Falsches gesagt? Habe ich sie verletzt? Sind sie beleidigt? Bin ich schuld an deren mieser Laune? Mein Teller ist leer und ich warte auf die anderen, die sich still ihrem Essen widmen. Paul ist als Letzter fertig und wir bringen zusammen schweigend unser Geschirr weg. Zusammen schweigend gehen wir über das Kasernengelände zurück zur Hütte 32. Die Mienen sind ernst. Die Lockerheit verflogen. Mein Vorschlag, einen Film zu schauen, wird ignoriert und nach nur wenigen Minuten verschwinden alle in ihre Räume. Ich gehe in den Aufenthaltsraum, setze mich auf die Couch und warte, vielleicht kommt doch noch wer. Es kommt aber niemand. Es ist komisch. Ich habe gute Laune, seit Langem wieder unbeschwerte, ungedämpfte gute Laune. Meine gute Laune verschwindet und wandelt sich zur Frustration. Die Sonne verschwindet komplett, draußen ist es stockdunkel und ich sitze in einem hell leuchtenden Raum, der düster wirkt. Ich warte. Worauf ich noch warte, weiß ich nicht.

Die Uhr über der Tür zeigt tickend die Zeit. Sie tickt immer weiter, aber obwohl die Zeit weiterläuft, ist meine Zeit stehen geblieben. Bin gefangen in mir, in meinen

Gedanken, mir kommen erneut die Tränen. Das Leid der letzten Tage, Wochen, Monate holt mich ein, ich denke an die Zeit vor dem Krieg, an die, die ich liebe, die ich liebte, die ich verloren habe. An alle Menschen, die mir wichtig sind, wichtig waren. An den ersten Tag, an dem ich Mark getroffen habe.

Der erste Ausbildungstag. Wie ich mich nicht getraut habe, nach seinem Namen zu fragen, und deshalb gewartet habe, dass er seinen Besen beschriftet, den wir in der ersten Woche gefertigt haben. Ich lächele, Mark und ich, an die Zeit in der Berufsschule. Wir haben in den vergangenen Jahren viel Zeit verbraucht, viel der Zeit haben wir genutzt, um Scheiße zu bauen. Ich will gar nicht wissen, wie viel Geld wir unseren Chef gekostet haben. Wir haben in der Firma viel zu viel Scheiße gebaut, aber wir haben unsere Ausbildung mit »gut« beendet. Wir waren jung und dumm. Und wir sind immer noch jung und dumm. Stimmt nicht, ich bin jung und dumm. Mark kann keinen Blödsinn mehr anstellen. Ich entsperre mein Handy, gehe auf die Galerie und suche Bilder von Mark und mir. Ich lächele, weine und vermisse. Der Wunsch in mir, die Zeit zurückzudrehen und noch einmal von Neuem zu beginnen, aber nichts zu ändern. Eigentlich will ich nur noch einmal die Zeit mit Mark verbringen. Ich flüstere in die Luft: »Ich vermisse dich. Ich liebe dich, mein Freund.« Erneut kommen mir die Tränen. Mir fehlt die Kraft, um vom Sofa aufzustehen, also bleibe ich sitzen. In diesem Moment kommt Joshua in den Raum herein. Schnell wische ich mir meine Tränen aus dem Gesicht und spreche ihn an: »Hey Joshua, was geht?« Erschrocken blickt er hoch: »Ohh, hab dich nicht gesehen«, dreht sich um und will den Raum verlassen. »Was ist los?«, halte ich ihn auf. Er dreht sich zu mir, mit Tränen in den Augen und Wut im Gesicht. Eingeschüchtert rutsche ich etwas von ihm weg. »Du bist schuld!«, schnaubt er mich an. »Woran?«, frage ich verwirrt und eingeschüchtert. »Tu nicht so unschuldig, du bist dafür verantwortlich.« Ich weiß nicht, was er meint: »Was meinst du?« Er grinst mit Hass: »Du weißt es ganz genau, du hast ihn umgebracht!« »Wen?« »Du weißt, wen. Du hast David umgebracht.« Seine Stimme ist jetzt voller Hass auf mich. »Nein, habe ich nicht. Er ist in der Schlacht gefallen«, sage ich verteidigend: »Wie kommst du drauf?« »Wie ich darauf komme? Ohne dich wäre er noch am Leben. Er ist deinetwegen umgedreht. Er hätte einfach nur noch zum Fluss hinunterspringen müssen.« »Es war seine Entscheidung.« Joshua lächelt böse. »Hätte er auf dich geschissen, wäre er noch am Leben. Nur deinetwegen ist er tot. Du hättest an seiner Stelle sterben sollen.« Joshua kommt mir immer näher, drängt mich in die hintere Ecke im Raum. »Er wäre noch lebendig. Hätte er mal auf mich gehört. Aber er wollte dich unbedingt retten. Du warst ihm wichtig, aber du lässt ihn einfach abknallen wie einen lästiger Köter.« »So war das doch gar nicht!« »Nein? Wie denn sonst? Du hast überlebt, ihm wurde in den Rücken geschossen, nicht dir! Dir wurde ein Orden verliehen. Dafür, dass du ihn im Fluss liegen gelassen hast. Du hast ihn einfach zurückgelassen.« Ich stehe mit dem Rücken zur Wand, Joshua wütend aufgebäumt vor mir. »Er war sofort tot.« »Woher willst du das wissen? Woher? Hast du nachgeschaut?« »Er hat ein halbes Magazin in den Rücken bekommen. Das hätte er nicht überleben können.« »Also hast du nicht mal nach ihm geschaut. Einfach liegen gelassen hast du deinen Retter. Es war mein Freund. Und du lässt ihn einfach wie einen toten Straßenköter liegen.« Seine wütende Stimme trägt einen Hauch von Trauer mit. »Du vermisst ihn?«, frage ich verständnisvoll. »Du hast keine Ahnung! Du bist der gefeierte Held. Du hast die Auszeichnungen. Du machst Karriere, mit Orden und all dem Blingbling«, er schüttelt seinen Kopf. »Ich soll nicht wissen, wie es sich anfühlt, seinen besten Freund zu verlieren?« »Du hast Finn, du hast Alex, ich, ich habe niemanden mehr. David war mein einziger Freund.« »Und was sind wir?« »Ihr? Was wollt ihr sein?« »Wir sind Kameraden, wir sind Freunde, wir sind füreinander da.« Joshua lacht: »Ist klar. Freunde würden niemanden im Stich lassen. Würden alles für ihre Freunde geben. Aber du? Du würdest uns verrecken lassen, uns umbringen lassen. Sieht man ja an David, was für ein Freund du bist. Was für ein Kamerad.« »Es war seine Entscheidung, ich hätte für ihn das Gleiche gemacht. Aber ich konnte nicht, er hat mich am Kragen gezogen und hat mich zum Fluss gestoßen, bevor ich irgendetwas machen konnte. Ich war machtlos. Ich wollte ihn mitschleifen, als er dort im Wasser lag, aber ich konnte nicht, die Feinde haben auf uns geschossen. Alles hätte ich getan, wäre es nur möglich gewesen«, sage ich in einem ruhigen Ton, gehe auf Joshua zu, umarme ihn und flüstere in sein Ohr: »Du darfst ruhig auf mich sauer sein, ich habe es versucht. Mehr konnte ich nicht machen.« Joshua beginnt zu weinen, sein Puls und seine Körpertemperatur senken sich und wir sacken uns umarmend zu Boden. Wir verharren noch ein paar Minuten auf dem Boden, bis sich Joshua beruhigt hat. Wir stehen auf und Joshua sagt leise: »Tut mir leid, ich wollte dir keine Angst machen. Es ist nur: Es ist gerade viel Zeit zum Nachdenken.« »Ist okay, ich kann dich verstehen. Es ist nicht leicht«, sage ich mit ruhiger Stimme. »Tut mir leid«, wiederholt sich Joshua. Wir bleiben noch einige weitere Minuten auf dem Sofa sitzen, Arm in Arm. Ich streichele ihm seinen Rücken und beruhige ihn.

KICKERTURNIER

Finn daddelt an seinem Handy. »Hey«, sage ich, er schaut kurz vom Handy auf und sagt gelangweilt: »Oh, hi.« Ich drehe mich auf meinen Rücken, den Blick zur Decke gerichtet, und frage: »Alles okay?« »Ja«, ist seine Antwort. »Ich höre doch, dass nicht alles in Ordnung ist«, sage ich. »Mh?«, brummt er nur. Ich setze mich auf die Bettkante und schaue zu Finn hinüber. »Was ist los? Ist es wegen dem, was ich gesagt habe?« »Nein.« »Was ist es denn?«, frage ich. Er zuckt mit seinen Schultern und sagt: »Keinen Plan, alles.« »Ich auch?«, frage ich. »Nein, du nicht«, sagt er. »Bist du sauer? Auf mich?« Finn legt sein Handy aus der Hand und blickt mich an: »Nein, ich habe doch gesagt, es liegt nicht an dir.« Ich schaue ihn fragend an und hoffe schweigend, dass er es mir erzählt, aber er wendet sich wieder seinem Handy zu. Ich lasse mich rückwärts auf mein Bett fallen und bleibe still, mit dem Blick an die Decke gerichtet, liegen. Was ist nur mit allen los? Habe ich etwas verpasst? Habe ich etwas Falsches gesagt? Etwas Falsches gemacht? Ich ziehe mein Handy aus meiner Tasche und scrolle durch meine Galerie. Schaue mir die Bilder der Vergangenheit an. Aus der Zeit, in der alles noch in Ordnung war. Meine Mutter, mein Vater, mein Freund. Sie können nicht alle weg sein. Es kann nicht sein. Zu viele Sachen muss ich noch sagen, so viele Fragen muss ich noch fragen, viele Antworten brauche ich noch. Es kann nicht sein, dass es nicht mehr geht. Ich drehe mich zur Wand, kugele mich in meinem Bett ein und scrolle weiter durch die Galerie. Mir laufen leise Tränen über die Wangen, plötzlich eine Nachricht von Alex. Alex schreibt mir: »Hey, alles okay? Ich habe dich mit Joshua im Aufenthaltsraum gehört.« Ich schreibe zurück: »Ja, alles wieder okay.« »Okay«, schreibt er. »Warum bist du nicht zu uns hineingekommen? Hast du uns belauscht?«, frage ich ihn. »Na ja, belauschen würde ich es nicht nennen. Ich musste nur kurz auf die Toilette, und man hat euch über den ganzen Flur gehört«, antwortet er. »Ach so, warum bist du nicht hineingekommen?«, frage ich noch einmal. »Musste pissen«, erklärt er. »WOW, dein Ernst?«, schreibe ich mit einem kleinen Grinsen. »Was denn? Musst du nie pissen?«, fragt er. »Du Pisser«, antworte ich und setze einen lachenden Smiley. Alex schreibt mir noch eine Antwort, die ich aber nicht mehr lese, weil wir durch die Lautsprecher aufgefordert werden, in den Aufenthaltsraum zu kommen. Ich lege mein Handy auf den Nachttisch und gehe mit Finn und den anderen, die wir auf dem Flur treffen, zum Aufenthaltsraum. Was ist los? Warum sollen wir uns in den Aufenthaltsraum begeben? Müssen wir schon wieder ausrücken? Oder ist der Krieg endlich vorbei? Wir betreten den Aufenthaltsraum, in dem Kommandant Nebel mittig im Raum steht. Unsicher stelle ich mich mit den anderen vor ihm auf, wir begrüßen ihn salutierend und warten auf das, was uns Kommandant Nebel verkünden will. Kommandant Nebel räuspert sich und beginnt uns die Neuigkeiten zu verkünden: »Guten Abend, meine Herrschaften. Wie ihr wisst, ist morgen Heiligabend und danach Weihnachten. Ich wurde vorhin informiert, dass es Frieden gibt. Es wurde sich auf einen Weihnachtsfrieden geeinigt. Der Frieden tritt morgen Nachmittag in Kraft und hält bis Mitternacht am zweiten Weihnachtstag. Danach wird es vermutlich weitergehen. Der Krieg ist für zwei Tage nur ausgesetzt.« Alex fragt mit einem Funken Hoffnung: »Dürfen wir während der Friedenszeit unsere Familien besuchen?« Kommandant Nebel überlegt kurz und antwortet schließlich: »Nein, das dürft ihr nicht. Das wurde vom Generalstab verboten, sie fürchten sich davor, dass die Soldaten nach Weihnachten nicht zurückkommen. Ich mache mir bei euch keine Sorgen, aber so gerne ich euch zu euren Familien lassen würde, darf ich es nicht.« Enttäuschung breitet sich im Raum aus, die Freude über den Frieden versinkt in der Enttäuschung. »Gibt es zumindest Weihnachtsgeschenke?«, frage ich spaßeshalber, um die Enttäuschung und den Frust ein wenig zu nehmen. Kommandant Nebel lächelt und sagt: »Ihr werdet definitiv überrascht.« So wie es Kommandant Nebel sagt, weiß ich nicht, ob das etwas Positives oder Negatives an sich hat, und belasse es dabei. Kommandant Nebel verlässt den Raum, der gefüllt mit Enttäuschung und Frust ist. Wir verlassen schweigend hinter ihm diesen Raum und verschwinden in unseren Kammern. Finn setzt sich auf seine Bettkante und ich mich auf meine. Ich frage ihn: »Willst du mir jetzt erzählen, was los ist?« Er schaut mich kurz an, dann auf den Boden und wieder mich. Zuckt mit den Schultern und legt sich auf sein Bett. Ich warte einige Sekunden in Stille, bevor ich mich fürs Schlafen bereit mache und mich unter meiner Bettdecke verkrümele. Ich schließe die Augen und jetzt spricht Finn leise zu mir: »Hast du recht? Sind wir nur Bauern auf einem Schachfeld? Werden wir zur Not im Krieg einfach fallen gelassen? Als Bauernopfer hingenommen? Sind wir unserem Land nichts wert? Einfache Bauernopfer? Ohne Stolz? Ohne Wert? Ersatzware? Austauschbar? Hast du recht?« Ich will antworten, will es aber selbst nicht wahrhaben. Ich sage nichts und schweige. Finn fragt mich weiter: »Hast du recht? Diese Hundemarke, die uns als Gegenstand deformiert. Und wenn wir nicht mehr kämpfen können, wird dieser Gegenstand einfach ausgetauscht? Entfernt, vergessen und aus der Geschichte gestrichen? Namenlose, austauschbare Menschen? Menschen? Gegenstände, Maschinen, Verbrauchsteile sind wir. Keinen interessiert es, was mit uns passiert, wenn wir nicht mehr funktionieren. Dann werden wir einfach ausgetauscht?« Ich erhebe mich aus meinem Bett und gehe zu Finn hinüber. Lege mich neben ihn und flüstere ihm ins Ohr: »Dein Name ist Finn. Und mich interessiert deine Geschichte. Wie sie begann, wie sie endet. Was dir auf dem Weg passiert. Wer eine Rolle in deinem Leben spielt, spielte oder spielen wird. Ich will an deiner Seite sein, für mich bist du wichtig. Ich will, dass du das niemals vergisst. Niemals! Ich will immer an deiner Seite sein, wenn ich darf. Wenn du möchtest. Du bist ein Mensch aus Fleisch und Blut, kein Gegenstand, keine Maschine oder Verbrauchsteil. Du bist Mensch.«

Finn schaut mir endlich in die Augen, seine Augen gerötet, feucht von den Tränen, die ihm immer noch an den Wangen hinunterlaufen. Wir schauen uns schweigend in die Augen. Ich küsse ihn. Seine Lippen sind trocken, aber er beginnt zu lächeln. Ich schlüpfe unter seine Decke und wir kuscheln uns in den Schlaf.

Am nächsten Morgen werden wir spät wach, die Sonne scheint durch die Scheibe ins Zimmer auf unsere Gesichter. Ich küsse Finn vorsichtig auf die Nasenspitze und versuche meinen Arm unter seinem Nacken zu befreien. Die ersten Zentimeter klappen gut, bis Finn sich absichtlich schwer auf meinen Arm legt. Ich schaue ihn mit einem schiefen Lächeln an, er öffnet seine Augen und fragt mit verschlafener Stimme: »Was ist?« »Du liegst auf meinem Arm«, sage ich lächelnd und deute auf meinen eingeklemmten Arm. Er dreht seinen Kopf leicht nach links und rechts und sagt lächelnd: »Ich sehe nichts.« Wir kichern und endlich lässt er meinen Arm frei, setzt sich auf und küsst mich. Wir ziehen uns an und gehen zum Frühstück. »Was, meinst du, meinte Kommandant Nebel gestern damit, dass wir überrascht sein werden?«, fragt Finn. Ich zucke mit meinen Schultern und sage scherzhaft: »Vielleicht bekommt jeder von uns einen eigenen Panzer oder einen Jet.« »Oder sogar beides?«, scherzt Finn weiter. »Ja, kann auch sein«, lachen wir, als wir die Kantine erreichen. Aus der Kantine kommen uns Soldaten von einem anderen Trupp entgegen, die uns mit einem finsteren Blick anschauen, als wir lachend an ihnen vorbeigehen. »Was haben die denn?«, fragt Finn verwundert, als würde es ihm zum ersten Mal auffallen. »Keine Ahnung, vielleicht waren sie ja unartig und bekommen keine Panzer und Jets vom Weihnachtsmann«, lächle ich. Grinsend betreten wir die mäßig gefüllte Kantine, mit einem überschaubaren Angebot an Frühstück. »Wir sind reichlich spät«, merkt Finn an und ich flüstere: »Wer wollte meinen Arm denn nicht loslassen?« Wir kichern und holen uns unser Frühstück. An unserem Tisch angekommen, fragt Alex verwundert, verwirrt: »Habt ihr Drogen genommen?« Wir schauen uns an und beginnen zu lachen. »Also habt ihr Drogen genommen«, stellt Alex fest. Finn sagt ihm: »Wenn Liebe eine Droge ist, ja.« Alex scheint ein wenig beruhigt zu sein darüber, dass wir keine Drogen genommen haben. »Will ich wissen, was bei euch heute Morgen abgegangen ist? Und warum ihr so spät beim Frühstück angekommen seid?«, hakt Alex nach. »Was soll gewesen sein? Wir haben lange geschlafen«, antwortet Finn. Ich nicke, und wir beginnen zu lachen. Alex verdreht die Augen und widmet sich seinem Frühstück. Finn und ich widmen uns ebenfalls unserem Frühstück, aber nicht ohne immer wieder dem anderen verstohlene Blicke zuzuwerfen. Nach dem Frühstück gehen wir beide zusammen zurück über das Kasernengelände zu unserem Quartier 32, betreten den langen, kahlen Flur und enden im Aufenthaltsraum. Im Raum ist eine merkwürdige Stimmung, eine, die sich weder gut noch schlecht anfühlt, aber einen trotzdem versucht zu verschlingen. »Will jemand kickern?«, frage ich in den Raum hinein, es antwortet aber niemand. Also frage ich: »Darten?« Erneut keine Antwort. Ich will erneut zum Fragen ansetzen, da ruft plötzlich Joshua: »Ja, ich würde gerne kickern.« Joshua kickert mit mir, den vorgestrigen Abend vergessend, und wir lachen, fiebern mit und ziehen endlich auch den Rest der Truppe an, die sich unser enges und spannendes Kickerspiel anschauen wollen und ebenfalls mitspielen möchten. Ich gewinne mit einem knappen zehn zu neun und da jetzt alle im Kickerfieber sind, entschließen wir uns ein kleines Zwei-gegen-zwei-Kickerturnier zu veranstalten. Ich spiele zusammen mit Joshua in einem Team. Die anderen Teams sind Alex mit Luca, Elias und Tim, Finn und Paul. Jedes Team spielt gegen alle Teams einmal. Dann spielen Platz eins gegen vier und zwei gegen drei und dann das Finale. Das erste Spiel ist Alex und Luca gegen Elias und Tim. Alex und Luca gewinnen zehn zu sechs. Das zweite Spiel ist Finn und Paul gegen Joshua und mich, wir spielen überragend und können mit zehn zu drei gewinnen. Das dritte Spiel spielen Joshua und ich gegen Alex und Luca, welches mit einem Zehn-zu-acht für Alex und Luca endet. Spiel vier gewinnen Finn und Paul mit einem Zehn-zu-fünf gegen Elias und Tim. Finn und Paul gewinnen ein knappes und spannendes Spiel gegen Alex und Luca mit zehn zu neun. Elias und Tim verlieren mit viel Pech auch ihr drittes Spiel gegen Joshua und mich mit zehn zu sechs. Damit steht die Abschlusstabelle, bevor wir zum K.-o.-System kommen.

Auf dem ersten Platz sind Joshua und Liam mit zwei Siegen und einer Tordifferenz von plus neun. Zweiter Platz sind Alex und Luca mit zwei Siegen und Tordifferenz plus fünf. Dritter Platz sind Finn und Paul mit zwei Siegen und einer Tordifferenz von minus zwei. Letzter Platz ist das Team Elias mit Tim ohne Sieg und mit einer Tordifferenz von minus fünfzehn. »Oh Mann, das hat irgendwie nicht so richtig geklappt bisher«, stellt Elias betrübt fest. Tim fügt scherzhaft hinzu: »Ich glaube, das Spiel ist nicht von Gott gesegnet.« Wir alle lachen. Joshua und ich spielen das erste K.-o.-Spiel gegen Elias und Tim, welches wir mit einem guten Zehn-zu-sieben gewinnen. Das zweite K.-o.-Spiel zwischen Finn mit Paul und Alex mit Luca ist spannend anzusehen, aber nach einer langen Zeit auf Augenhöhe brechen Finn und Paul zusammen und es wird easy für Alex und Luca, die restlichen Tore zu schießen. Das Spiel endet mit zehn zu sechs. »Finale, ohoho«, jubelt Alex. »Alex und Luca gegen Joshua und Liam, das große Kicker-Finale der Einheit 32«, verkündet Paul mit übertriebener Stimme. Das Finale ist spannend, ein ewiges Hin und Her. Kurz vor dem Ende gehen wir mit neun zu acht in Führung, uns fehlt nur noch ein Tor. Alex und Luca verteidigen stark und plötzlich steht es neun zu neun. Letztes Tor entscheidet. Der Ball fliegt im Kicker von einer Seite zur anderen, nach links, nach rechts, nach hinten, nach vorn. Ich habe eine gute Position, ich schieße. Der Ball knallt gegen den Pfosten bis vor unser Tor und Luca vollendet mit einem wunderschönen Bandenschuss das Spiel. »Alex und Luca gewinnen das große Turnier«, verkündet Paul mit seiner übertriebenen Stimme. Nach dem Turnier gehen wir gut gelaunt und hungrig zum Mittagessen.

Zum Mittag gibt es ein wenig Brot, Obst und Gemüse. Ich esse drei Scheiben Brot mit Käse, Wurst und Marmelade. Danach einen kleinen Erdbeerjoghurt. Einen Apfel nehme ich auf dem Weg zurück zum Quartier mit. »Hat wer zufällig auf den Plan geschaut, was es heute Abend gibt?«, fragt Paul. Elias antwortet: »Es gibt heute Abend Pommes, Currywurst.« »Cool, richtig weihnachtlich«, meckert Paul, wird aber von Alex verbessert: »Na ja, Weihnachten ist auch erst morgen.« Ein leises Lachen geht durch unsere Truppe. Wir kommen an unserem Quartier 32 an und verstreuen uns in unsere Stuben und in den Aufenthaltsraum. Ich gehe zusammen mit Alex, Finn und Tim in den Aufenthaltsraum und wir setzen uns auf die Couch. »Wollen wir nen Film schauen?«, fragt Finn uns und wir stimmen zu. Wir schauen einen Film mit Mr Bean, wir lachen Tränen und weil wir gerade so gute Laune haben, schauen wir direkt den nächsten Mr-Bean-Film. Den ganzen Nachmittag schauen wir lustige Komödien. Unsere Lachmuskeln krampfen, was uns noch mehr zum Lachen bringt.

Immer mehr der anderen setzen sich zu uns, bis wir am Schluss alle beieinander sind. Geschlossen als Trupp gehen wir am Abend zum Abendessen in die Kantine.

FROHE WEIHNACHTEN

Pommes mit Currywurst, unser Abendessen, es schmeckt lecker und wir dürfen sogar Nachschlag holen, so häufig wir wollen, was ungewöhnlich ist. Selbst die Generäle und Kommandanten essen heute in der Kantine, was ebenfalls ungewöhnlich ist. Leise und unauffällig frage ich meinen Trupp: »Ist es nicht ungewöhnlich, dass wir so viel essen dürfen, wie wir wollen? Selbst die Generäle und Kommandanten sitzen heute bei uns hier an den Tischen.« Paul antwortet: »Na ja, es ist heute zumindest Heiligabend, vielleicht ist das deswegen so.« »Sei mal nicht so paranoid, nur weil die dabeisitzen. Die wollen vermutlich nicht so weit bis zur Pommes laufen«, scherzt Elias und wir kichern. »Ja, das wird es sein«, witzele ich und damit ist die Unterhaltung schon wieder vorbei. Wie viele andere wollen wir uns aufmachen, zurück zu unserem Quartier, als wir von den Generälen aufgehalten werden. Sie haben eine wichtige Mitteilung für uns und deswegen müssen wir alle warten, bis sie aufgegessen haben. Uns bleibt nichts anderes übrig, als uns wieder hinzusetzen und zu warten. Wir warten lange zehn Minuten, bis die Generäle endlich fertig sind mit ihrem Essen. Sie stehen auf, stellen sich nebeneinander auf und beginnen uns ihre Mitteilung mitzuteilen: »Ich wünsche zunächst allen Anwesenden einen schönen Abend. Ich weiß, heute ist Heiligabend und seit knapp drei Stunden herrscht eine vorübergehende Waffenruhe und ein Weihnachtsfrieden.« Ein kleiner Jubel bricht aus, wodurch der General unterbrochen wird. »Ich würde euch auch gerne sagen, dass der Frieden nicht nur vorübergehend ist, aber das kann ich euch leider nicht als Geschenk machen. Aber ich habe trotzdem Geschenke für euch. Jeder von euch wurde vom Präsidenten höchstpersönlich ausgezeichnet. Und diesen Orden werde ich euch heute anstecken, was für mich eine riesige Ehre ist.« Es wird verhalten gejubelt.

Am Beginn des Krieges wären alle ausgerastet, aber heute würde ein Husten diesen Jubel übertönen. »Ich werde jetzt Trupp für Trupp nach vorn holen, auszeichnen und euch von Herzen danken.« Der General ruft die Truppen nacheinander auf, verteilt die Orden, bedankt sich, so wie jeder der Generäle, und das wars. Bei jedem Aufruf wird ein wenig geklatscht, zum Anstand, aber jeder in diesem Raum weiß, diese Orden sind nichts wert. Der letzte Trupp hat seinen Orden erhalten und wir wollen uns zu unseren Quartieren begeben, werden aber erneut aufgehalten, weil es noch nicht alle Mitteilungen waren, die sie uns mitteilen müssen. Ein zweiter General berichtet uns die zweite Mitteilung: »Wir wissen, dass Sie gerne Ihre Familien besuchen würden, das wurde aber vom Verteidigungsministerium verboten, also haben wir uns etwas überlegt. Wir haben keine Mühen gescheut und haben uns in den vergangenen Tagen die Münder fusselig geredet, nur damit morgen ein Familientag stattfinden kann. Wir haben alle eure Kontakte angerufen und sie eingeladen, hierherzukommen. »Damit sie euch besuchen kommen können.« Ein ohrenbetäubender Jubel bricht aus, ein ehrlicher Jubel, der voller Freude und Dankbarkeit steckt. Der Jubel wird mit einem Handzeichen des Generals unterbrochen, damit er weitererklären kann: »Morgen habt ihr drei Stunden Zeit, euch mit euren Angehörigen zu unterhalten.« Der General gibt uns ein Zeichen, den unterbrochenen Jubel fortzusetzen. Der Jubel schwillt nach einigen Minuten von selbst ab und der dritte General beginnt uns eine weitere Mitteilung mitzuteilen: »Nach dem Familientreffen werden wir uns hier in der Kantine erneut einfinden und die kommenden Tage besprechen. Sie dürfen nicht vergessen, dass der Krieg weiterhin nicht vorbei ist. Natürlich hoffen wir, dass sich die Präsidenten auf einen dauerhaften Frieden einigen können, aber so lange müssen wir ihnen gute Argumente bringen, damit wir gewinnen können. In den kommenden Tagen werden Sie an die Front zurückkehren. Das müssen Sie sich im Hinterkopf behalten.« Die aufgekeimte Euphorie ist nun wieder komplett im Boden versunken. Es ist nur eine vorübergehende Situation. Die Generäle verlassen die Kantine und wir gehen nach ihnen schweigend, mit Vorfreude auf morgen, aber auch mit der Angst der Zukunft über das Kasernengelände zu unseren Quartieren. Ich gehe in die Stube, die Freude des Nachmittags verflogen. Ich lege mich ins Bett und versuche zu schlafen. Finn betritt den Raum, das ist das Letzte, was ich vom Heiligabend mitbekomme.

Der nächste Tag beginnt, die Sonne ist noch nicht ganz aufgegangen. Der Himmel leuchtet rot durch das Fenster und ich setze mich auf die Bettkante, schaue auf Finn, der friedlich schläft. Mit einem Lächeln nehme ich mir meine Duschsachen und gehe duschen. Das warme Wasser trommelt mir auf meinen Kopf, läuft mir den Körper hinunter und verschwindet im Abfluss. Das Wasser nimmt meine Müdigkeit und spült sie in den Abfluss. Ich trockne mich ab, putze meine Zähne an den Waschbecken und betrachte mich im Spiegel. Im Spiegel ist nicht mehr der schüchterne, verträumte junge Liam zu sehen, im Spiegel ist das Bild von einem über sich hinaus gewachsenen, mutigeren, erwachsenen Liam. Er lächelt Liam an, ist das Lächeln freundlich? Böse? Gut? Oder schlecht? Es ist Liams Lächeln. Ein mit Zahnpasta verschmiertes Lächeln. Ich erkenne mich darin wieder, aber gleichzeitig ist es ein ganz anderes als noch vor ein paar Monaten. Ich putze meinen Mund ab und gehe zurück auf die Stube. Finn ist mittlerweile ebenfalls wach und zieht sich an. Gemeinsam gehen wir zum Frühstück, wo wir heute Morgen fast alleine sind. Wir sind früh dran. Ein großes Müsli und eine Banane sind heute Morgen genug für mich und ich warte auf Finn, der sich heute erneut den Bauch mit Pancakes, Brötchen und einem Spiegelei vollschlägt. Satt und zufrieden gehen wir zurück. Auf dem Weg kommen uns Paul, Tim und Joshua entgegen. Wir begrüßen uns freundlich und gehen aneinander vorbei in die entgegengesetzte Richtung. Ich weiß nicht, was wir bis zum Familientreffen machen könnten, also setze ich mich im Aufenthaltsraum auf die Couch und Finn setzt sich neben mich, drückt mir einen Kuss auf die Lippen und wir kuscheln. Die Eingangstür wird geöffnet und wir setzen uns brav nebeneinander, als die anderen vom Frühstücken in den Aufenthaltsraum hineinkommen. Paul kommt als Erster hinein und sagt, als er uns sieht: »Wir wollen einen Weihnachtsfilm schauen, bis der Besuch kommt. Wollt ihr mitschauen?« Wir schauen einen kitschigen Weihnachtsfilm.

Der Film ist zu Ende und die Zeit ist gekommen, um unsere Familien zu begrüßen. Gemeinsam begeben wir uns mit allen anderen auf den großen Platz in der Nähe der Schrankenanlage, wo unsere Angehörigen auf uns warten. Ich gehe neben Finn, der plötzlich lossprintet, mich vergisst und auf seine Gastfamilie zuläuft. Alex schießt fast gleichzeitig von hinten an mir vorbei zu seiner Familie und seiner Freundin, wie alle anderen.

Ich bleibe abseitsstehen. Mich erwartet hier niemand. Mich wird niemand besuchen. Nicht meine Eltern, nicht meine Freunde, niemand. Ich bin alleine. Ich kann nur in die funkelnden Gesichter der anderen blicken. Mich an ihrer Freude erfreuen. Mir kommen die Tränen. Ich wende mich von der Versammlung ab und will zurück zum Quartier gehen und mich einfach ins Bett legen, als mich Finn von hinten an der Schulter packt und sagt: »Du gehörst jetzt auch zu meiner Familie.« Ich lächele und Finn zieht mich hinter sich her zu seiner Gastfamilie und fragt sie wie ein flehendes Kind: »Darf er jetzt auch zu uns gehören?« Die Familie zögert keine Sekunde, umarmt mich und sagt freundlich einladend: »Natürlich.« »Liam, du bist jetzt Familie«, strahlt Finn und küsst mich vor allen. Mir kommen erneut die Tränen, aber nicht aus Trauer, sondern vor Freude. »Danke«, ist das Einzige, was herauskommt, und ich lasse mich von der Familienumarmung erdrücken. Wir reden die ganze Zeit, ich erfahre, was in den vergangenen Monaten bei ihnen passiert ist, ich höre zu und fühle mich geborgen. Kurz bevor sie gehen müssen, entschuldige ich mich kurz und flitze kurz zu Alex' Familie hinüber. Ich begrüße sie und wir tauschen uns kurz aus und ich verabschiede mich wieder, um die letzten Minuten mit meiner neuen Familie zu verbringen. Wir begleiten sie bis zur Schranke und winken ihnen noch lange hinterher. Finn kommen kleine Tränen. Er vermisst sie und ich versuche ihn aufzumuntern: »Bald werden wir sie wiedersehen. Und, na ja, nicht deine ganze Familie ist weg. Ich bin auch noch hier.« Finn lächelt mich an und wir gehen mit allen anderen zur Kantine, um die Pläne für die kommenden Tage von den Generälen erklärt zu bekommen. Die Generäle warten, bis sich jeder an die Tische gesetzt hat, bevor sie aufstehen und uns die Pläne der kommenden Tage erklären: »Ich hoffe, Sie hatten eine schöne Zeit und konnten sich gut mit Ihren Angehörigen austauschen. Die Führung geht aktuell nicht davon aus, dass der Frieden länger als bis morgen Mitternacht anhalten wird und die Kämpfe weitergehen. Deswegen wird es um Punkt Mitternacht eine Großoffensive auf ihre Hauptstadt geben. Wir werden alles verfügbare Material auf diesen Angriff konzentrieren, um den Krieg endlich zu beenden. Der Schnee ist in den vergangenen Tagen geschmolzen und das Wetter wird voraussichtlich trocken, aber kalt sein. Wir gehen dementsprechend von einem schnellen und präzisen Angriff aus. Dieser Angriff hat nur ein Ziel, und zwar diesen Krieg zu beenden. Ihr werdet noch heute an die Front geschickt. Die Vorbereitungen werden jetzt anlaufen und ihr werdet in einer halben Stunde abfahren. Frohe Weihnachten.« Entsetzen breitet sich im ganzen Raum aus, selbst die Kommandanten machen den Eindruck, davon nicht Bescheid gewusst zu haben. Es kommt für alle überraschend. An einem so sonnigen, wunderschönen und so gut begonnenen Tag haben sich so schnell Gewitterwolken über uns gebildet. Betrübt, ängstlich und traurig packen wir unsere Sachen, treffen uns an den Trucks, steigen ein und verlassen das Kasernengelände. Die Kolonne fährt am Parkplatz vorbei, an der Allee über die Felder, am Steinbruch vorbei, durchs Industriegebiet und durch die Stadt. Wir fahren über die Autobahn immer weiter weg vom Frieden, dem Krieg entgegen. Die Große Endschlacht wird es genannt, ein letzter präziser Angriff, dann ist der Krieg vorbei.

Hoffentlich ist es danach wirklich vorbei, keiner hat mehr die Kraft, die Motivation weiterzukämpfen. Alle wollen den Frieden. Alle, die kämpfen, wollen den Frieden, sie wollen zurück zu ihren Familien und Freunden. Sie wollen zurück in das Leben vor dem Krieg. Ich will morgens neben Finn aufwachen und im Frieden leben. Will von Susann die Brötchen in der Frühstückspause bekommen. Auf der Bank am Straßenrand sitzen und kleine Teile vom Band auf Paletten stapeln. Zurück in mein langweiliges, monotones Leben, aber mit Finn an meiner Seite.

ENTSCHEIDUNGSSCHLACHT

Kurz vor Mitternacht stehen wir bereit, noch dreißig Sekunden. Hinter einer Anhöhe versteckt, noch zwanzig Sekunden, warten wir gespannt auf das Go. Noch zehn Sekunden, eine riesige Menschenmasse, dicht an dicht, dass man sich selbst verlieren kann. Noch fünf Sekunden. »Liam, wir müssen zusammenbleiben!«, ruft Finn mir zu. »Wir dürfen uns nicht verlieren!«, fügt Alex hinterher. Ein lautes Signal ertönt, wir stürmen los. Artilleriefeuer schlägt hunderte Meter vor uns ein. Jets fliegen über unsere Köpfe hinweg, Bomben schlagen in der Nähe der Hauptstadt ein und Panzer donnern neben uns vorbei.

Die große Offensive hat begonnen. Ich sprinte über den Hügel hinüber auf eine freie Fläche. Aus den Schützengräben vor der Stadt wird auf uns gefeuert, die vorderen Reihen werden getroffen und fallen zu Boden. Wir laufen einfach über sie hinweg, weiter dem Kugelhagel entgegen.

Immer weiter geradeaus, keine Zeit, nach hinten zu blicken, immer weiterlaufen. Die Panzer schießen die Schützengräben zu Klump. Wir springen hinein, erschießen, erstechen oder prügeln die Feinde tot. Es zählt nur das Überleben. Keine Zeit zum Denken, immer weiter. Jeder, der im Weg ist, wird erschossen, erstochen, verprügelt. Und weiter. Meine Hände, meine Kleidung, mein Gesicht rot vom Blut der anderen.

Die Erde bebt, die Panzer donnern, Bomben explodieren, die Jets fliegen und ich renne weiter. Immer weiter. Wir erreichen die Stadt, die Bomben und das Artilleriefeuer ebenfalls. Die Panzer sind bereits weiter in die Stadt vorgedrungen. Wir kämpfen uns durch Häuser, Trümmer, vorbei an brennenden Autos, Läden und Menschen. Alles zerstört, alles tot. Wir nähern uns einem Fabrikgelände. Ich werde mit einem Haufen anderer hineingeschickt, um Feinde zu suchen und zu eliminieren.

In der Menschenmasse kann ich plötzlich Joshua erkennen, ich kämpfe mich zu ihm durch: »Hast du den Rest von unserem Trupp gesehen?« »Nein, wurde ebenfalls von ihnen getrennt.« »Okay, wir müssen weiter.« »Pass auf da ...« Er schubst mich zu Boden und eine Kugel trifft ihn in der Stirn. Blitzschnell feuere ich zurück und strecke den Feind zu Boden. Unter Joshua bildet sich eine große Blutlache, die aus dem Kopf herausquellt. »Nein! Warum?«, brülle ich, werde sofort von einem Soldaten weitergeschoben. Joshua verschwindet aus meinem Blickfeld.

Er hat mir mein Leben gerettet. Tränen vermischen sich mit dem Blut in meinem Gesicht, ich muss weiter. »Liam!« Alex hat mich entdeckt und kämpft sich zu mir. Im Schlepptau Finn und Tim. »Joshua ist tot«, sage ich kurz, sie nicken und sagen: »Paul und Elias ebenfalls.« Ich muss es akzeptieren. Wir müssen weiter.

Immer wieder kleine Schusswechsel mit Soldaten, die die Panzer nicht erwischt haben. Einer nach dem anderen bleibt liegen. Wir gehen weiter. Ein Schrei neben mir, Tim liegt auf dem Boden, ein Schuss durch die Schulter. Ich ziehe ihn von der Straßenmitte an den Rand, versuche ihn zu verbinden, werde weggezogen. Tim bleibt zurück.

Immer weiter, keine Zeit, stehen zu bleiben. Durch die Häuserschluchten, durch einen Park und durch Läden immer weiter. Bis wir vor dem Regierungsgebäude stehen.

Dort bleiben wir endlich geschützt stehen.

Von der letzten Stellung des Feindes vor dem Regierungsgebäude fliegen uns die Kugeln um die Ohren. Gezieltes Artilleriefeuer gibt uns einen kurzen Moment Feuerschutz, in dem wir unsere Position ändern. Nicht alle schaffen den Positionswechsel unbeschadet. Einige werden getroffen und bleiben auf dem Weg zwischen den Stellungen liegen. Ich werfe einen kurzen Blick zurück und schaue in das mit Todesangst gefüllte Gesicht von Finn. Er liegt mitten auf der Straße zwischen unseren Stellungen auf freiem Feld. Kugeln schlagen um ihn herum im Boden ein. Die nächste Artilleriefeuersalve donnert, ich sprinte zu ihm und zerre ihn hinter unsere Stellung. Finn ist am Knie getroffen worden und kann nicht mehr laufen. »Wir müssen weiter!«, brüllt mich Alex an und zerrt an meinem Arm. Ich schaue ihn Hilfe suchend an: »Was sollen wir machen?« Verzweiflung breitet sich in mir aus. Ich drehe mich zu Finn: »Halte durch!« »Wir müssen weiter!«, brüllt mich Alex an. »Ich kann nicht«, schreie ich unter Tränen zurück. Ich drücke Finn dicht an mich. »Wir müssen weiter!«, wiederholt sich Alex. »NEIN!«, brülle ich: »Ich muss mich erst um Finn kümmern.« »Zu spät!« »NEIN!« Ich schaue auf Finn und erst jetzt merke ich, dass Finn immer weißer wird. In seinem Rücken steckt ein Granatsplitter. Meine Tränen laufen mir über die blutverschmierten, dreckigen Wangen. Finn lächelt mit all seiner Kraft. »Bitte sag etwas«, flehe ich. Aber Finn lächelt nur. »Liam, wir müssen hier weg!«, brüllt Alex. »Nicht ohne Finn. Ich lasse ihn nicht zurück.« Alex versucht, mich von Finn wegzuziehen. Seine Augen verblassen. Sein Körper wird kälter. Ich küsse seine blauen und kalten Lippen. »Wir müssen ihn tragen!«, sage ich zu Alex. »Das bringt nichts mehr, Liam, wir müssen hier weg. Wir werden hier sonst sterben.« »Verpiss dich. Verschwinde.« »Ich werde dich nicht zurücklassen, Liam!« Ich ziehe Alex näher an mich heran: »Du wirst dich jetzt verpissen, wirst zu deiner Familie zurückkehren, deinen Sohn aufziehen und ein glückliches Leben leben.« »Was ist mit dir?« »Ich werde hier bleiben. Für mich gibt es in der Welt nichts mehr. Meine Familie ist tot, Finn ist hier, ich werde ihn nicht alleine lassen.« »Fuck! Nimm das hier«, Alex drückt mir unter Tränen zwei Magazine in die Hand. »Liam, bitte stirb nicht.« Ich zwinge mir ein Lächeln auf und sage: »Kennst mich doch.« »Es werden Zwillinge. Sie werden Finn und Liam heißen«, er lächelt, dreht sich um und läuft weg. Ich blicke ihm hinterher, kurz bevor er aus meinem Blickfeld verschwindet, dreht er sich ein letztes Mal um und winkt und rennt dann weiter um sein Leben.

Finn halte ich immer noch in meinen Händen, mit letzter Kraft zieht er mich an sich ran, küsst mich. Der Kuss schmeckt nach Blut. Im Regierungsgebäude schlägt eine Rakete ein, die Soldaten rennen verzweifelt um ihr Leben. Finn und ich küssen uns.

Ende

NACHWORT

Meine Frage an einen ehemaligen Soldaten:

Warum ziehen so viele junge Menschen in den Krieg? Wollen sie kämpfen? Wollen sie töten? Denken sie, es wäre nur ein Spiel? Warum wollen die jungen Menschen den Krieg?

Seine Antwort:

Nein!
  Nein!
  Es sind nicht die jungen Menschen, die in den Krieg wollen! Sie wollen nicht kämpfen! Sie wollen nicht töten! Sie denken nicht, es sei nur ein Spiel! Nein! Es sind … Es sind nur die Alten. Die, die ihren Kopf nicht hinhalten müssen. Die spielen mit der Jugend! Sie denken, es sei nur ein Spiel! Sie denken nur noch an sich! Sie denken nicht an die Zukunft!
  Die Alten, die die Länder regieren, die die Macht haben, die sind es, die nur an sich denken!
  Warum kümmern sich Politiker nicht einmal um die Jungen? Die Jugend! Um die Kinder! Um die, die noch nicht geboren sind! Nein! Die interessieren keinen! Diese Gruppen sind egal! Die kann man ignorieren! Sie können nicht wählen! Sie werden erst wichtig, wenn man sie braucht! Wenn man Krieg spielen will! Wenn man sich um seine Rente sorgt. Dann werden sie wichtig! Aber nur um sie zu verheizen, sie auszubeuten und ihre Zukunft zu ruinieren.
  Was sollen sie denn machen? Sie werden genötigt, gezwungen und wieder vergessen. Nur weil ein paar wenige alte und reiche Säcke einen Schwanzvergleich brauchen?
  Hätte ich die Antwort, würde ich sie dir sagen. Aber eins steht fest. Die jungen Leute tun mir leid!

Zum Krieg sage ich:

Krieg bleibt Krieg! Krieg ist immer sinnlos! Krieg bringt nichts, außer den Tod! Wer denkt, wir sind besser als die: Spoiler! Nein, seid ihr nicht! Wer so denkt, der bekommt keinen Frieden. Wer denkt, der Krieg bringt den Frieden. Nein, er bringt den Tod. Nur den Tod!

DANKSAGUNG

Danke sage ich an alle, die mir ihre Geschichte erzählt haben, die mit mir stundenlang ihre schlimmste Zeit erneut durchlebt haben. Die mir ihre Ängste der Zeit, aber auch ihre Hoffnungen mitgeteilt haben. Bedanken muss ich mich auch bei den Leuten, die mir die Kontakte zu denen gegeben haben, damit ich mir ein großes Portfolio an Geschichten sammeln konnte.

DER AUTOR

Simon Raschert, geboren 2002 und aufgewachsen in Rheda-Wiedenbrück. Nach der Schule hat er eine Tischlerlehre abgeschlossen. Im Anschluss ist er als Bühnentechniker ins Theaterleben gewechselt. An dem Buch hat er nebenbei in seiner Freizeit gearbeitet. Bisher hat er keine weiteren Bücher veröffentlicht.